Loverboy

Van René Appel verscheen eveneens bij uitgeverij Anthos

De derde persoon
Geweten
Loverboy
Schone handen
Weerzin
Hittegolf
Van twee kanten
Goede vrienden

René Appel

LOVERBOY

Anthos | Amsterdam

Eerste druk 2005
Twaalfde druk 2012

ISBN 978 90 414 1313 0
© 2005, 2010 René Appel
Deze uitgave verscheen eerder bij Uitgeverij Prometheus
Omslagontwerp Marry van Baar
Omslagillustratie Agata Gąsek
Foto auteur Merlijn Doomernik

Verspreiding voor België:
Veen Bosch & Keuning uitgevers n.v., Antwerpen

'Wanneer je iets niet kunt zeggen,
dan weet je dat het de waarheid is.'
<small>TIM PARKS</small>, *Bestemming*
(De Arbeiderspers, 2001)

I

'Jongen gepakt voor afpersen en mishandelen van grootvader
SON EN BREUGEL – De politie heeft een 19-jarige jongeman
uit Son en Breugel aangehouden op verdenking van het stel-
selmatig afpersen en mishandelen van zijn 81-jarige opa. De
terreur heeft twee jaar geduurd. Daarbij zou de jongen zijn
grootvader zeker honderdduizend euro hebben afgetroggeld,
waarvoor hij onder andere crossmotoren, bromfietsen en auto's kocht. Afgelopen dinsdag werd het jarenlange schrikbe-
wind opa te veel en besloot hij aangifte te doen. Volgens de
politie is de man regelmatig geschopt en geslagen door zijn
kleinzoon. Daarbij liep hij diverse blauwe plekken en kneuzingen op.'

Yoka las het bericht nog eens over. 'Afgetroggeld' was een
mooi woord, maar misschien niet helemaal passend. Het be-

tekende toch meer zoiets als: op een geniepige manier afhandig maken. De neiging om de Van Dale erbij te pakken was maar met moeite te bedwingen. Ze knipte het stukje uit en plakte het in haar multomap in de afdeling 'Familie'. Veel berichten over echtelieden van wie de een – vroeger vrijwel altijd de man, tegenwoordig steeds vaker de vrouw, leve de emancipatie – de ander om zeep had geholpen. Ze bladerde door haar verzameling. Hier had de dader, natuurlijk de echtgenote, met een zware pan de schedel van het slachtoffer ingebeukt. Een man had zijn huis in brand gestoken, terwijl zijn vrouw boven lag te slapen. De stomkop had de slaapkamer vanbuiten op slot gedraaid, misschien in de hoop dat een forse fik het hele huis in de as zou leggen. Bewijs in rook opgegaan, maar niet heus.

Met die opa en zijn liefhebbende kleinzoon kon ze misschien ooit eens iets doen, zoals ze voor haar vorige boek een moord op een voormalige zakenpartner had gebruikt, ook een knipsel uit haar map. Een faillissement, bedrog, fraude, verraad plus overspel. Kortom, zo'n beetje alles wat het dagelijks leven interessant maakte. De misdaad lag op straat, en daarmee de verhalen. Alleen was het haar kunst om dat te herkennen en er een spannend, meeslepend verhaal in te zien. De werkelijkheid had nooit een plot; die moest ze toch zelf verzinnen.

Veel artikelen of reportages gaven een duwtje aan haar fantasie. Een grootvader, een kleinzoon, dan moest er een derde bij, omdat een driehoek altijd interessanter was dan een één-op-één-relatie. Bovendien was de vraag hoe ze Anouk hier in kon brengen, haar eigen Anouk. Ja, natuurlijk hadden verschillende mensen haar gevraagd of ze zichzelf in haar projecteerde. Of het haar geheime ambitie was om de misdaad en vooral misdadigers te lijf te gaan, zowel letterlijk als figuurlijk. Psychologie van de koude grond. Anouk werd mis-

schien ingehuurd door die derde persoon in het verhaal, omdat hij (of zij) vanwege troebele familierelaties de politie er
niet bij wilde halen. Zo begon het vaak, sinds Chandler en
Hammett: de wufte blondine die het smoezelige, doorrookte
kantoor binnenkwam, meldde dat haar zus spoorloos was
verdwenen, maar dat haar vader de politie niet wilde inschakelen omdat hij in de race was voor het burgemeesterschap.
En dan verder... en verder... Yoka maakte een paar aantekeningen in de kantlijn bij het berichtje over die gezellige, har-
telijke kleinzoon. In Son en Breugel of all places.

Af en toe kreeg ze inside-informatie van Hans als hij op de
krant weer eens wat had opgepikt, vaak via Tamar, die justitie
en misdaad in haar portefeuille had. Gisteren had hij nog iets
verteld over fraude bij een grote gemeente, ambtenaren die
zich hadden laten fêteren door bouwbedrijven, bordeelbe-
zoek, een gratis, luxe badkamer in het eigen huis, snoepreis-
jes naar een tropische bestemming. Voorzover ze het kon
overzien, was de helft van haar Nederlandse collega's bezig
met een boek over bouwfraude, van de Schipholtunnel tot een
lokale schouwburg, en van de HSL tot een nieuw ziekenhuis,
want overal werd immers geslijmd en gesjacherd, geritseld
en gerommeld. Alleen, bij dit verhaal scheen een hoge vrouwelijke ambtenaar betrokken te zijn, die zelfs in zoiets als de
integriteitscommissie van de gemeente zat. Misschien had
het toch de belofte van een verhaal. Op een los velletje papier
maakte ze een paar notities, die ze in het hangmapje met
'Ideeën' stopte.

Ze had een cd van Candi Staton opgezet. 'How can I put
out the flame, when you keep the fire burning on,' klonk uit
de speakers. Zachtjes zong ze mee met de tekst. 'You know,
you know, you know how I feel about you, baby. You know my
love, my love is still going strong.' Yoka voelde het door haar
lichaam stromen. Het achtergrondkoortje, de blazers, de

stem van Staton, het lied, alles was prachtig, een perfecte combinatie. Hans had wel eens gezegd dat het ongelooflijk goedkoop sentimenteel was. 'Je hebt helemaal gelijk,' was haar reactie, 'maar dat is juist het mooie ervan.'

Kwart over negen. Hij was laat vanavond, zoals vaker de laatste tijd, terwijl al die scholen, afdelingen die over onderwijs gingen en niet te vergeten het ministerie al lang dicht waren. De laatste tijd werkte hij 's avonds vaker op de krant of hij had een gesprek met schoolboekenschrijvers, begeleiders, therapeuten of wat voor mensen dan ook die om het onderwijs heen cirkelden en overdag weinig tijd schenen te hebben. Tegen zeven uur had hij gebeld dat hij ergens een broodje at en waarschijnlijk pas rond een uur of elf thuis zou zijn. 'Een afspraak met een paar studenten die van hun opleiding zijn gegooid, omdat ze hun scriptie bijna helemaal van internet hadden gedownload. Iets over soaps en moderne beeldcultuur. Ik zie ze ergens in een café achter het Maagdenhuis. Hopelijk zit er een aardig stuk in.' Hans in een café, hij wel. Misschien waren er meisjesstudenten bij, leuke, openhartige, ongebonden meiden. Nee, niks voor Hans. 'Welk café?' had ze gevraagd. 'O, weet ik niet precies meer, zo'n donker studentenhol.' 'De Schutter?' Een jaar of vijftien geleden waren ze daar wel eens geweest. Nu was ze er definitief te oud voor, zoals ze voor zo veel dingen over de uiterste leeftijdsgrens was. 'Ja, De Schutter,' had Hans gezegd.

Yoka ging achter haar computer zitten, bladerde door de aantekeningen voor haar nieuwe boek, probeerde de vader van het meisje voor zich te zien, de man, zijn stem, zijn houding, kortaf en zelfverzekerd – een paar keer sneed het beeld van Hans erdoorheen, terwijl hij met die studenten in het café zat, bier aanbood om de tongen los te maken, iets grappigs zei tegen een studente –, maar dan liet ze haar ogen weer over haar notities gaan. Ze keek even of ze e-mail had. Alleen

een aanbieding van een reisorganisatie die haar het Amazonegebied wilde laten verkennen. Ze ging naar de map Nieuw Boek, riep het bestand op. Eerste hoofdstuk, ruim negenhonderd woorden. Soms was het beangstigend, al die tienduizenden woorden, honderdduizenden tekens, dus aanslagen, die er nodig waren voor een roman. Op voorhand kreeg ze kramp in haar vingers, en meer nog kramp in haar hoofd, alsof haar hersens daar overspannen samentrokken. Over ruim een halfjaar zou ze het manuscript moeten inleveren, maar ze had zelfs nog geen titel. 'Je lezers zitten echt te wachten op een nieuw avontuur van Anouk,' had Maaike, de begeleidende redacteur, haar vermoeiend enthousiast voorgehouden. Je lezers, je lezers... meer dan een paar duizend waren het er niet. Nou ja, met de uitleningen in de bibliotheek erbij misschien zo'n tienduizend.

Nu beginnen, nu verder schrijven. Ze produceerde een zin, maar drukte op de backspacetoets tot alle letters verdwenen waren. Literaire auteurs konden eventueel een boek schrijven over het schrijven van een boek, wat dan natuurlijk niet lukte, maar uiteindelijk paradoxaal genoeg toch een boek opleverde. In de thrillerwereld kwam je niet ver met zo'n Droste-verpleegster in woorden.

Ze pakte een kaartje van haar bureau, dat vanochtend door de brievenbus was gegooid. JESUS IS GEZELLIGHEID stond erop gedrukt tegen de achtergrond van een kleurig kruis en iets wat een grote rode bloem leek. 'Jesus' en niet 'Jezus'. Toen ze pas had leren lezen, had ze dat woord ooit ontcijferd als 'je zus'. Je zus is gestorven aan het kruis. 'Maar Annet leeft toch gewoon?' had ze opgemerkt. Hilariteit in het gezin. Annet, die een jaar of vijf geleden naar Australië was geëmigreerd en hen steeds weer uitnodigde om een keer langs te komen. Nee, *down under*, daar hadden ze weinig zin in.

In de keuken schonk ze een glas witte wijn in, nam een

slok, maar goot boven de gootsteen de rest van de wijn terug in de fles. Kwart voor tien. Ze moest haar verhaal vlot proberen te trekken. Bovendien zou ze er – achter de computer, hamerend op de toetsen, fantaserend, creërend – niet uitzien als het treurige, eenzame, wachtende, afhankelijke vrouwtje wanneer Hans thuiskwam.

Ik zette mijn Aprilla tussen een oude, afgeragde Opel en een vrachtwagen die zijn beste tijd al enkele jaren en misschien wel decennia achter zich had liggen en waar op de zijkant de tekst TON EN TONNIE, VOOR AL UW GEHEIME FANTASIEËN stond. Er woei een gure wind die af en toe een paar regenvlagen meevoerde, die perfect bij deze locatie pasten, nee, die deze locatie pas vervolmaakten. Echt een omgeving om een feestje te vieren. Links een auto-uitlaatservice (OOK VOOR UW SCHOKDEMPERS! TEGEN SCHOKKEND LAGE PRIJZEN!) en rechts een keukenbedrijf: NEEM NU EEN NIEUWE KEUKEN! Waarom juist nu?

Tools for Rent heette het bedrijf waar ik nu voor stond. Eergisteren had de eigenaar, Steven Houtenbosch, mij gebeld. Een norse, brommerige stem, die verder over de telefoon niets wilde zeggen over de zaak waarvoor hij mij nodig dacht te hebben. 'Nee, dat komt later wel. Wanneer kunnen we elkaar spreken?' Ik bladerde in mijn agenda, liet het papier ritselen, kreunde en humde een beetje, bekeek de maagdelijk blanke pagina's. 'Tja, razenddruk tegenwoordig. Maar even kijken...' Een diepe zucht. 'Ja, overmorgen, dat gaat wel lukken.' 'Dan pas?' Houtenbosch klonk als een man die gewend was zijn zin te krijgen. Ik wist dat ik hoog spel speelde, maar voor mijn status leek het me niet gezond om te gretig toe te zeggen dat ik binnen een uur bij hem op de stoep zou kunnen staan. Het leven bestond uit het nemen van risico's, in ieder geval mijn leven. De deuren weken van elkaar nadat ik een paar passen naar voren had gedaan. Op zo'n moment verwacht ik altijd hoorngeschal, een soort olympische hymne en natuurlijk een feestcomité: de grote Anouk Akkerman maakt haar entree! Iedereen in de houding! Een donderend applaus!

Ik liep naar binnen alsof het de gewoonste zaak van de wereld was. Tools for Rent, net als de HEMA de gewoonste zaak van de wereld. In de kleine ruimte voor de balie stonden enkele glimmende martelwerktuigen. 'Afkortzaagmachine' las ik op een etiket, 'klokpomp' op een ander, en 'muurfrees'. Mijn allergie voor klussen in huis, het renoveren van kamers en aanverwante werkzaamheden, zelfs het vastmaken van een stekkertje aan een elektriciteitsdraad (met zo'n ellendig klein schroevendraaiertje!) begon al op te spelen. Als ik hier lang bleef, had ik morgen weer last van eczeem. Alleen geestelijk weliswaar, maar volgens mijn ervaring was die minstens zo hardnekkig als de fysieke variant. Ooit wel eens mentaal schimmel tussen je tenen gehad? Nou dan.

Achter de balie zat een jongeman met een donkerrode stofjas aan, die een klant te woord stond. TFR stond er op zijn borstzak, ongeveer ter hoogte van zijn hart. Dat klopte voor de zaak, warm en gemotiveerd!

De lichtelijk brutale blik van de medewerker vestigde zich op mijn gestalte, die hij eerst leek te monsteren. Hij knikte zelfs even. Net of hij zo wilde bevestigen dat ik ermee door kon. Dat was ik min of meer gewend. 'Mevrouw, waarmee kunnen wij u van dienst zijn?'

'Ik kom voor mijnheer Houtenbosch.'

'Aha.' Hij deed verder niets, maar liet zijn ogen dalen van mijn gezicht naar mijn borsten, die ik meteen iets pronter naar voren bracht.

'Anouk Akkerman is mijn naam. Ik heb een afspraak.'

'Zou ik ook wel willen,' zei de jongeman, terwijl hij me met een licht ondeugende glimlach aankeek.

'Met hem?' vroeg ik, quasi-naïef.

'Nee, met jou... eh, met u, natuurlijk.' Hij deed zijn uiterste best op een charmante glimlach.

Even overwoog ik hem mijn tarief te noemen, maar hij zou snel de verkeerde conclusie trekken, en het leek me niet passend om hem op de hoogte te stellen van mijn functie. Misschien ging het om bedrijfsbeveiliging en werd er hier – zoals op veel plaatsen – gejat door het personeel. Een kleine maand geleden had ik ruim een week in een chique parfumeriezaak gewerkt. En inderdaad: één verkoopster jatte dagelijks voor een paar honderd euro ongeneselijk duur reukwater. Ze bleek een flesje in een soort houder onder haar oksel te dragen, dat ze bijvulde via een slangetje.

Ik zette mijn strakke, zakelijke gezicht op en schroefde mijn stem enkele decibellen omhoog. 'Zou je mijnheer Houtenbosch even willen waarschuwen dat Anouk Akkerman er voor hem is?'

Enigszins geschrokken keek de medewerker me aan. Daarna pakte hij de telefoon, toetste een nummer in en gaf de boodschap door.

Een deur in het kantoor achter de balie ging open en er kwam een grote, zware man te voorschijn, gekleed in een grijs pak dat iets te strak in de schouders zat. Op zijn donkerblauwe stropdas stond gereedschap afgebeeld: hamers, zagen, tangen. Bij de balie deed hij een klep omhoog en zei met een vermoedelijk door alcohol en sigaretten aangevreten stem: 'Komt u verder.'

In zijn spaarzaam ingerichte kantoor knikte hij in de richting van een stoel, waaruit ik opmaakte dat ik daarin plaats mocht nemen. 'Koffie?'

'Graag, als het niet te veel moeite is.'

'Hoe?'

'Zwart.'

Hij bromde iets in een telefoon, en bleef me daarna zwijgend aankijken met een borende blik. Er kwam een jonge, blonde vrouw, enigszins wankelend op iets te hoge hakken, het kantoortje binnen. Ze zette een kopje koffie voor me neer. 'U ook nog één, meneer Houtenbosch?' vroeg ze in het platste Amsterdams. Hij schudde zijn hoofd.

Zodra de vrouw de deur achter zich had gesloten, zei Houtenbosch op constaterende toon: 'Mijn dochter is weg.'

'Weg?' vroeg ik, tamelijk stupide.

'Ja, verdwenen, in rook opgegaan.'

Ik vond dat het behoorlijk cru klonk, maar mijn zus Katelijn had hetzelfde gezegd over haar zoon Justin van zeventien toen hij zich

14

twee dagen onvindbaar had weten te houden. Op haar huilerige ver-
zoek – nee, geld wilde ik er niet voor hebben; familie, nietwaar – was
ik wat rond gaan kijken en vragen. Uiteindelijk had ik hem uit een coffeeshop geplukt, waar hij zich naar de allerhoogste sferen aan het blowen was. Justin, zoon van mijn zus Katelijn, die zelf altijd zo verplet-
terend braaf was geweest. Ik hoorde het mijn ouders nog zeggen,
gelijktijdig, in stereo: 'Je zou wel 's een voorbeeld aan Katelijn kunnen
nemen.' En nu? Gescheiden, een zoontje dat niet wilde deugen, en
ziek thuis van haar werk met een *full blown burn-out. So much for de-
cency*, om het maar eens in rond Nederlands te zeggen.

'Hoe lang?'

'Twee weken al. Spoorloos.' Houtenbosch was geen man van overbodige woorden. Maar waarom had hij zo lang gewacht om me in te
huren?

Ik vroeg hem of hij naar de politie was geweest.

'Die doen geen reet. Een formulier invullen, ja, maar te lamlendig
om achter hun bureau vandaan te komen.' Houtenbosch' ogen vlam-
den.

Ik pakte mijn aantekenboekje. 'Naam, leeftijd, waar ze het laatst is
gezien, school, vrienden, vriendinnen, eventuele ruzies of conflicten
tussen u en haar... Ik moet zoveel mogelijk weten voor ik kan gaan
zoeken.'

Ze waren bijna in elkaars armen in slaap gevallen, totdat
Hans met een bijna spastische schrikbeweging volledig wakker werd. Eefje had hem nog lang bij zich willen houden, zijn
warme, zachte, geile lichaam tegen het hare willen voelen,
haar vingers over zijn huid, zijn geur ruiken, zijn stem horen
terwijl hij haar naam fluisterde. Het was zo anders, zoveel
meer dan vroeger met Niels.

Ze bleef liggen terwijl Hans uit bed stapte. 'Moet je echt nu
al weg?' vroeg ze, ondanks zichzelf.

'Kwart over elf, ik ben al te laat. Even douchen.'

Eefje wilde vragen wat hij tegen Yoka zou zeggen, maar ze kende het stilzwijgende verbond: over haar zouden ze niet praten. Met Yoka had hij een ander leven. En dit was iets van hun tweeën, exclusief en bijzonder. De intense, wilde, maar soms ook tedere seks, zoals ze dat nooit eerder met een andere man had meegemaakt. Nee, bij haar blijven slapen was onmogelijk. Dat ze vorige week samen bij Toledo hadden gegeten, was al een absolute uitzondering. Misschien als hij een keer voor de krant naar Groningen of Maastricht moest, zodat hij een nacht in een hotel moest blijven, maar dan bestond altijd de kans dat zijn vrouw meeging.

Hij kwam met een handdoek zedig om zijn onderlijf gewikkeld de slaapkamer binnen. Eefje wierp het dekbed van zich af en toonde hem haar naakte lichaam. Met beide handen streelde ze zich van haar buik tot haar borsten en weer terug.

'Niet doen, niet doen,' zei Hans. 'O, god, nee.' Hij draaide zich van haar af, en liet de handdoek vallen.

Ze zag zijn stevige, spaarzaam behaarde billen en kreunde licht, terwijl ze met haar hand naar haar kruis ging, zichzelf licht beroerde. Hij trok een zwarte boxershort aan.

'Je bent gemeen, je bent een ontzettend gemeen kreng,' zei hij dreigend lief.

'Wil je me dan niet meer?' vroeg ze met een opzettelijk klein, kwetsbaar stemmetje.

Hij reageerde niet, maar begon zijn kleren aan te trekken, nog steeds met zijn rug naar haar toe.

'Moet ik het dan met mezelf doen? Dat is ook lekker, maar lang niet zo lekker als wanneer jij...'

'O, jezus, Eef, liefje.' Met een paar passen was hij bij haar. Half gekleed liet hij zich op haar vallen.

Yoka lette niet meer op de tijd, terwijl ze verder schreef aan de dialoog van Anouk en Houtenbosch. Die had haar net verteld dat hij er alleen voor stond bij de opvoeding, omdat zijn vrouw – Shana's moeder, noemde hij haar afstandelijk – twee jaar geleden overleden was. Zo'n puberdochter, die het leven wilde ontdekken, uitgaan, feesten, dat viel niet mee. Bovendien was het op school altijd gedonder. Houtenbosch leek zelfs een beetje spraakzaam te worden. Eerst had Shana op de havo gezeten, maar ze was teruggevallen naar het vmbo, waar ze helemaal niets meer uitvoerde. Kleren, make-up, muziek, uitgaan, alles was belangrijker dan school. Ze wilde zingen. Misschien dat ze de volgende keer bij *Idols...* Kinderfantasieën. Houtenbosch vertelde dat ze na school bij hem op kantoor kon komen werken, maar ze had gezegd dat zoiets haar niet boeide. 'Niet boeide... niet boeide,' schamperde Houtenbosch. 'Denkt ze soms dat ik mijn werk altijd leuk vind?'

Yoka schrok op toen Hans binnenkwam. Ze had zelfs de buitendeur niet gehoord, terwijl de deur van haar werkkamer openstond.

'Zit je nou nog te werken?' vroeg Hans.

'Ja, ik was net lekker op gang.'

'Ga rustig door. Ik ben doodmoe. Ik ga naar bed.'

Yoka stond op, sloeg haar armen om hem heen, terwijl ze haar onderlichaam tegen hem aan drukte. Straks samen wat drinken, dan naar bed. Het was zeker twee weken geleden dat ze voor het laatst gevreeën hadden.

'Moet je dat bestand niet opslaan?'

'Doe ik zo.' Ze zoende hem op zijn mond. 'Hoe was het?'

Hans maakte zich voorzichtig los van haar en keek haar enigszins geschrokken aan. 'Hoe was wat?'

'Met die studenten natuurlijk. Je bent toch naar dat café geweest om over die fraude met scripties te praten?' Vreemd, in een café, maar ze rook niets van de duffe, zware geur van sigaretten en drank die anders soms om Hans hing.

'O ja, natuurlijk.' Hij lachte even. 'Ging redelijk... gewoon studenten, die geprobeerd hebben de kluit te belazeren. Wel een aardig verhaal, niet spectaculair, behalve dat ze zeiden dat er veel meer studenten zijn die het geflikt hebben, maar die zijn nooit betrapt. Morgen maak ik er wel een stuk van. Ze waren trouwens te laat... waren het zogenaamd vergeten. Daarom ben ik nu ook zo laat.'

'Als je even wacht, dan typ ik nog een paar dingen in. Kunnen we samen wat drinken. Heb ik best verdiend, vind ik.'

'Ik ben doodmoe. Bovendien moest ik toch een beetje gelijk op drinken met die studenten en die weten aardig wat weg te zetten. Als je het niet erg vindt, ga ik naar bed.'

'Dan ga ik met je mee.'

2

'Nepverslaggever bekent aanranding van honderd meisjes

KLAZIENAVEEN – Een 30-jarige nepverslaggever uit het Drentse Klazienaveen heeft bekend de afgelopen twaalf maanden ongeveer honderd meisjes te hebben aangerand. Als zogenaamde journalist van de niet bestaande *Groninger Courant* interviewde hij zijn slachtoffers over seks en betastte hen vervolgens onzedelijk, met name door ze bij hun borsten te pakken. Volgens de verdachte had een erotische speelfilm hem geïnspireerd tot zijn daden. In die film sprak een als journalist vermomde man op straat vrouwen aan, die hij daarna meenam naar zijn woning en ondervroeg over seks en erotiek. Dit leek de dader een ideale manier om in contact te komen met het andere geslacht.'

Yoka knipte het bericht uit en plakte het in bij de afdeling

'Aanranding en verkrachting'. Daarna ging ze met haar koffie naar de bank. Een nepverslaggever. Als het erop aankwam, was Hans dat misschien ook. Nee, verkeerde gedachte. Hij was in zijn werkkamer bezig met het uitwerken van dat stuk over die frauderende studenten. Aangezet door een vaag soort onbehagen en een nauwelijks te omschrijven vermoeden, had ze vanochtend, terwijl hij onder de douche stond, in zijn binnenzak en in zijn werktas gezocht naar een bonnetje van het café waar hij was geweest. Zoiets zou Anouk ook doen, daar was ze van overtuigd. Die leerde haar van alles. Yoka vond wel een rekening van restaurant Toledo voor twee personen van vorige week, maar geen cafébonnetje, terwijl hij die studenten natuurlijk op kosten van de krant had vrijgehouden.

Toen Hans in ochtendjas de slaapkamer binnenkwam, had ze zijn colbertje net teruggehangen over de stoel. Hij had gevraagd of er iets was. 'Nee, niks, maar moet dat jasje niet naar de stomerij? Zal ik het vandaag wegbrengen?' 'Voor mij hoeft het niet,' had hij nonchalant gezegd, 'maar als je denkt dat het nodig is... ga je gang.' 'Dit had je gisteren toch aan?' Hij knikte. 'Dan breng ik het wel weg.' Ze had haar slaap-T-shirt uitgetrokken en stond naakt voor hem. 'Hans...' Hij keek haar vluchtig aan. Ze herhaalde zijn naam. 'Wat is er?' had hij gevraagd. 'Niks... er is niks. Ik heb nooit iets, dat weet je toch?' Ze had geprobeerd haar stem van een scherp randje te ontdoen, zette een halve stap in zijn richting. Ze wilde kwaad worden, schreeuwen, janken. Niks, verdomme, ik zit op jou te wachten, jij bent zogenaamd in een café, ik werk aan dat kutboek, en als je thuiskomt, ben je er eigenlijk nog steeds niet. Hoe krijg je het voor elkaar om afwezig te zijn, terwijl je er wel bent? Hier, hier ben ik, dit is mijn lichaam, neem het, gebruik het, doe alles met me, als ik je maar kan voelen, als ik maar weet dat je bij me bent, nu en voor altijd. Belachelijk, pathetisch, aanstellerig.

Ze dronk nu van haar koffie, hoorde opnieuw haar eigen woorden, zag de ontwijkende blik in zijn ogen: problemen, hysterie, vrouwengedoe. Daar had hij nooit goed tegen gekund.

'Zit je soms vast met je boek?' had hij gevraagd. 'Lukt het niet?' 'Daar gaat het niet om.' Ze was naast het bed blijven staan, in al haar nutteloze en zielige naaktheid.

De telefoon ging over. Ze nam snel op. Iemand van de Afdeling Interne en Externe Communicatie van de universiteit. Of de heer Resinga aanwezig was.

Tamar bekeek haar mail. Geen belangrijke berichten. Ze nam de krant van vanochtend door, las haar eigen stuk over; gedrukt was het altijd anders dan op het scherm. 'Jeroen van Dussel heeft het uiterlijk van een dikke, aardige lobbes, een man die misschien wat naïef uit zijn ogen kijkt, en die eruit ziet alsof hij geen vlieg kwaad zou kunnen doen. Verlegen, maar de vriendelijkheid zelve, ook tegenover de rechter, die hem een paar keer moet manen om iets luider te spreken. Als Jeroen echter vindt dat hij onrechtvaardig wordt behandeld, is het soms net of hij een andere persoon wordt. Dan neemt hij het niet, dan pikt hij niet wat hem wordt aangedaan, dan krijgt hij een rood waas voor zijn ogen. Zo ook op die woensdagavond, toen zijn vrouw eerst al niet voor het eten had gezorgd, geen bier in huis had gehaald en bovendien zelf naar een film wilde kijken, terwijl er een voetbalwedstrijd werd uitgezonden. "Foebal is alles voor me," zei hij. "U ziet er zelf toch niet zo sportief uit," was de reactie van de rechter.' Uiteindelijk had Jeroen na een fors handgemeen het televisietoestel uit het raam gegooid en zijn vrouw in elkaar geslagen. Drie dagen had ze in het ziekenhuis gelegen.

Het was Tamars wekelijkse stukje met een kort rechtbankverslag, niet het grote werk van de echte criminelen, de Sam

Kleppers en Klaas Bruinsma's van deze wereld, maar een beetje *human interest*-achtig, een soort column, misdaad op kleine schaal, liefst met een flinke portie invoelbaar, menselijk leed.

Langzamerhand kwamen er wat meer collega's binnen. Ze pakten de telefoon, zochten iets op internet of praatten even met Wijnand, hun chef.

Hans kwam tegenover haar zitten, een diepe zucht slakend. 'Hoe is 't?' vroeg ze.

'Goed, prima. Tenminste...'

Ze besloot dat 'tenminste' te negeren. 'En met Yoka?'

'Net aan een nieuw boek begonnen. Dan is ze altijd een beetje prikkelbaar. Elke keer weer de angst dat het niks wordt.'

De halfelfvergadering begon. Wijnand vroeg naar ideeën, plannen, stukken die onderweg waren. Het bleef een tijdje stil.

'Ik ga vanmiddag naar de rechtbank,' zei Tamar. 'Een hele serie zaken over wietplantages en illegaal stroom aftappen. Sommige in een keurige wijk in Haarlem. In garages en bijgebouwtjes stonden honderden planten.'

'Iets voor de één?'

Ze schudde haar hoofd. Nee, niet spectaculair genoeg voor op de voorpagina.

Hans had voor morgen zijn stuk over die frauderende studenten. Hij wist nog niet zeker of ze voorgoed van de universiteit geschopt zouden worden. De voorlichter was daar maar omheen blijven praten. 'Ze zijn bang voor slechte publiciteit, vanwege studentenaantallen en zo, en verder is niet duidelijk of ze juridisch sterk genoeg staan.'

'Heb je zelf het examenreglement al bekeken?'

'Zal ik doen. O ja, en daarna was ik iets van plan over ziekteverzuim van leerkrachten. Op sommige scholen schijnt het tegen de twintig procent te lopen. En ik ben nog bezig voor "Een jaar later".'

Ben werkte aan een stuk over politieagenten die blowden en xtc-pillen hadden gebruikt. Emine had contacten met asielzoekers die onder het nieuwe regiem waarschijnlijk over de grens gezet zouden worden. 'Twee vrouwen van in de twintig uit Eritrea, al langer dan tien jaar in Nederland, alletwee verpleegkundige, en straks moeten ze naar een land dat ze helemaal niet meer kennen als ze het al ooit goed gekend hebben. Ze spreken perfect Nederlands...'

'Misschien zelfs beter dan jij,' probeerde Rogier haar te stangen.

Niemand lachte. Emine negeerde de opmerking. 'Echt fantastische vrouwen.'

'Als het maar niet zo'n zielig huilverhaal wordt,' waarschuwde Wijnand. 'Misschien moet je een woordvoerder van het ministerie vragen, of iemand van de IND. Kijk maar 's kritisch naar hun verhaal, hoe ze hier gekomen zijn, of ze destijds de kluit belazerd hebben, waarom ze geen... hoe heet het ook alweer gekregen hebben...'

'Status,' vulde Emine in.

'Dat soort dingen.'

'Fuck you, man, dat ga ik niet doen!'

'Geef mij 's een sigaret.'

'Rot op, man!'

'Hé, Marvin... check die *patas* van Rico. Chill!'

Ik liep langs een groep jongeren die voor hun school stonden en begreep weinig van sommige flarden af en toe aangebrand klinkende, op snelle toon uitgesproken conversatie. Jongens bij jongens en meisjes bij meisjes, sommige in kleine subgroepjes. De meesten donker, maar er zat een enkele blonde tussen. De jongens riepen, daagden elkaar uit, rookten sigaretten, stootten elkaar aan, maakten halve boksbewegingen. Veel waren er gekleed in hun uniform van sneaker, spijkerbroek, T-shirt en jack. Sommige donkere jongens droegen lage, half over hun heupen zakkende spijkerbroeken met het kruis bijna tussen de knieën of een trainingspak dat minstens vijf maten te groot leek. Enkelen hadden een baseballpet op of een soort piratendoek om hun hoofd. De meisjes waren stiller; er werd gefluisterd, bijna onderdrukt gelachen, er klonk een kreet van afschuw. Een paar moslimmeisjes droegen een lange rok en hadden hun hoofd bedekt. Enkele donkere meisjes, bijna allemaal rokend, hadden een strakke broek aan, die hun kont flink liet uitkomen. Uitdagend keken ze om zich heen. Andere meisjes waren ongeveer hetzelfde gekleed als de jongens, alleen waren de T-shirts veel strakker en korter, zodat er een blote reep buik zichtbaar was, bij sommigen versierd met een piercing. Verschillende meisjes drukten een gsm tegen hun oor of waren kennelijk bezig een sms'je in te toetsen.

Ik liep naar de overkant van de straat en keek naar het strak uitgevoerde gebouw van onverbiddelijke, grijze steen. COLLEGE 'THE FUTURE' stond in helderblauwe letters op de gevel. Dit was dus de vmbo-school waar de dochter van Houtenbosch op zat, nadat de havo te hoog gegrepen bleek. Vanochtend had ik met het secretariaat gebeld. Over individuele leerlingen deden ze geen mededelingen aan buitenstaanders. 'Maar ze is verdwenen, haar vader is dodelijk ongerust, en we proberen haar te vinden. Ik wil graag weten of ze de laatste dagen nog op school is geweest.' Of ik van de politie was? Nee dus. Nogmaals: geen mededelingen aan buitenstaanders. Ik zou me misschien kunnen vervoegen bij haar mentor, Jane Treffers, was het advies.

Een meisje werd nu beetgegrepen door een van de jongens. Lachend en 'nee, niet doen, blijf met je poten van me af' schreeuwend, probeerde ze zich zonder echte overtuiging los te maken. Anderen joelden en juichten. 'Hij gaat je nakken!' riep iemand. De school braakte een nieuwe stoot leerlingen uit. Een jongen op een scooter kwam langs scheuren. Er verschenen meer scooters. Een paar meisjes gingen achterop zitten, in de houding die ik nog van vroeger kende, toen op een bromfiets natuurlijk: het lichaam tegen dat van de bestuurder aangevleid, het hoofd tegen zijn schouder, armen om hem heen, de benen naar een kant. Een donkere jongen bouwde een grote joint, die werd doorgegeven. 'Hé, *man*, gimmie afoe!'

Toen het wat rustiger werd voor de school, ging ik naar binnen. 'Zonder pasje GEEN toegang' stond met enorme letters op een groot affiche naast de portiersloge. Aan de portier – zo te zien van een bewakingsfirma – vroeg ik naar Jane Treffers.

'U heeft een afspraak?'

'Ja, min of meer.'

De man monsterde me.

'Via het secretariaat,' voegde ik eraan toe, met mijn breedste smile.

De man pakte een overzicht. 'Tweede verdieping, lokaal 2.14. Als ze daar niet meer is, kunt u de docentenkamer proberen, eerste verdieping tegenover de trap.'

Door twee detectiepoortjes ging ik naar binnen. Nee, een wapen had ik niet bij me. Er waren mensen die dachten dat je in mijn beroep daarover mocht beschikken. Vergeet het maar, zelfs geen nepper. Op lastige klussen had ik wel eens een busje pepperspray meegenomen, maar het was gewaagd. Als ik ermee gepakt werd, zou ik mijn vergunning kwijt kunnen raken. De centrale hal was kennelijk tegelijk kantine, en kon waarschijnlijk ook dienst doen als aula. Verspreid over de ruimte zaten of stonden kleine plukjes leerlingen. Een jongen spurtte een gang in, achtervolgd door een ander.

In lokaal 2.14 zat een vrouw achter een tafeltje met een stapeltje papieren voor zich, een leesbril op het puntje van haar neus geschoven. Ze had kort, pikzwart geverfd haar, dat bovenop in stekeltjes omhoog stond en...

Nee, niet verder, besloot Yoka. Al die overbodige beschrijvingen, die niets bijdroegen aan het eigenlijke verhaal, daar had

ze een pesthekel aan. Zelf wilde ze voor geen goud een tweede Sue Grafton worden, ja, wel haar oplages natuurlijk, maar
niet al die introducties van personages met zeker een halve
pagina overbodige tekst over hun uiterlijk.

Ik klopte op de openstaande deur. 'Mevrouw Treffers?'

'Ja, wat... eh, wat kan ik voor u doen? Komt u voor uw zoon of uw
dochter?'

Ik liep het lokaal in. 'Nee, ik heb geen kinderen.' Ik stak mijn hand
uit. 'Anouk Akkerman.'

Een opmerkelijk koele, gladde hand omvatte de mijne. 'Jane
Treffers. Als u geen leerling hier op school heeft, waarvoor dan?'

Ik vertelde dat ik op zoek was naar Shana Houtenbosch, in opdracht van haar vader.

'O, die man, die heeft... nou ja, laat maar.' Jane Treffers keek of ze
met haar blik Houtenbosch zou willen vermoorden. Paranormaal, op
afstand. Dodelijke stralen, als in een aflevering van *The X-Files* of hoe
heette die andere serie ook alweer?

'Had u problemen met mijnheer Houtenbosch?' vroeg ik met mijn
onschuldigste stemmetje.

'Ach,' Jane Treffers haalde haar schouders op. 'Wie niet?'

Hier ging ik verder niet op door. De dochter, om haar ging het nu,
en niet om de vader. Hoewel... 'Shana is spoorloos verdwenen. Haar
vader heeft geen idee waar ze is. Hij is verschrikkelijk ongerust. Natuurlijk heeft hij al op de school geïnformeerd en ze is de afgelopen
periode... even kijken, deze week en ook vorige week... niet op school
verschenen.'

'Ze heeft, geloof ik, gebeld met de administratie, voorzover ik
weet.' Jane Treffers pakte een schrift uit haar tas, bladerde erin en zei:
'Ja, ziekmelding, zo'n dag of tien geleden. Griep, geloof ik.'

'Ze ligt niet ziek thuis. Ze is verdwenen. Niemand schijnt te weten
waar ze is.'

'Echt waar? En wie bent u dan? Een tante of zo? Ik weet dat haar moeder een paar jaar geleden overleden is. Meisjes kunnen behoorlijk in de war raken van zoiets, zeker als ze in de puberteit zitten. Dan gaan ze soms gekke dingen doen.'

'Natuurlijk. Daar is haar vader juist bang voor. Daarom moet ik proberen haar te vinden.' Ik legde uit wat mijn beroep was.

Jane Treffers keek me enkele seconden bewonderend aan. 'Wat spannend!' zei ze ten slotte. 'Ik wist niet dat vrouwen dat soort werk deden.'

Informatie, daar ging het om. Anders bleef je dwalen, in cirkeltjes lopen, tastend door een dikke nevel van onwetendheid. Zelfs met een lichte hint kon je al gaan zoeken. Zij moest de eerste zijn om dat te beseffen; ze paste het verdomme zelf toe. Anouk zou geen centimeter opschieten als ze werkeloos voor zich uit bleef staren, bevangen door een troebel vermoeden. Van het een kwam soms het ander, ook in het verhaal zelf. Al schrijvende bedacht ze meestal pas wat de verdere ontwikkelingen konden zijn. Het was nu vier uur, waarschijnlijk een stille tijd in cafés. Handig om een praatje te maken met het personeel, dat toch niet veel beters te doen had.

Yoka zocht een geschikte foto en stopte die in haar tasje. Voor ze de deur uitging, keek ze even in de spiegel. Ze werkte haar mond bij, perste haar lippen tegen elkaar om de kleurstof egaal te verdelen en bracht haar gezicht dicht bij het glas. 'Vind je niet dat ik er oud uit begin te zien?' had ze onlangs nog aan Hans gevraagd. Hij glimlachte. 'Al die lijntjes, en mijn kin begint een beetje uit te zakken. Hier, hieronder, allemaal los vel.' Ze trok het meer naar beneden. 'Dat wordt straks verschrikkelijk kwabberig, zoals vroeger van mijn oma. Die leek net een kalkoen.' 'Ach, we worden alletwee oud. Het heeft niet veel zin om je daartegen te verzetten.'

Ze trok een oud, mooi gebleekt spijkerjasje aan en keek opnieuw in de spiegel. Het ging tenslotte om de eerste indruk die je maakte.

Ze twijfelde tussen de tram en een taxi. Het werd de tram. In het conducteurshokje zat een man met ogen die in de verte staarden, misschien al naar het eindpunt. 'Hoeveel zones?' vroeg hij mechanisch.

'Naar het Muntplein.'

Zonder iets te zeggen, zette de man zijn stempel.

Via de Kalverstraat en de Heiligeweg liep ze naar de Voetboogstraat. Daarna maakte ze een rondje naar de Handboogstraat. Veel cafés, typisch gelegenheden voor studenten, zo leek het. Het was nu zaak om haar verlegenheid te overwinnen. Drank zou helpen, wist ze uit ervaring. Maar niet te veel, zoals laatst op dat feestje bij Annemiek, toen ze zich uiteindelijk 's nachts om een uur of halfdrie huilend had opgesloten op het toilet. Niet meer aan denken, want dat zou alleen maar nieuwe treurigheid uitlokken. Negatieve ervaringen moest je zoveel mogelijk buitensluiten, hield Anouk haar voor. *Think positive!* Ha!

De Schutter was zo duister als het hoorde en vrijwel leeg. Ze ging aan de bar zitten. Een jongeman met een rood T-shirt waarop SOZIALISTISCHE EINHEITSPARTEI DEUTSCHLAND stond (en twee imposante, vierkantig getekende vuisten, die een gebouw leken te vormen) was glazen aan het spoelen en merkte haar niet op. In een boek zou ze hem misschien Rood T-shirt noemen. Paretsky deed dat nogal eens. Bij haar heetten mannen te vaak Streepjesoverhemd of vrouwen Zilveren Armband. Tot Yoka's genoegen klonk er jaren-zeventigsoul. Aretha Franklin, doctor Feelgood. Na een paar minuten schraapte ze haar keel.

'Hé, een klant.' De jongen keek of het een volstrekte verrassing voor hem was. 'Wat kan ik voor u doen?'

'Een witte wijn graag.' Je, niet u, maar ze zei het niet. Hoe oud zou hij zijn? Begin twintig waarschijnlijk, dus bijna twintig jaar verschil. Annemiek had haar wel eens giechelig verteld dat ze een jongen van die leeftijd had versierd. Spannend, maar geen succes in bed. 'Ik moest hem een volledige gebruiksaanwijzing geven en toen deed-ie het nog verkeerd.'

Yoka stak een sigaret op en dronk van haar wijn. Toen de jongeman haar richting uitkeek, zei ze: 'Ik wou iets vragen.'

'Oké.'

Ze twijfelde, maar nu ze zo ver gekomen was, moest ze doorgaan. Aanvankelijk had ze een ingewikkeld verhaal geconstrueerd over een onbekende man die ze zocht, van wie ze toevallig wel een foto had. Nee, het was het beste om zo dicht mogelijk tegen de waarheid aan te gaan zitten. 'Heb je hier gisteravond ook gewerkt?'

'Ja.'

Ze haalde de foto uit haar tasje. 'Was deze man hier toen ook?'

'Waarom wil je dat weten?'

'Zomaar.'

Hij glimlachte. 'Zomaar? Dat geloof ik niet.'

'Nou ja, goed, ik ben met hem getrouwd en ik... eh, ik denk dat hij vreemdgaat.'

'Shit,' zei de jongeman.

Ze dronk haar glas leeg en keek half triest en half schuldbewust naar de jongen achter de bar.

'Als je daar bang voor bent,' zei hij, 'dan wil je vast nog wel wat drinken. Op rekening van de zaak. De baas is er toch niet.'

In de supermarkt liep Eefje een tijdje door de gangpaden zonder iets in haar karretje te deponeren. Hans had niet gebeld, maar dat hoefde niets te betekenen. Ze wist dat hij geen echte maaltijd verlangde als hij rond zeven uur toch op de stoep zou staan, na een telefoontje vijf minuten daarvoor. Het was altijd afwachten, ze mocht nergens op rekenen, maar op een bepaalde manier dacht ze dat toch prettig te vinden. Alles wat ze kreeg was meegenomen. Hij kwam, ze aten iets, gingen met elkaar naar bed. Dat laatste soms het eerst, waarna ze bijvoorbeeld een pizza liet komen, die ze in bed opaten. Nu ze eraan dacht, voelde ze al een warreling in haar onderbuik. 'Mijn loverboy' had ze hem laatst genoemd. Hij had haar met een bevreemde blik aangekeken. 'Ja, mijn jongensminnaar, mijn seksmaatje, mijn enige, echte liefdesvriend, dus heel iets anders dan jij denkt.' Of ze op school met dat verschijnsel te maken hadden, vroeg Hans. Nee, niet dat ze wist. Ze legde een fles witte wijn in haar karretje, liep naar de vleesafdeling en zocht kalfslapjes. Ja, kalfsvlees in blauwe-kaassaus met rijst en venkel. De rijst in witte wijn gekookt. Als het moest – moest? – konden ze dat in bed eten.

Tiba, haar beste vriendin, had haar de les gelezen: ze maakte zich afhankelijk van Hans, ze schoof moeiteloos in de traditionele vrouwenrol. 'Ik heb mijn eigen leven,' had ze gereageerd. 'Ik heb een baan, een eigen huis, dus ik voel me helemaal niet afhankelijk. En als hij bij me komt, hebben we het goed... fantastisch zelfs... kon niet beter. Alsof het tussen jou en Onno altijd zo soepel gaat.' 'We weten tenminste wat we aan elkaar hebben,' zei Tiba. 'En ze leefden nog lang en gelukkig,' reageerde Eefje. 'Maar wel eerlijk.' 'Ja, ja, eerlijk duurt het langst.' Met Niels was ze zelf ook zo verdomd eerlijk geweest, altijd, en wat had het uiteindelijk opgeleverd? Na tien jaar zomaar uit elkaar gegaan, zonder ruzie, zonder dat er een ander in het spel was, zonder vreugde of verdriet. Hun verhouding was als een poreuze band, die langzaam leegliep, had ze in een pseudo-poëtische bui wel eens gedacht. Een enkele keer zag ze Niels nog, en ze stuurde hem een kaartje met zijn verjaardag en met oud en nieuw. Ze was hem vooral dankbaar dat hij haar zonder slag of stoot in hun huis had laten wonen.

Haar gsm rinkelde. Het duurde even voordat ze hem onder uit haar tas had gevist.

'Met Hans.'

'Met mij, dag lief.' Ze zag hoe een vakkenvuller haar aan-staarde.

'Ik kom straks bij je langs. Is dat goed?'

'Natuurlijk. Ik sta net eten in mijn karretje te laden.'

'Lekker. Ik ben er over ruim een halfuur. Een paar dingen op de krant doen en dan ben ik klaar.'

'Helemaal goed.' Ze drukte een zoen op het toestel.

De vakkenvuller keek haar nog steeds met grote ogen aan.

3

'Jongen (10) steekt vader neer om moeder te helpen

HELMOND – Een 34-jarige man uit Helmond is dinsdag door zijn 10-jarig zoontje neergestoken. De man verkeert in levensgevaar. Het slachtoffer en zijn 35-jarige vrouw liggen in echtscheiding. De vrouw had de afgelopen dagen samen met haar zoon en 8-jarige dochter elders doorgebracht. Toen zij dinsdagmorgen thuiskwam, ontaardde een ruzie met haar man in een worsteling, waarbij de man zijn vrouw sloeg. De jongen pakte een mes en stak zijn vader.'

Opnieuw Brabant. Kennelijk was er iets ernstig mis met die provincie. De afdeling 'Familie' begon behoorlijk te groei-en. Een tienjarige jongen die zijn moeder verdedigt door zijn vader neer te steken. De vraag was wat er allemaal aan vooraf was gegaan, waarschijnlijk een onoverzichtelijke en gekmakende hel van gezinsconflicten. 'De jongen pakte een mes,' stond er simpelweg. Lag dat voor het grijpen? Ach, een mes bij de hand is altijd makkelijk. Misschien was hij naar de keuken gerend terwijl zijn vader op zijn moeder inbeukte en had hij de lade met het bestek opengetrokken. Wat voor mes: een aardappelschillertje, een vleesmes? Yoka liep naar de keuken en bekeek haar eigen voorraad aan mogelijke steekwapens. Een gekarteld broodmes, twee vleesmessen. Ze pakte het grootste van de twee en ging met de scherpe kant van het lemmet over haar duimnagel, zodat ze er wat wittig nagelstof vanaf raspte. Misschien hadden ze daar in Helmond zo'n messenblok gehad, met allemaal fantastisch goed geslepen messen.

Ze plantte de punt van het mes voorzichtig in de houten zitting van de keukenkruk, zette de punt daarna in de muis van haar hand, dat mollige stukje vlees onder haar duim. Als het van een dier was, zou je het willen afkluiven. Hoe was het om het scherpe metaal ergens in te steken, in iets wat zacht, warm en levend was? Voelde je het als het op een bot stootte? Maar wat ze nog liever wilde weten: wat voelde het slachtoffer, hoe gedroeg die zich? Het bloed dat begon te stromen, de schreeuw, de pijn. Het mes dat teruggetrokken werd, het bloed dat eraan kleefde, er mogelijk vanaf droop. De dader keek er in verwarring naar, begreep het zelf misschien evenmin, twijfelde tussen blijven staan en wegrennen, zo ver mogelijk weg, de oneindigheid in. Die twijfel verlamde hem. Of haar, natuurlijk. Het slachtoffer dat naar de wond greep, het warme vocht voelde, dat tussen de vingers door sijpelde, misselijkheid, doodsangst. Maar misschien was er niet eens ruimte voor angst en overheerste de pijn elke andere emotie.

Ze schreef erover, maar wist er eigenlijk niets van. Het was vooral bluf, zoals bij de meeste van haar collega's, die achter hun pc gruwelijke, gewelddadige scènes probeerden te bedenken. Eén keer had ze iemand Anouk laten steken, in haar arm. Het bloed welde in een golf uit de wond, terwijl ze nog geen pijn voelde. Haar aandacht ging vooral naar het mes, dat op de grond lag. Er zouden vingerafdrukken op staan. De dader had een bivakmuts over zijn hoofd getrokken, maar mentaal noteerde ze in snelle streken zijn kleding: lichte, gebleekte spijkerbroek, sportschoenen (Nike), een leren jasje met een scheur in het achterpand. Een andere keer had iemand die achter haar stond een poging gedaan om haar te wurgen. Hoe was dat gevoel als je bijna stikte, wanhopig vocht om kostbare zuurstof binnen te krijgen? Anouk had keihard met haar elleboog naar achter geslagen, in de man zijn maag, en opnieuw, tot hij losliet.

Zonder dat ze er erg in had, was ze naar de woonkamer gelopen. Een buurvrouw van de overkant zette twee zware Dirk-boodschappentassen neer en keek omhoog. Yoka bracht het mes achter haar rug en glimlachte verontschuldigend. De vrouw knikte terug. Vooruit, doe maar, ga je gang.

In de keuken maakte ze een nieuw kopje espresso. Het was een prachtig apparaat, Italiaans design, een sieraad voor de keuken. Ruim twee jaar geleden cadeau gekregen van Hans voor haar verjaardag, maar de koffie was nooit echt heet. Dat had ze onlangs voorzichtig tegen hem gezegd. 'Wat zeur je nou?' was zijn reactie. 'Het is toch heerlijke koffie. Moet je dan juist je mond verbranden?' Ze pakte de krant en las het artikel van Hans over frauderende studenten nog eens. Het stond er alsof hij ze daadwerkelijk had geïnterviewd. Misschien was het alleen telefonisch geweest. Of hij had die middag met ze gepraat. In ieder geval was hij 's avonds door het personeel niet gesignaleerd in De Schutter. Ze had voor de zekerheid twee andere typische studentencafés bezocht en in elk een glas witte wijn gedronken, maar in feite was het voor haar na dat eerste al een onontkoombare zekerheid: de waarheid hing daar zwaar in de belegen drank-en-rook-atmosfeer, waar de geur van schoonmaakmiddelen tevergeefs doorheen probeerde te dringen. Die jongen achter de bar in De Schutter had haar wat meewarig aangekeken toen ze vertelde over haar man die waarschijnlijk vreemdging, en ja, ze had bijna gehoopt dat hij achter zijn stelling met flessen en glazen vandaan was gekomen en haar troostend tegen zich aan had gedrukt. Een warm, lief lichaam om bij uit te huilen, om tegenaan te kruipen. Het was een aardige jongen, donker, met sterke ogen. Waarschijnlijk buitenlands.

Toen ze gisteren tegen zeven uur thuiskwam, vond ze een bericht op het antwoordapparaat. 'Met Hans. Je had je mobiel niet aanstaan, dus daarom maar even zo. Het wordt vandaag weer wat later. Ik eet wel ergens anders iets. Rond een uur of elf ben ik thuis... denk ik. Tot dan.' Ze had het bericht verschillende keren beluisterd, op zoek naar een extra betekenis in zijn stem, naar achtergrondgeluiden. Die korte pauze voor 'denk ik' kon ergens op duiden. Hij wist het niet zeker, omdat een ander – Die Ander? – dat mogelijk zou kunnen bepalen. En hij had zelfs geen verklaring meer gegeven. Niets over een interview, een overleg op de krant, een onverwachte afspraak, een haastklus. Niets, vacuüm, een leegte die haar omsloot en zelfs leger maakte. Stom genoeg had ze thuis ook weer een glas witte wijn ingeschonken. Nog stommer: de fles in een koeler naast zich neergezet.

Tegen halftwaalf, toen Hans thuiskwam, lag ze op de bank te slapen. Mompelend werd ze wakker. Hij stond half over haar gebogen, de bijna lege wijnfles in zijn hand. Of hij weer in een café was geweest? Waarom zou hij? Nee, ze dacht het alleen maar.

'Oké,' zei Eefje. 'Ga zitten.'

Mavis keek haar even schuw aan en ging toen op het punt-

35

je van haar stoel zitten. Zoals veel Surinaamse meisjes had ze een piercing in haar onderlip. Het haar droop in vlechtjes met in het uiteinde veel kleurige kraaltjes van haar hoofd. Ze had een lichtblauwe, laag zittende spijkerbroek aan met leren stukken op de knieën en een brede riem door de lussen, daarboven een kort T-shirt met de print GIRLZZZ en een modieus trainingsjack.

'Misschien kan je iets zeggen over wat er allemaal aan de hand is.'

Het meisje tegenover haar haalde even haar schouders op en keek toen naar buiten.

'Ik weet van je mentor, van meester Etwin, dat het niet goed met je gaat. Er zijn allerlei problemen... op school en waarschijnlijk ook buiten school.' Ze pakte het aanmeldings-formulier voor de interne zorgbreedtecommissie erbij en herlas wat Etwin had geschreven. 'Wat kan je daar zelf over vertellen?' vroeg ze Mavis. Altijd belangrijk: ze moesten hun eigen situatie kunnen beschrijven, geen probleem opgeplakt krijgen, want dan werkten ze sowieso niet mee.

Mavis straalde één ding uit: ik ben hier, maar ik wil hier niet zijn. Ze bleef naar buiten staren, terwijl haar handen voorzichtig wrijvende bewegingen maakten.

Eefje zuchtte. 'We willen je graag helpen. Je weet zelf dat er problemen zijn. Dat merken je leerkrachten. Het gaat toch allemaal niet geweldig?' Niet geweldig was een eufemisme. Absentie, onvoldoendes, ruzie met een paar andere kinderen, een vermoedelijk gestolen mobieltje, dat later kapotgetrapt in de hoek van een lokaal was gevonden.

Mavis schudde haar hoofd en keek Eefje aan. Haar blik leek nog donkerder dan anders.

'Zo komen we niet veel verder. Vind je niet?'

Mavis toonde geen enkele reactie.

Eefje bladerde door de papieren die ze voor zich had liggen. 'Je bent tamelijk veel afwezig geweest, de laatste tijd. Waarom? Wat was er aan de hand?'

'Ziek,' fluisterde Mavis.

'Vervelend voor je, zo vaak ziek. Wat had je?'

'Griep.'

De mogelijkheid bestond dat Mavis niet meer namen van ziektes kende. 'Dat heb je dan wel erg vaak. Even kijken... de afgelopen maand drie keer. Drie keer meer dan een halve week afwezig. Dat is behoorlijk veel, hè?'

Mavis haalde haar schouders op.

Eefjes telefoon ging over. Ze zag op het display dat het Hans was. 'Even de telefoon opnemen.' Het leek Mavis totaal niet te interesseren. 'Met Eefje Dekker.'

'Met Hans... ik wou je stem even horen.'

'Ik zit net in een gesprek.'

'Kan ik straks nog een keer bellen?'

'Natuurlijk, over een halfuurtje.'

'Tot dan,' zei Hans. 'Ik verlang naar je. Nu alweer. Misschien kunnen we vanavond... nee, dat is moeilijk, vrees ik. Ik bel je nog.'

'Tot straks.' Eefje bleef even met de telefoon in haar hand zitten, keek ernaar alsof het een werkelijke, concrete levenslijn met Hans was, alsof ze – door aan die lijn te trekken – hem naar zich toe kon halen. Vanavond was het moeilijk. Misschien had hij problemen met Yoka. Yoka, Yoka... in het begin had ze die naam enkele keren hardop voor zichzelf herhaald om haar tot een levende, een echte persoon te maken, iemand met wie ze – tegen haar zin – iets te maken had, iemand in wier dagelijks leven ze een rol speelde, een grote rol, maar zonder dat ze het wist. 'Yoka mag het ook niet weten. Daar zou ze helemaal niet tegen kunnen. Dan is het echt oorlog.' Yoka, de vrouw die thuis zat, die met het eten wachtte, die de was deed, de meeste boodschappen haalde. Bij hun vertrouwelijke vriendinnengesprek van vorige week had Tiba gevraagd of Eefje zich niet schuldig voelde. 'Schuldig, waarom? Hij kiest ervoor; hij wil het zo. We zijn nu eenmaal... ja, we zijn verschrikkelijk gek op elkaar. Dat gaat buiten zijn vrouw om. Het is er gewoon, iets tussen ons tweeën. Het smeult niet alleen, maar het brandt, vuur... ja, hoe moet ik het zeggen?' 'Is dat niet erg egoïstisch?' 'Liefde is toch altijd egoistisch? Zijn vrouw komt toch net zo goed alleen voor zichzelf op. Die wil hem net zo goed voor zichzelf houden. Is dat dan niet egoïstisch?'

Voorzichtig legde ze de hoorn neer. Al die discussies, die haar, als het erop aankwam, niet raakten.

Ze werd zich weer half bewust van de aanwezigheid van Mavis, die leek te hopen dat Eefje haar volledig vergeten was. Hans had hier ook tegenover haar gezeten, die eerste keer. Ze hadden een gesprek over haar werk als schoolcounseler in het kader van de serie artikelen over de school die hij aan het schrijven was, want ja, het vmbo was nu eenmaal een *hot topic*, daar moesten de keurige, vaak academisch gevormde lezers van zijn krant noodzakelijkerwijs over worden geïnformeerd, zodat ze voldoende argumenten hadden om te kunnen beweren dat het allemaal een puinhoop was. Aanvankelijk was hij gewoon een man geweest, een willekeurige journalist die redelijk goed speelde dat hij geïnteresseerd was in haar werk. Eerst had ze verteld over de tijd dat ze zelf les had gegeven, Engels, en hoe ze – na het volgen van allerlei cursussen – in deze baan terecht was gekomen. Ze probeerde te benadrukken dat zo'n vmbo-school niet alleen een vergaarbak van klachten en rampen was, maar dat er ook gewoon lesgegeven werd aan jongeren die een vak leerden, die opdrachten kregen, projecten uitvoerden, lol maakten, zich ontwikkelden. Maar ja, zij was er inderdaad voor de probleemgevallen en ze had uitgelegd hoe het hele zorgteam van de school in elkaar stak en welke toestanden ze voorgeschoteld kreeg, van seksueel wangedrag binnen de school tot vechtpartijen op een stageplek.

'Mag ik weg?' klonk een dun stemmetje.

'O... sorry. Ik was even met mijn gedachten ergens anders. Wil je dan graag weg?'

'Jennifer staat op me te wachten.'

Eefje onderdrukte haar behoefte om een eind aan het gesprek te maken – ze zou Hans zo terug kunnen bellen op zijn nulzes –, maar dan verdween het probleem van Mavis gegarandeerd onder de oppervlakte totdat het zo groot werd dat het naar buiten barstte. 'Je woont toch bij je pleegmoeder?'

'Ja.'

'Is dat een tante van je?'

'Een soort tante.'

'En je eigen moeder woont in Suriname? Je verlangt zeker wel naar haar. Hoe lang heb je haar al niet meer gezien?'

Mavis hield zich nog een kort moment overeind, maar haar ogen liepen snel vol, ze knakte in elkaar en begon hartverscheurend te huilen.

Houtenbosch had me geen enkele naam van een vriendin kunnen noemen. Gek was dat. Katelijn had me destijds toen Justin ondergedoken zat, een lijst van twintig namen van vrienden verstrekt. Het had me verdomd veel tijd gekost voordat ik bij de goeie was beland, een vervelend rotjochie, dat direct begon te zeiken over een beloning als hij me zou helpen. Toen wist ik meteen dat hij meer wist, de kleine *fucking bastard*. In de fietsenstalling van zijn school had ik hem met mountainbike en al stevig tegen een muurtje gedrukt, waarna hij piepend vertelde waar ik 'die eikel van een Justin' zou kunnen vinden. Toen ik weer op het schoolplein liep, hoorde ik hem nog 'kutwijf!' roepen. Nee, ik ging niet terug om hem even op zijn nummer te zetten. Maar de info was oké, het was de coffeeshop die hij genoemd had.

In dit geval was ik dus aangewezen op de school. Gelukkig was Jane Treffers redelijk coöperatief gebleken. Vrouwen onder elkaar, het wil wel eens helpen als ik die troefkaart uitspeel. Ze was er zelf ook verbaasd en vervolgens ongerust over dat Shana niet ziek thuis was. 'Heeft haar vader dan de politie niet gewaarschuwd?' Ik had uitgelegd dat hij de Hermandad van een gemakzuchtige vorm van werkweigering verdacht. 'Ze doen niks, ze wachten alleen maar af. Gaan ervan uit dat ze met een vriendje mee is en vanzelf met hangende pootjes terugkomt.' Tegelijk zat er vaak een addertje onder het gras als iemand zo weinig met de politie te maken wilde hebben, net of er iets te verbergen was. Ja, natuurlijk, dat addertje onder het gras.

Angela, Kiki en Cindy, klasgenoten, die zouden misschien meer weten, volgens Shana's mentor, die hulpvaardig had opgezocht hoe laat ze de volgende dag uit school zouden komen. Vervolgens was ze meegelopen naar het secretariaat om me de fotootjes uit het leerlingendossier te tonen. Van een van hen kon ik nog net het adres zien: Kraaipanstraat 93. Drie meiden, drie Nederlandse meiden. Ze zagen er leuk uit, bijna te leuk voor hun leeftijd: geen meiden meer, maar jonge vrouwen, mooi en verleidelijk. Jane Treffers zou contact met ze opnemen om te vertellen dat er buiten iemand op hen zou wachten, aan de overkant van de straat.

Daar stond ik nu, naast mijn Aprilla Amigo. Om kwart over drie braakte de school een groep leerlingen in een bonte massa uit, maar het trio Angela, Kiki en Cindy meldde zich niet. Een paar jongens slenterden quasi-nonchalant naar mijn scooter en bekeken hem nieuwsgierig en hebberig. Ze rookten een sigaret, met de bestudeerde onverschilligheid waarmee alleen jongens van een jaar of vijftien een sigaret kunnen roken.

'Flex, hé,' zei een van de donkere jongens met een grote bos rastahaar op zijn rug, wijzend op mijn scooter. 'Hoe hard?'

'Hard genoeg,' zei ik.

Zijn ogen schatten me in. Ik zag een lichte glinstering. Hij durfde, hij had lef. 'Kunnen we een stukkie rijden?'

'Dan zie ik hem nooit meer terug.'

De jongens lachten. Een paar hadden flink wat goud in hun gebit. 'Samen dan?'

'Ik ga nooit met vreemde jongens rijden.'

'Mag dat niet van je pappie?'

'Mag jij wel van je mammie?' Ik wist dat Surinaamse jongeren meestal bij hun moeder woonden; vaders hadden hun bijdrage geleverd aan de conceptie, maar daarmee was hun rol in het opvoedingsproces in één moeite door tot een glorieus einde gekomen.

'Wat is er met mijn moeder?' De toon was plotseling agressief geworden. Ik herinnerde me een scène uit *Menace II Society*. Een Koreaanse winkelier vraagt aan een zwarte jongen die hem bij een overval onder schot houdt, wat zijn moeder ervan zou denken. Die jongen flipt finaal en knalt de winkelier neer.

'Niks... easy, easy.' Ik maakte dempende gebaren met mijn hand, terwijl ik uit een ooghoek keek of het trio meiden dat ik zocht inmiddels misschien verschenen was.

'Hé, Melvin, ze dist je gewoon, die chick!' riep een van de andere jongens.

De menigte aan de overkant dunde langzaam uit. Er werden afspraken gemaakt, een paar jongens deden trucjes met een voetbal, er werd geschreeuwd, maar het lukte me niet om het meidentrio te spotten.

De donkere jongens dropen af.

Met mijn nulzes belde ik met het thuisnummer van Jane Treffers – ze had me verteld dat ze vandaag geen school had – en legde haar uit dat ik voorlopig met een *mission impossible* bezig was. 'Die meiden willen waarschijnlijk niks zeggen.'

'Maar waarom niet?' vroeg Jane. 'Nee, nee, niet doen, Thomas, niet met je handjes aankomen.' Dit was natuurlijk de vrije dag waarop haar zoontje niet naar het kinderdagverblijf ging.

'Misschien om dezelfde reden waarom ze verdwenen is.' Dit soort dingen had ik vaker meegemaakt. Iedereen zweeg uit angst dat openheid op henzelf terug kon slaan. Kraaipanstraat 93 zou mijn volgende bestemming moeten zijn, maar misschien was het goed om Houtenbosch eerst met een bezoek te vereren, liefst onverwacht.

Yoka had beneden de klep van de brievenbus gehoord. De lokkende route naar de afleiding en onderbreking probeerde ze zo lang mogelijk te vermijden. Het verhaal begon nu een beetje vorm te krijgen, hoewel het nog onduidelijk was welke richting het uit zou schieten. Leken dachten meestal dat ze de intrige van een boek al had uitgewerkt voor ze begon te schrijven. Hoe anders was de werkelijkheid.

Ze vertrouwde nog enkele zinnen aan haar computer toe en verbeterde een stukje dialoog voor ze de trap af liep. De oogst: *Wordt vervolgd*, het krantje van Amnesty International, een glimmend tijdschrift van een verzekeringsmaatschappij met voorop een gelukkig lachend gezinnetje (die hadden natuurlijk een uitstekende koopsompolis!), een brief van de bank met afschriften, en een envelop waar overduidelijk een geboortekaartje in moest zitten.

Ze maakte thee en zette een oude lp van Carla Thomas op. Pas toen de eerste klanken van 'Stop! Look What You're Doin'' klonken, haalde ze het kaartje uit de envelop. 'We zijn dolgelukkig met de geboorte van onze dochter Roosmarijn Victoria. We noemen haar Roos. Madelon Wissing en Eduard Bakker.' Yoka stond met het kaartje in haar hand. We noemen haar Roos. Allerlei gesprekken schoten weer door haar hoofd: de harde woorden, het onbestemde, vreemde verlangen dat niet wegging, de ruzies, de verwijten, die bleven schrijnen, bij haar tenminste. Nee, voor Hans hoefde het niet, voor hem zou het een complicatie van het leven zijn en geen verrijking. 'Heb je aan mij dan niet genoeg?', en met die vraag had hij haar de mond gesnoerd. Toch was ze er een volgende keer weer over begonnen, alsof het iets buiten haarzelf was, dat zich aan haar opdrong. Dat gold zeker voor dit kaartje. Ze zou het op tafel laten liggen en achteloos tegen Hans iets zeggen als: 'Heb je dat kaartje van Eduard en Madelon al gezien?' Hij zou haar doorhebben, maar het was onvermijdelijk. Madelon was de derde van haar vroegere vaste studiegroepje, die een kind kreeg. Ellen had er zelfs al vier, die leek onverzadigbaar als het om kinderen ging. 'Ik ben nu al achtendertig,' had ze een keer tegen Hans gezegd. 'Als we iets willen, moeten we opschieten.' 'Maar als we het niet willen, hoeven we ook niet op te schieten.' Ze had hem willen raken, het liefst fysiek, zo hard mogelijk, maar ze kwam niet verder dan op te staan met een wilde snik en zich op het bed in de slaapkamer te storten. Toen Hans zo'n anderhalf uur later bij haar kwam, had ze zich zo grondig leeg gehuild dat ze niet eens meer wist wat de reden was geweest.

Tegen zeven uur kwam Hans thuis.

Yoka gaf het geboortekaartje.

'Leuk voor ze,' zei Hans. 'Stuur je iets of ga je langs?'

'Ik ga wel langs. Ga je mee?'

'Misschien, als ik tijd heb.'

Waarschijnlijk zou hij niet kunnen. Hij had altijd werk, on-verwachte afspraken, mensen die hij nog moest zien, zijn chef die hem ergens naartoe wilde sturen, en anders had hij eindelijk, eindelijk een keer een vrije dag om lekker rustig thuis te blijven, zoals vorige week, toen ze in haar eentje naar die tentoonstelling van Job Vurenhout was geweest. Ja, en ze had hem thuis proberen te bellen toen ze na de galerie ergens koffie zat te drinken. De voicemail. Ze had geen bericht inge-sproken, waarom zou ze? Ze had het ook niet tegen hem ge-zegd, want dan had hij weer het gevoel dat ze hem contro-leerde, bespiedde, stalkte of wat dan ook. Misschien dat ze morgen weer eens moest oefenen: een willekeurige vrouw of man op het Centraal Station spotten en dan erachteraan, altijd goed om in de huid van Anouk te kruipen.

'Nog leuke dingen meegemaakt, vandaag?' vroeg ze.

'Nee, niet echt. Een tijdje met zo'n onderwijskundige zitten praten over het nieuwe leren en zo. Volgens mij noemden ze dat in de jaren zeventig projectonderwijs.'

'O ja,' zei Yoka, 'voor m'n boek moet ik toch wat meer weten over zo'n vmbo-school. Anouk heeft daarmee te maken.'

'Nou, lees dan de stukken die ik geschreven heb over het Horizon College. Daar staat ontzettend veel in. Ik heb ook nog wel een paar boekjes en ander materiaal.'

'Ja, dat weet ik, maar ik wil een beetje de sfeer proeven en zo, daar wat rondlopen, met een paar leraren praten, misschien met leerlingen... om er een beetje gevoel voor te krijgen.'

Hans reageerde niet, maar staarde naar het kaartje dat hij nog altijd in zijn handen hield.

'Jij had toch allerlei contacten op die school,' ging ze door, 'kan je daar niet...'

'Nee, dat doe ik liever niet.' Zijn stem klonk eerst hard, maar verzachtte zich toen weer. 'Dat soort contacten, daar moet je voorzichtig mee omspringen. Mensen moeten niet denken dat een journalist die zomaar aan iedereen doorgeeft die geïnteresseerd is. Op die manier raak je het vertrouwen kwijt.'

'Ben ik dan zomaar iedereen?'

4

'Mishandeling – Een 57-jarige caféhouder uit Spijkenisse is zaterdagmorgen vroeg buitensporig zwaar mishandeld door een overvaller. De kastelein werd niet alleen met een kartelmes en een balpen in de keel gestoken, maar de overvaller sneed de man ook een vinger af om zijn trouwring te kunnen meenemen. Voorzover de politie heeft kunnen nagaan – de caféhouder kan door zijn verwondingen nauwelijks praten – heeft de overvaller ook geprobeerd het hoofd van de kastelein in te slaan met een zware asbak. Nadat hij de kastelein had afgetuigd, haalde de man de dagopbrengst uit de kassa en verdween spoorloos.'

Kraaipanstraat 93. Een rustige buurt, lage huizen, twee jongetjes die op straat aan het voetballen waren, hun enthousiaste stemmen, het geluid van de bal die tegen een muur kwam. Toch bijna dorps voor Amsterdamse begrippen. Als je tenminste iets verder de auto's niet over de Wibautstraat zou horen razen. Ik legde twee kettingen om mijn scooter en belde aan. Het duurde even voor er iemand kwam, zodat ik de indrukwekkende verzameling wit porseleinen poezen, honden, konijnen, eenden en kikkers op de vensterbank achter het raam goed in me op kon nemen. Witte kikkers, ja, het kon.

Een voluptueuze vrouw (het zwaardere tietenkontwerk, zou mijn vriendin Machteld zeggen) met geblondeerd haar deed open. Bepaald geen veertje om op de wind weg te blazen. Ze had een groot zuurstokroze sweatshirt aan met daarop in knallende letters juicy!, en daaronder een zwarte legging met twee gouden strepen aan de zijkant. Ze hield een sigaret tussen de wijs- en ringvinger van haar rechterhand, zoals alleen een vrouw dat kan doen. Nou goed, een relnicht uit de Reguliersdwarsstraat zou het haar mogelijk kunnen verbeteren. Keurend keek ze me aan, bijna zoals die onderknuppel van Houtenbosch. 'Waar kom je voor?' vroeg ze. Door de gang klonk het bonkende ritme van muziek die mijn generatie tot m'n onuitsprekelijke genoegen net had gemist.

'Is Cindy thuis?'

'Is er dan wat met Cindy?' De woorden verlieten afgebeten de felrood gestifte mond.

Ik probeerde haar wantrouwen weg te glimlachen. 'Nee, niet met Cindy, maar ik wou iets vragen over een vriendin van haar, over Shana.'

'Waarom vraag je het dan niet aan Shana zelf?' De volumeknop ergens achter in het huis werd verder opengedraaid. De vrouw maakte aanstalten om de deur dicht te doen.

Ik vond het vervelend om mijn kaarten op tafel te gooien, maar er zat niets anders op. 'Dat zou ik graag willen, maar dat kan niet, want ze is verdwenen... spoorloos. Haar vader probeert haar te vinden, want...'

'Die etterbak.' De vrouw zoog de rook van haar sigaret genotvol

46

naar binnen, waarbij ze twee kuiltjes in haar wangen trok. Ze zag er komischer uit dan ze waarschijnlijk zelf voor mogelijk hield.

Ik besloot deze diskwalificatie van Houtenbosch niet te hebben gehoord. 'Misschien weet uw dochter iets. Zou ik haar even kunnen spreken?'

De vrouw nam opnieuw een trek van haar sigaret, en riep toen dwars door de decibellen van de bonkerdebonkmuziek: 'Cin! Iemand die je wil spreken.'

'Zou ik misschien even binnen mogen komen? Dat praat wat makkelijker dan in de deuropening.'

De vrouw rechtte haar rug, zodat het bos hout voor de deur nog omvangrijker leek. Ze keek me aan of ik haar een oneerbaar voorstel had gedaan, en riep opnieuw, nu bijna bulderend als een ouderwetse scheepskapitein: 'Cin! Komen, nu meteen!'

Het duurde even en toen verscheen Cindy achter de rug van haar moeder, met een mobiele telefoon aan haar oor. Ik herkende haar van de foto uit het dossier. ''t Is er?' vroeg ze.

'Deze mevrouw wil je spreken, over Shana.' Soms was ik totaal onverwachts een mevrouw geworden. Mijn vader zou zich een gierende rolberoerte schrikken als hij het hoorde.

'Ik bel je.' Cindy klapte het toestelletje dicht. 'Ik weet niks,' zei ze daarna in één moeite door.

'Waarvan?' vroeg ik.

'Nergens van.'

Cindy's moeder knikte goedkeurend. Zo kende ze haar eigen dochter weer.

'Maar ik heb nog niet eens verteld waar ik voor kom,' deed ik een tweede poging, met opnieuw mijn allerliefste, begripvolle glimlach om de lippen. Ik was immers zelf ook ooit een recalcitrante puber geweest; vanuit het diepst van mijn hart begreep ik die meiden. En ik had godsgruwelijk de pest aan ze, aan hun verwende, egocentrische, onvolwassen, onvoorspelbare, aanstellerige gedrag.

'Juf Jane,' zei Cindy. Dit soort meiden, als ze een mobieltje tegen hun oor houden, kakelen ze aan één stuk door en anders zijn ze wel aan het sms'en. Maar wanneer je ze echt om informatie vraagt, vinden ze elk woord er één te veel.

De afgelopen nacht had ik weinig geslapen, omdat Gino zo nodig zijn eeuwige liefde voor mij wilde blijven verklaren, terwijl ik hem vorige week voor eens en voor altijd had duidelijk gemaakt dat onze verhouding in een doodlopende straat zat. Gino, met zijn donkere haar en intens bruine ogen, die er zo heftig Italiaans uitzag, maar 100 procent Nederlands was. Daarom heette hij Gino Smit. Toen ik het zei over die doodlopende straat, was hij het met me eens, maar nu had hij nieuwe argumenten en twee flessen rode wijn meegebracht. Grand cru. Die wijn had ik tot me genomen, maar zijn argumenten niet. Om halfdrie had ik hem – ondanks zijn dan weer in- en intrieste en vervolgens wervende oogopslag – de deur uitgebonjourd, een vluchtige veegzoen op zijn linker- en rechterwang. Hij deed vergeefse pogingen om zijn onderlichaam tegen het mijne aan te drukken, terwijl zijn mond naar mijn lippen zocht. Toen ik uiteindelijk in bed lag, had ik de slaap niet kunnen vatten, omdat allerlei herinneringen, plannen, pijnlijke scènes én enkele hartstochtelijke, gelukkige of sexy momenten onder mijn schedeldak over elkaar begonnen te duikelen. Gino. Weer een hoofdstuk afgesloten. Maar dat had ik al eens eerder bedacht en toen bleek de harde, onvoorspelbare werkelijkheid ook totaal anders uit te pakken. Gevolg van een en ander was dat ik hier in de Kraaipanstraat nu half stond te knikkebollen. 'Juf Jane?' vroeg ik dus maar eens, want soms kwam je onverwachts verder door je van de domme te houden. Dat kostte me in dit geval trouwens niet zo veel moeite.

'Ja.'

Cindy's moeder schoot tussen duim en wijsvinger vandaan haar sigarettenpeuk ver de straat op.

'Wat heeft juf Jane dan gezegd?' vroeg ik.

'Over Shana. Dat er iemand zou komen om wat over d'r te vragen of zo.' Cindy keek of ze zelf schrok van haar plotselinge woordenvloed. 'En ik weet dus niks van Shana, nada, niente.'

'Maar ze is toch een goeie vriendin van je?' vroeg ik poeslief. Cindy keek me aan met een licht walgende blik in haar ogen. Volwassenen die een beetje met je mee praten en slijmen, erger soort bestond er niet. 'Shana is zomaar verdwenen. Haar vader is dodelijk ongerust...'

'Die lul,' voegde Cindy ertussen. Haar moeder knikte tevreden, terwijl ze onder haar ruimvallende sweatshirt een sigaret plus aansteker vandaan goochelde. Misschien een beha met ingebouwde sigarettenkoker.

Ik deed of ik haar niet had gehoord. 'En ik wil proberen uit te vinden waar ze uithangt. Weet jij misschien waar Shana is?'

Cindy schudde haar hoofd in langzame, nadrukkelijke bewegingen, bijna alsof ze oefeningen deed die de soepelheid van haar nekspieren moesten bevorderen.

'Heeft ze tegen niemand iets gezegd? Was ze iets van plan of zo?'

Cindy keek verveeld en leek aanstalten te maken om weer naar binnen te gaan. Haar moeder zette al een stap naar achteren.

'Er kan iets ergs met haar gebeurd zijn, weet je dat wel? Misschien is ze...'

Ik kwam niet toe aan het rampzalige, gewelddadige einde van Shana dat ik in bloederige kleuren wilde schetsen en dat misschien Cindy's zwijgzaamheid zou kunnen openbreken. Vier enigszins donker gekleurde jongens op scooters reden de straat in, harder dan verantwoord was. De twee knulletjes die aan het voetballen waren, stoven het trottoir op. De ene scooter stopte. De berijder keek geïnteresseerd naar ons.

Ik draaide me weer om en zag nog net hoe de deur gesloten werd. Moedeloos wierp ik mijn kaartje door de brievenbus.

Volledig onvoorbereid waren die jongens het verhaal binnen komen rijden. Yoka wist zelf niet eens waarom. Natuurlijk kende ze de anekdote van Raymond Chandler, die een man met een getrokken pistool in de deuropening liet verschijnen als hij niet wist hoe een Philip Marlowe-boek zich verder moest ontwikkelen. Maar zij had dit niet zo bedacht, het gebeurde gewoon, die jongens leken het zelf te doen.

Nu eerst die school, want die ging misschien een steeds grotere rol spelen in haar verhaal. Ze pakte de *Gouden Gids* erbij en zocht onder 'Onderwijs en opleidingen – algemeen voortgezet'. Ja, het Horizon College stond er ook in. Ze had al zes cijfers van het nummer ingetoetst toen ze de hoorn weer neerlegde. Als Hans merkte dat ze toch contact had gezocht, zou hij haar dat niet in dank afnemen. Zijn school, zijn territorium, waar zíj kennelijk zo ver mogelijk vandaan moest blijven.

Eigenlijk was ze een beetje te laat met deze exercitie, maar ze had nu eenmaal het gevoel gekregen dat ze zich beter moest inwerken in dat schoolklimaat. Ze noteerde het telefoonnummer van een andere school en belde. Via het secretariaat kreeg ze een directielid aan de lijn. Of ze een keer langs kon komen om met iemand over de school te praten. Iemand? Ja, een persoon die wat voorlichting kon geven. Ah, ze had een dochter of zoon, voor wie ze een geschikte school zocht? Nee, dat was het niet. Toen kwam het gedeelte waar ze altijd moeite mee had als ze onderzoek deed voor een boek: ze moest zich voorstellen als schrijfster.

Het directielid herhaalde haar naam. 'Yoka Kamphuys... nooit van gehoord, eerlijk gezegd.'

Als je Connie Palmen of Adriaan van Dis heette, was het waarschijnlijk allemaal een stuk makkelijker. 'Ik schrijf misdaadboeken,' zei ze.

'Ik lees nooit detectives.'

'Ach, ieder zijn voorkeuren. Maar ik wou me graag een beetje oriënteren op uw school.'

Het bleef even stil. 'Onze school in... eh, in een detective...' begon de man.

'Nee, het gaat niet specifiek over uw school. Ik wil gewoon een beetje sfeer proeven, zo'n school vanbinnen bekijken, misschien met enkele leraren praten of met een paar leerlingen. Kan dat?'

'Dat moet ik even in het directieoverleg bespreken. Voor dat soort verzoeken hebben we onze procedures. Bovendien weet ik niet of leraren wel de tijd hebben voor zulke dingen.'

'Natuurlijk. Die hebben meer te doen.' Ze liep over van begrip. 'Kan ik u over een paar dagen terugbellen?'

'Ja, dat kan.'

Yoka noteerde de naam van de man, bedankte hem voor de moeite en legde zuchtend de hoorn neer.

Wat ze tot nu toe over die school had geschreven, was vooral gebaseerd op de artikelen van Hans. Hij had een tijdje met het idee gespeeld om de stukjes uit te breiden ten behoeve van een echt boek. Toen ze hem een keer had aangemoedigd om dat inderdaad te proberen, had hij cynisch gevraagd of volgens haar de krant misschien niet goed genoeg was, te vluchtig, en of alleen een boek werkelijk iets voorstelde. 'Dan is het zeker voor de eeuwigheid! Nou, ik betwijfel of ze die Anouk-verhalen van jou over honderd jaar nog lezen.' Verdomme, alsof zíj over zo'n kritisch, realistisch vmbo-boek was begonnen, terwijl het aanvankelijk zijn eigen idee was!

Ze pakte de mapjes met materiaal voor haar nieuwe boek en las wat aantekeningen door. Anouk had het uitgemaakt met Gino. In de eerste drie boeken had Gino een belangrijke rol gehad. Hij wilde met Anouk samenwonen, maar die vond dat te benauwend. Ze was een vrije en onafhankelijke vrouw, origineel en krachtig, geëmancipeerd, maar niet te *Opzij*-achtig. Na een paar thrillers met wisselende hoofdpersonen had Yoka in overleg met de uitgeverij bedacht om een serie te gaan schrijven met een vrouw als vaste hoofdpersoon. 'Daar houden de mensen van, denk maar aan Agatha Christie, aan

Baantjer, aan Patricia Cornwell,' had Marc gezegd toen hij haar ontving in zijn chique directiekamer. 'Nu kom je niet boven de twee-, drieduizend exemplaren. Dat moet beter kunnen. Ik weet dat je het in je hebt.' Ze had maar niets gezegd over die tientallen auteurs die dit soort formuleboeken schreven met verkoopcijfers die ruim onder die van haar lagen. 'Ja, een vrouwelijke *private eye*, dat lijkt me een goed idee. We gaan het echt groot brengen,' had Marc geglunderd, en zijn kale schedel leek nog meer mee te glimmen dan normaal, 'met een forse actie in alle vrouwenbladen en zo. Daar zitten je lezers. Die hoofdpersoon van je moet een vrouw zijn die ze aanspreekt, het moet om problemen gaan die ze kunnen navoelen, die met hun eigen leven te maken hebben... eh, bijvoorbeeld vrouwenmishandeling... ja, mishandelde vrouwen die naar zo'n Blijf van mijn Lijfhuis gaan.' Hij had er vergenoegd bij gekeken, alsof die vrouwenmishandeling hem uitstekend beviel.

Daarna had Yoka in overleg met Maaike Anouk gecreëerd, Anouk Akkerman van AA Private Investigations. Dat 'AA' was handig; zo stond ze in de *Gouden Gids* bij 'Detectivebureaus' gegarandeerd bovenaan. Eerst had Yoka een stapeltje boeken gelezen, sommige voor de tweede keer. Anouk moest iets hebben van de naïeve onverschrokkenheid van Liza Cody's Anna Lee, zonder ondergeschikte te zijn in een groter bureau, want dan was ze niet onafhankelijk genoeg. Misschien dus eerder een kruising tussen Kate Brannigan van Val McDermid en Sara Paretsky's V.I. Warshawski. Zeker niet lesbisch, zoals Lauren Laurano van Sandra Scoppetone, want met zo'n hoofdpersoon boorde je waarschijnlijk wel een vaste lezersgroep van in *crime* geïnteresseerde lesbo's aan, maar veel zouden dat er niet zijn.

Ze ging weer achter haar flatscreen zitten, opende een nieuw bestand met de koptekst 'Nieuwboekhfdsto3' en schreef de eerste zin. 'Ik kende deze buurt nauwelijks.' *Delete*. Hans had wel eens gezegd dat ze gewoon met de tweede zin moest beginnen als ze de eerste niet wist. Dat was Hans-humor waar ze niet veel verder mee kwam. Die eerste zin was een startpunt, de springplank waarmee ze weer in het verhaal dook. Zonder die zin bleef ze aan de buitenkant, gingen de personages niet leven, bleef het een serie bedachte gebeurtenissen zonder hart, zonder emotie.

Ze staarde intens naar het scherm, probeerde een ruimte te zien die er nog niet was, mensen die zelfs niet van hun eigen bestaan op de hoogte waren. Soms verscheen er dan een beeld waar ze verder mee kwam, maar deze keer bleef het – ondanks ingespannen turen – pijnlijk leeg op de koptekst na. Die jongens, daar moest ze verder mee, maar de manier waarop was nog verborgen in een ondoordringbare duisternis.

Het was goedkoop en veel te voor de hand liggend, maar ze stond op, ging naar de woonkamer en zette The Sweet Inspirations op. Het klonk altijd beter van zo'n ouderwetse lp met die prachtige hoes waarop de vier vrouwen in de camera keken. Tuttige, hooggesloten jurken, maar met superkorte rokken. Na één nummer ging Yoka weer naar haar werkkamer en schoof achter de computer. Ze begon weer te typen. 'De huizen in deze buurt zagen er redelijk welvarend uit, met een garage of een BMW op de oprit.' Nee, een garage of een BMW op de oprit, onzin. Ze backspacete de woorden naar de digitale vergetelheid en pakte haar mapje met korte notities van de tafel. Ze kwam als vanzelf weer bij de artikelen van Hans terecht. Hier, een stukje met de kop 'Juf, wilt u mijn mama zijn?' Klein, maar hartverscheurend leed. 'Er gaapt een diepe kloof tussen de school – die de problemen signaleert – en de hulpverlening die de problemen uiteindelijk moet oplossen. "Als een leerling niet naar huis durft omdat haar moeder agressief is, dan bel ik eerst met de crisisdienst van Bureau

Jeugdzorg," vertelt Eefje Dekker, medewerker voor school-maatschappelijk werk oftewel schoolcounseler op het Horizon College. "Dan krijg ik te horen dat ik zo snel mogelijk word teruggebeld. Maar dat gebeurt zelden dezelfde dag. En ik wil niet op mijn geweten hebben dat zo'n meisje 's nachts over straat zwerft. Dus ga ik samen met het kind een logeer-adres zoeken. Bij een tante. Of een vriendinnetje. En daarna licht ik de ouders in."'

Niemand kon haar tegenhouden als ze even bij die school ging kijken, misschien vanmiddag om een uur of drie, vier. Dan kwamen er waarschijnlijk wel wat leerlingen naar bui-ten. Ze had de hele middag de tijd. Ze had eeuwig en altijd de tijd. Niemand zat echt op haar te wachten.

Tamar had zich flink in de zaak verdiept, omdat ze overwoog een paar van dit soort crimes passionels te verzamelen. Mis-schien was het tijd voor een groot stuk over relatiemoorden in de zaterdagbijlage. De verliefde moordenaar? Of: de moor-dende geliefde? Maar die titel zou deze lading niet dekken, hier was deels iets anders aan de hand. Malika heette ze, een gewoon Marokkaans meisje zonder hoofddoek, negentien jaar oud, met een prachtige bos krullend, donker haar boven neutrale kleding. Ze zat enigszins gebogen tegenover de rechters. Als ze een vraag beantwoordde, moest de president haar vrijwel steeds verzoeken om luider te spreken. Er was voor haar geen redden meer aan, ze was *guilty as hell* en had al bekend bij de rechter-commissaris. Deze rechtszaak was een pijnlijk ritueel dat ze nog moest ondergaan.

En met haar ook haar familie, van wie enkele vertegen-woordigers zo te zien op de publieke tribune zaten. Iedereen kon horen wat ze had gedaan, hoe schandalig het was, hoe misdadig. Ze was bevriend met Ismaïl, een Turkse jongen, maar het was meer dan vriendschap, dat was de eerste misdaad, die ten slotte zou leiden tot een brute moord. Hun beider familie mocht het niet weten. De president vroeg of het dus een geheime liefde was. Een half gefluisterd 'Ja, ik denk het wel' was het antwoord. Ismaïl was uitgehuwelijkt en vertrok ruim een jaar geleden naar Turkije om met zijn bruid kennis te maken. Net in die tijd kwam Malika als hulp in de huishouding te werken bij een man in het stadje waar ze woonde, Geert Hoevendaal, een industrieel, die van zijn bedrijf zijn levenswerk had gemaakt en nooit aan een huwelijk was toegekomen. In de wereld van het echt Grote Geld en de megabedrijven stelde hij misschien niet veel voor, maar hij was zonder meer rijk en een man van aanzien in zijn omgeving. En hij werd verliefd op Malika; redeloos, hopeloos, blind verliefd.

'En was u ook verliefd op hem?'

Ze haalde haar schouders op.

'Weet u het niet?'

'Nee,' zei ze, 'ik weet niet. Hij was aardig voor me.'

'Hoezo?'

'Cadeautjes kreeg ik... allemaal mooie dingen.'

De president zette zijn samenvatting, gelardeerd met verklaringen voor de rechter-commissaris, voort. Enkele maanden nadat Malika bij Hoevendaal was gaan werken, kwam Ismaïl weer terug. Zonder bruid, want in de gearrangeerde echtgenote had hij niets gezien. Hij zocht Malika weer op. In het geheim zagen ze elkaar. Inmiddels was er iets gegroeid tussen Malika en Hoevendaal. Hij wilde met haar trouwen. Na een tijdje stemde ze toe. Of ze met elkaar naar bed waren geweest, vroeg de president. Ze schudde wild met haar hoofd, zodat de krullen heen en weer golfden. 'Nee, natuurlijk niet!'

Tamar hoorde een paar mannen instemmend mompelen. Ze nam graag plaats op de publieke tribune tussen betrokken familieleden, vrienden en collega's.

Uiteindelijk had Hoevendaal Malika een huwelijksaanzoek gedaan. Ze had positief gereageerd. Daarna had hij bij de notaris zijn testament laten veranderen, ten gunste van haar. Onduidelijk was of er op dat moment al plannen waren om Hoevendaal uit de weg te ruimen. In ieder geval werd de industrieel op een avond toen hij terugkwam van zijn wekelijkse kaartavondje vlak bij zijn huis neergeschoten. 'Afgemaakt als een beest,' zei de rechter en Tamar zag hoe Malika nog meer in elkaar kromp. Haar prachtige bos haar leek zelfs dof te worden.

De politie stond aanvankelijk voor een raadsel. Hoevendaals welgevulde portefeuille zat nog in zijn colbert en zijn sleutels in zijn jaszak. Misschien was er sprake van een persoonlijke vete, maar het slachtoffer was een rustige, oppassende burger, die ogenschijnlijk geen vijanden had. Een zakelijk conflict? Allerlei mensen werden ondervraagd, maar dat leverde geen enkele aanwijzing in die richting op. De politie verhoorde Malika, de verlegen, Marokkaanse hulp in de huishouding, die geschokt leek door het gebeurde en niet veel wist te zeggen. Aan het eind van het verhoor had een rechercheur zomaar gevraagd of ze haar gsm even mochten bekijken. Zonder bedenkingen had ze haar mobieltje aan de politie gegeven. Een analyse van de nummers die ze had gebeld, leerde dat ze zowel vlak voor als vlak na de moord met een en hetzelfde mobiele nummer contact had gezocht. Dat hoorde toe aan een Nederlandse jongen, naar later bleek een bekende van Ismaïl uit het uitgaanscircuit. Toen de politie die jongen eenmaal onder druk zette, sloeg hij snel door.

De vraag was of alles van tevoren was gepland. Was Malika alleen maar op de avances van Hoevendaal ingegaan omdat het paste in de opzet van haar en Ismaïl? En wie had alles bedacht? Zij zelf of haar Turkse geliefde?

Eefje keek op haar horloge. Halfvijf. Ze pakte haar spullen in, liep naar de fietsenstalling en reed de straat op. Voor school stonden nog groepjes leerlingen. Misschien was het hier leuker en gezelliger dan thuis, waar een strenge, misschien wel hardhandige vader, een bedlegerige moeder of een lading huishoudelijk werk wachtte. Of alledrie natuurlijk. Iets verderop in de straat keek een vrouw peinzend naar het schoolgebouw.

Twintig minuten later was Eefje thuis. Met de krant ging ze op de bank zitten, haar benen onder zich getrokken. Ze zocht of ze een stukje van Hans kon vinden. Die waren voor alle lezers geschreven, maar speciaal voor haar. Een keer hadden de beginletters van de eerste vijf zinnen haar naam gevormd: EEFJE. Hij had het haar laten zien. Gênant dat ze het zelf niet in de gaten had gehad. 'Helemaal niet,' had hij gereageerd, 'als jij het had gezien, dan zou een ander het misschien ook hebben opgemerkt.' Ze had zich in zijn armen gestort.

De inhoud maar half in zich opnemend, las ze een artikel over politieagenten die niet mochten blowen in hun vrije tijd. 'Ook een agent heeft een voorbeeldfunctie en moet gezag uitstralen.' Ze meende zich te herinneren dat een paar agenten waren geschorst vanwege het roken van joints en het slikken van XTC bij een dancefeest. Een voormalige collega van haar, Michiel Hollink, had ooit coffeeshops gefrequenteerd waar ook veel leerlingen kwamen. Ontslag was het logische gevolg.

Ze legde de krant weg en zette een pot thee. Het Grote Wachten was weer begonnen. Aan alles kon ze wennen, maar dat bleef waarschijnlijk het moeilijkste. Ze had zin om hem te bellen, al was het alleen maar om zijn stem te horen, een excuus, misschien een belofte voor morgen, haar hand ging al bijna naar het toestel. Nee, als het kon, als hij tijd had, hoorde ze iets van hem. Daar hadden ze niets over afgesproken, maar ze wist het gewoon. Soms waren afspraken niet nodig. Het contract zat in hun hoofd. Tijd, tijd, tijd, daar ging het om. En Yoka natuurlijk. Haar naam werd niet uitgesproken, maar daarom bestond ze des te meer, vooral als Hans níet bij Eefje was.

Achter Houtenbosch, die een zakkig trainingspak droeg, stapte ik de woonkamer binnen. Het was een diepe, lange, modern ingerichte ruimte met grote leren meubelen op een wit marmeren vloer en twee tafels met een glazen blad. Op één ervan stond een grote asbak met veel peuken. Spotjes vanaf het plafond wierpen een te schel licht op het geheel. Aan de wand hing een supergroot plasmascherm, dat geluidloos een spelletjesprogramma uitstraalde. Aan de lange kant, niet ver van een glazen schuifdeur, was een immense open haard ingebouwd. Ongeveer met de afmetingen van een klein crematorium. De kilheid van de kamer deed daar ook al aan denken. Ik huiverde.

'Dit is de woonkamer,' zei Houtenbosch, met een trotse, bezitterige klank in zijn stem.

'Indrukwekkend,' zei ik.

'Zelf ontworpen.'

Ik knikte goedkeurend. En bewonderend, natuurlijk. En geïmponeerd.

Een deur ging open en een meisje kwam binnen, gekleed in een slipje en een luchtig, kort topje. 'O, heb je bezoek?'

'Ja, dat zie je toch. Waarom ga je niet naar boven?'

Het meisje, waarschijnlijk ongeveer de leeftijd van Houtenbosch' dochter, leek even te twijfelen voor ze zich omdraaide. Ze keek me nieuwsgierig aan, bijna alsof ze een soort concurrente in me zag. Maar het kon Shana niet zijn, want ze was zo donker als ebbenhout.

5

'Gehandicapten takelen scheidrechter toe

NIJMEGEN – Een 32-jarige scheidsrechter is zaterdagmiddag in Nijmegen tijdens een voetbalwedstrijd voor gehandicapten ernstig mishandeld. De scheidsrechter kende een van de partijen een strafschop toe. Daar was de andere club het niet mee eens. Verschillende spelers schopten en sloegen de scheidsrechter, die daardoor diverse kneuzingen opliep. De wedstrijd is gestaakt.'

Alleen kneuzingen. Het zou mooier zijn geweest als die scheidsrechter zo ernstig gewond was dat hij op z'n minst gedurende de tijd van zijn genezing tot een rolstoel was veroordeeld. En die gehandicapten moesten hem dan rondrijden. Als taakstraf.

Schrijven, dat was haar eigen taakstraf, zichzelf opgelegd.

Als het erop aankwam, was ze zo masochistisch als de pest. Hans: 'Als je het zo verschrikkelijk vindt, waarom doe je het dan?' Hans: 'Niemand dwingt je om te schrijven, het is je eigen keus.' Hans: 'Nou zit je alweer de gekwelde kunstenaar uit te hangen, de gefrustreerde creatieveling.'

Ze las verder in de krant. Een stuk over 'Eroticon 2004' meldde dat de recessie geen negatieve gevolgen had voor de seksbeurs, maar de meeste handelaren konden er niet van leven. Een van de standhouders was naast verkoper van massagegel begeleider in een dagcentrum voor geestelijk gehandicapten. 'Ook meester Excalibur,' las Yoka, 'die alleen met zijn sm-naam in de krant wil, kan van het maken van metalen versieringen op leren kleding zijn brood niet verdienen. "Daarnaast zit ik in de waterglijbanen."' Zij kon zelf niet leven van de krant lezen op zoek naar curieuze of interessante berichten. Er moest verdomme gewerkt worden, geschreven: letters, woorden, zinnen, tekst, en uiteindelijk een verhaal.

'Ik ben nog niet veel verder.'

'Daar betaal ik je niet voor.' Houtenbosch stak een sigaret op. 'Ik ben een zakenman. Als ik je geld geef, dan moet je ook leveren. Zo simpel zit het in elkaar.'

Ik had geen zin om hem opnieuw te wijzen op het feit dat ik níet volgens het *no cure, no pay*-principe werkte. We hadden een contract: hij betaalde een vast bedrag plus onkosten en bij resultaat zou hij dat moeten verdubbelen. Een simpele vorm van risicospreiding. 'Was dat een vriendinnetje?' vroeg ik.

Houtenbosch haalde zijn massieve schouders op.

'Van Shana of van u?'

'Probeer nou eerst maar 's Shana te vinden. Dan mag je daarna misschien wat bijdehante vragen gaan stellen.'

Ik vroeg me af waarom Houtenbosch zo ontwijkend deed. 'Als ze Shana goed kende, weet ze misschien waar ze nu is. Misschien heeft ze een hint of een aanwijzing waar ik verder mee kan komen.'

'Nee, dat heeft ze niet, ze weet niks.' Het klonk zeer definitief.

'Maar waar kom je voor?'

We stonden nog steeds, een meter of twee van elkaar af. Ik antwoordde niet meteen, maar keek even om me heen. Hier had Shana dus gewoond, een zestienjarig meisje, in de laatste klas van het vmbo, tussen veel kinderen van wie de ouders het veel minder breed hadden. Ik dacht aan de Kraaipanstraat en de witte menagerie voor het raam.

'Het gaat mij om zoveel mogelijk achtergrondinformatie. Wie was Shana, wat was haar thuis, wie kende ze, met wie kon ze goed opschieten, aan wie had ze een hekel... alles kan belangrijk zijn als u tenminste uw dochter terug wilt vinden.' De laatste woorden sprak ik nadrukkelijk uit.

'Of ik mijn dochter terug wil vinden? Wat denk je eigenlijk? Natuurlijk wil ik dat!' Houtenbosch liet zich zonder achter zich te kijken op een van de immense leren banken vallen.

Ik nam tegenover hem op een stoel plaats. 'Dat meisje zonet... zij woont hier?'

Houtenbosch schudde zijn hoofd.

'Maar u heeft wel een relatie met haar?'

'Min of meer.'

'Ze is van de leeftijd van Shana?'

'Iets ouder.'

Ik maakte een paar notities. Houtenbosch ging overeind zitten en keek nieuwsgierig toe, alsof hij bevreesd was dat ik allerlei incriminerende feiten noteerde. Alles wat u zegt, kan tegen u worden gebruikt! 'Minderjarig?' vroeg ik.

Houtenbosch zuchtte diep. 'Gaan we moeilijk doen?'

Ik keek hem aan met mijn ontwapenendste glimlach. 'Natuurlijk niet. Zie ik er soms moeilijk uit? Nee toch? Heeft Shana haar hier wel 's gezien?'

'Zou kunnen.' Houtenbosch drukte zijn sigaret uit en pakte meteen een nieuwe uit het pakje Marlboro dat voor hem op tafel lag. De antirookcampagne had kennelijk niet veel vat op hem gekregen. Ik begon weer zin in een sigaret te krijgen. Als ik diep inademde, kon ik lekker meeroken.

'Ik neem aan dat ze dat niet leuk vond, dat u een vriendin had van haar leeftijd.'

Houtenbosch verkoos het om mijn opmerking te negeren. Hij keek de andere kant op en zoog met overgave aan zijn sigaret. Net of hij bang was dat elk moment de minister van Volksgezondheid binnen kon komen om hem verder nicotinegebruik krachtdadig te verbieden.

'Iets anders,' ging ik door. 'Was Shana misschien zwanger?'

'Zwanger? Ben je nou helemaal besodemieterd?'

In de supermarkt twijfelde Yoka: wel of niet een gezamenlijke maaltijd met Hans. Het was tegenwoordig onvoorspelbaar. Ze kocht een diepvriespizza, sla, komkommer, tomaten, een potje gedroogde tomaten in olijfolie, champignons en een blikje artisjokkenharten om de pizza mee op te leuken. Ze had het niet bijgehouden, maar kon zich niet aan de indruk onttrekken dat Hans vroeger – ooit, toen de tijden nog bladstil waren, zijzelf mooi, beloftevol en barstend van de energie en de ideeën... – regelmatiger thuis at. In haar hoofd ging ze de laatste weken na: misschien vier of vijf keer hadden ze samen de maaltijd gebruikt. Met het werk hetzelfde. Voorheen zat hij vaak thuis achter de computer, maar sinds enige tijd leek hij liever op de krant te werken. 'Die werkcellen zijn heerlijk rustig. Ik kan me er beter concentreren dan thuis.' Ze had gevraagd of dat door haar kwam, of ze hem misschien afleidde. 'Niet meteen dat schuldgevoel.' Werkcellen... het deed aan nijvere bijen denken, hoewel die natuurlijk moesten uitvliegen. Ze zag Hans zitten zoemen in zijn cel.

Bij de tijdschriftenrekken bleef ze staan. In de *Elle* stond een interview met actrice Anita Drijver, van wie Yoka nooit eerder had gehoord, maar die kennelijk belangrijk genoeg was voor een gesprek met *Elle*. Over haar kledingstijl verklaarde ze: 'Ik ben een echte bewaarmuts.' Mannen die een vrouw 'muts' noemden waren al erg, maar een vrouw die zelf die term gebruikte, moest voor eeuwig het zwijgen worden opgelegd. Staande voor de rijen met bladen las ze nog een stukje uit het artikel 'Gek van liefde': 'Het is nu officieel: verliefdheid is een ziekte. Dat beweert de Amerikaanse psycholoog Frank Tallis in zijn nieuwe boek *Love Sick. Love as a Mental Illness*. 'Volgens de dokter is verliefdheid een psychische stoornis. Tallis deed uitgebreid onderzoek naar het fenomeen en ontdekte dat heftige verliefdheid kan leiden tot obsessieve gedachten, gebrek aan eetlust, slapeloosheid, achterdocht, stemmingswisselingen, impulsief gedrag, dwangneuroses, extreme roekeloosheid, concentratieproblemen en, *last but not least*, waanideeën.' Ze schoof het blad terug op het rek. Alsof vrouwen die juist niet verliefd waren, diezelfde symptomen niet zouden kunnen vertonen. Vanochtend was ze eerder dan Hans wakker geworden, om een uur of zeven. Zijn enigszins duffe, maar ook zoetig sensuele slaapgeur drong haar neusgaten binnen. Hij lag op zijn rug en maakte af en toe een blazend geluidje, waarbij zijn bovenlip iets opbolde. Op een gegeven moment had ze haar hand op zijn geslacht gelegd, dat langzaam omhoog kwam. Het was onduidelijk of hij wakker werd, wat het juist spannend maakte. Voorzichtig begon ze hem af te trekken. Hij kreunde licht, leek te zeggen 'niet doen', maar ze ging door. Zo had ze hem al lang niet meer gevoeld. Ze sloeg het dekbed weg en ging op haar knieën zitten, terwijl ze haar ritmische handbeweging niet onderbrak, zelfs enigszins intensiveerde, tot hij met een schokkend onderlijf was klaargekomen. Hij zei niets. Met een paar papieren zakdoekjes had ze zijn buik schoongemaakt.

Ze was afwachtend tegen hem aan gaan liggen, haar hoofd op zijn schouder. Hij had zijn hand tussen haar dijen gelegd, maar ondernam verder geen actie.

Verderop, bij de drank, stond een man met een pluizige baard en een vervuild spijkerjack aan, die de dop van een fles drank schroefde, waarschijnlijk sherry of port, en de fles aan zijn mond zette. Yoka liep in zijn richting. Toen ze bijna bij hem was, zette hij de halflege fles weer terug, nadat hij de dop er weer op had gedraaid. 'Hè, hè,' zei hij, 'dat had ik effe nodig.' Zo'n scène kon ze altijd gebruiken in een boek.

Ze bracht de tas naar huis en ruimde de boodschappen in. Daarna nam ze de tram naar het Centraal Station. Bij de uitgang op het stationsplein wachtte ze op geschikte mensen. Enkele runners voor hotels probeerden toeristen te strikken. Een giechelend groepje meiden, ongeveer van de leeftijd van Shana, dwarrelde over het plein. Timmerlieden waren bezig een stelling op te trekken in verband met de renovatie van het station. Een rafelige man zwaaide met een paraplu die hij bij de punt vasthield. 'I'm just as good as Tiger Woods,' bleef hij herhalen, terwijl hij steeds weer een imaginair golfballetje wegsloeg, waarbij hij een haastige voetganger bijna raakte.

Verder, in de buurt van de metro-ingang en het vvv-kantoor hielden zich de junks en kleine dealers op. Voor haar eerste boek met Anouk, *Stuff* (aanvankelijke werktitel: *Dope*), had ze zich daar met kloppend hart tussen gewaagd. Uiteindelijk was ze het meeste te weten gekomen van een verslaafde jongen, die ze via een medewerker van de Jellinek-kliniek had weten te bereiken. Vijftig gulden had het haar gekost. De jongen, die zat te trillen en te wippen op de stoel in het café waar ze hadden afgesproken, rende weg zodra ze hem zijn honorarium had overhandigd. Anouk had samen met een man diens zoon moeten opsporen in het drugsmilieu. De jongen, zelf een junk, handelde ook, maar een keer had hij zijn inkomsten niet doorgegeven aan de grote bazen, met bijna rampzalige gevolgen.

Eerst volgde Yoka een keurig geklede man met een attachékoffertje, die met haastige pas in de richting van het Damrak liep, langs Oost-Europees ogende straatmuzikanten met een viool en een accordeon. Het voetgangersstoplicht sprong net op rood. De man met het koffertje wachtte gedisciplineerd. Ze kwam naast hem staan en nam hem op. Ongeveer veertig, vijf-dagenbaard, wilskrachtige kin, licht krullend, kort, donkerblond haar. Oogkleur vooralsnog onbekend. Zijn vrouw en kinderen (gegarandeerd één meisje en één jongen) bedacht ze erbij. Hij zag er gebruind uit. Deze zomer waren ze naar een Grieks eiland geweest, misschien ook Zuid-Turkije. Een appartement in een complex met een zwembad, een restaurant en allerlei sportfaciliteiten. Ja, een sportieve familie. 's Avonds, als de kinderen naar bed waren, bedreven ze de liefde. Eén keer zelfs op het balkon, maar toen was het al één uur 's nachts. Bang, maar ook opgewonden dat anderen hen zouden kunnen zien, zoals zij zelf ooit met Hans... die keer in de duinen...

Ze wilde dichter bij de man komen, zo dicht mogelijk. Het was moeilijk om hem niet aan te raken. Toen het licht weer op groen sprong, veegde ze eerst voorzichtig langs de stof van zijn jas, schoof daarna met haar arm langs de zijne.

'Sorry,' zei ze, maar hij leek het niet op te merken.

Samen met hem stak ze over, maar voorbij Hotel Victoria, tegenover de Febo-snackbar, keerde ze op haar schreden terug. Vermoedelijk zou de man in een kantoorpand verdwijnen waaruit hij pas na uren weer te voorschijn kwam. Ze nam afscheid van hem; hij had er geen benul van dat hij even van haar was geweest, dat ze een ultrakorte, intieme relatie hadden gehad. Ze keek naar de duiven die bij de Febo naar binnen vlogen en door een klant met nog een halve kroket in zijn hand naar buiten werden gejaagd.

Voor het station pikte ze een man en een vrouw op. Een jaar of dertig waren ze, gestoken in vrijetijdskleding. Ondanks het mooie weer had de man een paraplu bij zich. Een dagje Amsterdam, gokte Yoka. Ze bleef een meter of vijf achter het duo, van wie de vrouw een keer de hand van de man pakte, maar al snel weer losliet. Op verschillende plekken op het Damrak hielden ze even halt, zoals voor het Seks Museum. Ze deden zelfs enkele stappen naar de ingang, overlegden met elkaar, maar liepen toen door. De man liet zijn ogen een keer om zich heen dwalen, bijna of hij iets zocht, en Yoka meende zijn blik te vangen. Bij de Bijenkorf gingen ze naar de andere kant van het Damrak, waarbij ze bijna aangereden werden door een fietser, die vloekend omkeek, vervolgens een met een buggy overstekende vrouw maar net wist te ontwijken en ten slotte ten val kwam. Yoka vergrootte de afstand tot zo'n tien meter.

In de Bijenkorf namen ze plaats in de koffiebar. Yoka overwoog de mogelijkheden: daar positie kiezen of iets verderop in de winkel wachten, ondertussen allerlei herenkleding keurend? Ze koos voor de koffiebar en bestelde een cappuccino, waarmee ze in een hoekje van de ruimte ging zitten, zodat ze het geheel in het oog kon houden. De man en de vrouw zaten voor het raam met hun koffie en appelgebak, allebei met slagroom. De vrouw had kort haar, geblondeerd. Yoka hoorde haar enigszins schel lachen. De man legde een hand op haar schouder en ze keek hem aan. Hij had vrij genomen voor een dagje uit; zij misschien ook. Ze woonden in een huis in een nieuwbouwwijk, type Vinex, hadden geen kinderen, maar die kwamen zeker. Veel speelruimte, de kids konden zo de straat op, vriendjes in de buurt, heel wat beter dan in de stad.

Dit waren de mensen waar Nederland op kon bouwen, de steunpilaren van onze maatschappij. 's Avonds keken ze naar een spelletjesprogramma, een politieserie en *Hart van Neder-*

land. Als het in de zomer mooi weer was, barbecueden ze in de tuin, misschien wel met de buren erbij, hoewel, die aan de linkerkant, dat waren rare lui, die lieten hun tuin uitgroeien tot een halve wildernis. De schutting en het meubilair in hun eigen tuin kwamen van Gamma. Daar had Yoka laatst een paar mensen gevolgd die bezig waren allerlei spullen voor hun badkamer uit te kiezen. Doodzonde dat ze daar geen microfoon bij had kunnen houden, net zoals hier, trouwens. De vrouw legde de man kennelijk iets uit en hij knikte begrijpend. Toen keek hij om en leken zijn ogen opnieuw te blijven rusten op Yoka, die snel haar blik afwendde. Nog een derde keer en de man zou zich zeker afvragen wat er aan de hand was met die vrouw die hen kennelijk volgde. Soms zou Yoka dat inderdaad willen laten gebeuren.

Eefje probeerde zich te concentreren op het nieuwe Convenant Schoolwisselaarsbeleid. Ze moest zorgen dat ze haar werk afkreeg, want Hans kwam misschien vanmiddag langs. Hij was bezig met een laatste aflevering over het Horizon College. 'Scholen dienen voor opstromers en afstromers bij voorkeur een plaats te vinden binnen de eigen schoolgemeenschap,' las ze. Werken met leerlingen en het oplossen van praktische problemen vond ze fantastisch, maar aan deze bureaucratische rimram zou ze nooit helemaal kunnen wennen. Hans had een afspraak met twee vakleerkrachten. Het zou vooral gaan over de opleiding tot beroepen als loodgieter en timmerman en de geringe belangstelling die jongens daar tegenwoordig voor vertoonden. Ze bladerde verder door de notitie en probeerde haar ogen aan de tekst te laten hechten. 'De verwijzende school dient met de kandidaat schoolverlater een zorgvuldige exitprocedure te doorlopen...' Exit... exit... dan was alles afgelopen. Over en sluiten. Nee, Hans en zij waren pas begonnen. Yoka weg door de deur waar EXIT boven stond. Eerder had ze daar nooit zo over gedacht, maar de laatste dagen begon dat idee langzaam vorm te krijgen.

Misschien was Hans nu al in de school, liep hij door de gangen, en niemand wist het. Was er niet zo'n soort tijdschriftje met onbenullig romantische verhaaltjes, *Mijn Geheim*? Ze pakte uit de bovenla van haar bureau een spiegeltje en bestudeerde haar gezicht. Ze tuitte haar lippen, sperde haar ogen wijd open, daarna haar mond. Voorzichtig werkte ze haar oogschaduw een beetje bij. Kom, Hans, kom, kom bij me.

Ze stond op en liep naar het raam. Er was niets te zien. De wereld ging gewoon door met mensen die hun hond uitlieten, vrouwen met boodschappentassen, een oud echtpaar dat voorzichtig een klein wandelingetje maakte, de man moeizaam iets achter de vrouw schuifelend, auto's, fietsers, niemand had ook maar ergens benul van. Toen zag ze zijn auto. Hij was er, ze wist het.

Ze ging weer achter haar bureau zitten, maar schoof de notitie van zich af en veegde met haar hand over het bureau alsof ze zelfs de indruk van het dorre proza wilde wegwerken.

Elk moment kon hij binnenkomen. Hij klopte op de deur, zoals iedere willekeurige bezoeker. Ja! Daar stond hij. Ze zou blijven zitten, wachten tot hij naar haar toe kwam. Pas als hij naast haar stond, kwam ze overeind. Enkele decimeters tussen hen, de spanning die te hevig werd.

Onzichtbaar volgde ze hem door de gangen van het gebouw. Ze zag hoe hij liep, even stilstond, een praatje maakte met een leerkracht of een leerling. Niemand was op de hoogte. Opnieuw: *Mijn Geheim*.

Ze verplaatste enkele stapeltjes op haar bureau, deed het nietapparaat in een la, keek voor de zoveelste keer of ze e-mail had, gooide een directiemededeling over de bekendmaking van toetscijfers in de prullenmand, zette een boek in de kast en bestudeerde haar gezicht nogmaals in haar handspiegeltje. Toen begon ze te twijfelen en liep weer naar het raam. De auto was weg! Ze hield zich krampachtig vast aan de vensterbank. Hans was vertrokken zonder dat hij bij haar was langsgekomen, zonder dat ze hem had kunnen aanraken – eventjes maar, een lichte toets van haar vingers op zijn wang, zijn hand. Maar ze wist het. Nooit ergens op rekenen, dat had ze zich tientallen, misschien wel honderden keren voorgehouden.

Misschien belde hij aan het eind van de middag. Had onverwachts weg gemoeten naar de krant. Sorry, niets aan te doen. Nee, hij verontschuldigde zich nooit. Dat was ook nergens voor nodig, het mocht zelfs niet eens, omdat ze immers geen wederzijdse verplichtingen kenden. Ze hadden er wel over gepraat, rustig, de vleesgeworden kalmte. Dit behoorde tot de regels van het spel. De vraag was of ze er op de lange duur tegen opgewassen was. Hij kon naar huis zijn gegaan, naar zijn vrouw, naar Yoka, die tenslotte het bijna wettelijke recht had op zijn aanwezigheid, zijn belangstelling, zijn liefde en genegenheid. Voor de ambtenaar van de burgerlijke stand moest hij dat ooit hebben bevestigd, gretig misschien wel, en er ten volle van overtuigd dat hij de huwelijkse trouw moeiteloos zou blijven respecteren.

Ze staarde naar buiten, haar handen nog altijd om de vensterbank geklemd. Een groepje leerlingen slenterde naar de overkant. Verdomd, de auto stond er nog wel. Toch was ze er niet meer zeker van of het die van hem was. Een ouder model BMW, donker gekleurd, bijna zwart. Hoeveel waren er daar van? Ze kon vanaf haar positie het kenteken niet ontcijferen. Even overwoog ze naar buiten te lopen om het te controleren, maar toen ging de telefoon.

De mentor van 3D. Twee jongens uit die klas waren betrapt toen ze in de supermarkt chips en cola probeerden te jatten. Hij meldde het alvast maar. 'Jeffrey Mooiwerf en Frank van

Rijn, geen lieverdjes, je kent ze wel...' Eefje had ze hier alle-twee eerder gehad voor een of ander geintje binnen de school; ze wist niet meer precies wat. 'Alleen, ze zijn niet echt in de winkel betrapt, maar ze zijn door twee medewerkers achtervolgd...' Eefje meende dit verhaal eerder te hebben gehoord. 'Die hebben die jongens gegrepen en behoorlijk in elkaar geslagen. Politie erbij en zo. Ze zijn alletwee naar het ziekenhuis. Ik ga daar nu naartoe. Als ik meer weet, bel ik je wel.'

Het had niet veel opgeleverd. Yoka had haar duo gevolgd naar Madame Tussaud en was zelfs met ze mee naar binnen gegaan. De man had geen enkele keer meer omgekeken. Ze was met ze mee gelopen van Michael Jackson via André van Duin naar Pim Fortuyn, waar de vrouw in ogenschijnlijk bijna religieuze eerbied voor was blijven staan. Het was haar een raadsel wat mensen hier zochten. Net echt! Ja, het leven was ook net echt. Af en toe klonk er een opgewonden gilletje. Ze had zelf zin om tussen de wassen beelden te gaan staan en de mensen aan zich voorbij te zien trekken in hun onbeschrijflijk kinderlijke bewondering, soms met een domme, licht openhangende mond.

Alsof ze er nog geen genoeg van hadden, waren de man en de vrouw daarna op de Dam bij een paar levende standbeelden gaan kijken. De man had zelfs een foto gemaakt van zijn vrouw bij een 'beeld' van een volledig zilver gespoten figuur in een eveneens zilverkleurig pak met vleugels die hij – zelf doodstil staand – heen en weer kon laten bewegen in rustige cadans. Yoka zag hem al opstijgen, het luchtruim kiezend boven het Paleis.

De man en de vrouw liepen door de Kalverstraat. Bij verschillende winkels bleven ze staan, maar alleen bij H&M gingen ze naar binnen. De neiging om hen te waarschuwen dat ze werden gevolgd, kon Yoka maar met de allergrootste moeite onderdrukken. De vrouw ging langs de rekken met bloesjes en truitjes, terwijl de man op een afstandje bleef toekijken, net zo sullig en ontheemd als alle mannen in alle winkels die toekeken terwijl hun vrouw of vriendin hebberig de kleding keurde.

Plotseling had Yoka er genoeg van. Ze stapte naar buiten en liep naar het café waar ze laatst ook was geweest, De Schutter, waar Hans zogenaamd met studenten had gepraat over die examenfraude. De leugenaar: fraude over fraude, daar kwam het op neer. Er moest iets achter zitten en ze zou ontdekken wat dat was.

Dezelfde jongen stond achter de bar. Hij leek haar te herkennen. 'Witte wijn?'

'Daar is het een beetje vroeg voor. Doe maar een rooie Spa.'

Ze stak een sigaret op terwijl hij een glas en een flesje voor haar neerzette, een schijfje citroen in de rand van het glas.

'Alsjeblieft... eh?'

'Yoka.'

'Omar,' zei hij, terwijl hij zijn hand uitstak, die ze voorzichtig schudde. Een zachte, warme hand, die ze het liefst iets langer had vastgehouden.

'Marokkaans?'

'Nee.'

Ze nam een slokje Spa. 'Turks?'

'Amsterdams.' Hij glimlachte.

Hij maakte nog wat glazen schoon in de spoelbak en posteerde zich weer tegenover haar, zijn ellebogen op de bar. 'En?'

Ze wist wat hij bedoelde, maar hield zich toch van de domme. 'En wat?'

'Heb je al iets ontdekt?'

'Ontdekt?' Hij moest het zelf zeggen.

'Ja, over je man, dat-ie... nou ja, je weet wel.' Hij keek haar vertrouwelijk aan: een knipoog zonder te knipogen.

Ze haalde haar schouders op en nam een slokje water. Bah, water.

6

'Pedofiel mogelijk gedood door vader slachtoffer

ALMELO – De man die afgelopen vrijdagavond werd vermoord in een winkelstraat in Almelo, blijkt een 22-jarige pedofiel te zijn die vorig jaar door de rechtbank in Zutphen is
veroordeeld tot een jaar gevangenisstraf wegens seksueel
misbruik van jonge kinderen. De 37-jarige dader, die zich een
paar uur na de moord aangaf op het politiebureau, is vermoedelijk de vader van een van de kinderen.

De verdachte, P. van K., liep de pedofiel Dennis R. vrijdagavond tegen het lijf voor een filiaal van de Schoenenreus. De
twee kregen ruzie, waarbij Van K. de andere man in de hals
stak. Hij bloedde dood op straat. De vermoedelijke dader staat
bekend als een kalme, vriendelijke man.'

Yoka herhaalde de laatste zin: 'De vermoedelijke dader

staat bekend als een kalme, vriendelijke man.' Maar hij had dus wel een mes bij zich. Ze maakte een paar aantekeningen in haar ideeënschriftje: 'Mensen in een stadsbuurt (dorp?) verdenken man van pedofilie. Politie doet niets. Schakelen Anouk in. Oude Pekela?'

Het leek of er een grauwe nevel in de kamer hing en een onaangename geur, die ze niet thuis kon brengen. Bedorven voedsel, ja, schimmels, verrotting, maar nergens was iets te vinden, hoe goed ze ook zocht. Ze deed de ramen open, maar sloot die weer toen het te koud werd. Met een licht zeurende pijn achter haar ogen en een vaag misselijk gevoel in haar ingewanden, lukte het niet om aan het werk te gaan. Ze had al een halfuur zonder resultaat achter de pc gezeten. Een harde, gewelddadige scène ongeveer halverwege had ze al op haar netvlies, maar de weg daarnaartoe was voorlopig onbekend. Ja, die scène, Anouk met een pistool, en ze zou schieten, ze was gedwongen te schieten. Het was hij of zij, dus was er geen keus. Die man tegenover haar, die keek haar aan alsof hij het niet wilde geloven. Maar Yoka kon zich niet voorstellen wat er dan verder gebeurde, hoe het bloed door zijn kleren zou sijpelen. Het eerste probleem was dat pistool. Hoe kwam Anouk daaraan? Misschien slaagde ze erin om het iemand tijdens een worsteling te ontfutselen. Een harde, onverwachte trap tegen de onderarm en het wapen kletterde op de grond. En dan het soort pistool. Ze bladerde in haar mapje met aantekeningen en krantenknipsels over wapens. Nee, geen SIG, veel te duur, te chic. Misschien een Walther P-22. Die scheen in het milieu populair te zijn. Een Firestar Model 43 of een omgebouwd alarmpistool. Hoe kon ze hier in godsnaam over schrijven als ze nog nooit zo'n ding in handen had gehad, het koele metaal had gevoeld, haar vinger om de trekker had gebogen?

Ze ging weer voor het scherm zitten. 'Ik wist niet wat ik

zag. Mijn scooter was...' Nee, foute zinnen, een verkeerd begin. Natuurlijk had ze gisteren niet zoveel moeten drinken.
Na de rooie Spa was het toch witte wijn geworden. Omar had
haar een paar keer bijgeschonken, terwijl hijzelf nipte van
een klein glaasje bier. Zijn vriendinnetje bleek er met zijn
beste vriend vandoor te zijn gegaan. Eigenlijk waren ze dus
soulmates, had hij gezegd.

Yoka had bekend dat ze alleen een sterk vermoeden had,
maar nog niets zeker wist. Hij had haar intens aangekeken.
'Dat heb ik mezelf ook een tijdje wijsgemaakt. Dat ik me
waarschijnlijk vergiste, dat ik een beetje para was. Maar als je
het echt denkt, dan klopt het. Zoiets verzin je niet.' Ze had
zijn hand even gepakt toen ze wegging. Er was dat vreemde
moment, dat alles een paar seconden anders maakte. Buiten
had daarna het scherpe licht gemeen pijn gedaan aan haar
ogen. Ze had weer het café in willen vluchten, bescherming
zoeken bij Omar. Die zou haar helpen, steunen, alles geven
wat ze nodig had om zich staande te kunnen houden. Hij zou
haar vooral troosten en lief voor haar zijn. Ach nee, wat maakte ze zichzelf wijs, een jongen van op z'n hoogst midden twintig. Wat moest die met zo'n oud wijf van achtendertig, die
's ochtends bangelijk haar billen bevoelde en bekeek, haar
borsten optilde en nu al, ja, nu al, elk artikel over plastische
chirurgie gretig, maar tegelijk huiverend tot zich nam? Misschien zou hij tegen een volgende klant of een collega grappen maken over dat pathetische geval dat aan de bar was komen zitten. Zo'n halve bejaarde, weet je wel, die zich zo nodig
jong en swingend probeerde voor te doen. En trouwens, ze
wilde niemand anders, alleen Hans. Alle anderen waren sur-
rogaat.

Ze had een taxi genomen, eerst haar huisadres opgegeven,
maar daarna het Horizon College. Het was tenslotte nog
maar vier uur. Binnen had ze zich gemeld bij een man van

een beveiligingsfirma. Dat er iemand in een uniform zat, wist ze al uit een van de stukken van Hans. Anouk had ze ook voor zijn neus laten staan. Op vermoeide toon vroeg hij wie ze wilde spreken. O, geen afspraak. Nee, dan kon hij haar niet binnenlaten. Dat waren nu eenmaal de regels. Of ze dan nu geen afspraak kon maken? Zo werkte het niet. Bovendien waren er maar een paar leraren aanwezig. Wie moest ze hebben en waarvoor? Even had ze de neiging om de naam 'Jane Treffers' te noemen, maar ze was vloekend weggelopen, terwijl de man zei: 'Nou, nou, kan dat niet wat minder?'

Toen had ze hun auto gezien. Niet zijn auto, maar hún auto, hun eigen, vertrouwde, aftandse BMW, die minstens zoveel van haar als van Hans was. Hij was hier kennelijk in de school. Even had ze met de gedachte gespeeld om zich opnieuw bij de portier te melden. 'Ik zoek Hans Resinga, journalist. Hij is hier nu in het gebouw. Ik ben zijn vrouw, zijn wettige echtgenote, en ik moet hem dringend spreken. Het recht daarop kunt u mij niet ontzeggen.' Of woorden van gelijke strekking.

Ze had zich iets verderop geposteerd bij een straathoek en ging door met waar ze al ruim voor geoefend had. Nu was het een kwestie van geduld. Ze stak een sigaret op, maar het smaakte niet. Af en toe kwamen er enkele jongeren uit de school. Hans was er natuurlijk voor zijn reeks, die 'Achter de Horizon' heette. Daar moest ergens een mooie toekomst op die leerlingen liggen te wachten. Misschien ook op Hans, of op haar. Ja, die horizon, die steeds verder kwam te liggen als je zijn richting uit ging. Werd dat aan de leerlingen verteld of hielden ze die bittere werkelijkheid liever geheim?

Op een straathoek aan de overkant stond een man met een klein hondje aan een riem haar aan te staren. Die man zou weer geobserveerd moeten worden door een derde, en zo verder en zo verder... Ze had de wijn gevoeld. Wilde eigenlijk weg, naar huis, in haar bed kruipen en de wereld de wereld laten.

Toen was Hans verschenen.

Maar niet alleen Hans. Er was een vrouw bij hem, een jonge, aantrekkelijke vrouw met kort rood haar, en een fel gestifte mond, die vrolijk glimlachend met hem praatte. Ze stonden bij de auto, dicht bij elkaar. Nu zag ze het weer in een scherp beeld voor zich als in een schilderij van Carel Willink, met dat vreemde, onbestemde licht, dat alles onwerkelijk maakte, maar in een moeite door tamelijk kitscherig. Yoka wist wat er ging gebeuren. Ze wilde het niet zien, ze wilde het niet meemaken, maar voelde zich gedwongen om te blijven kijken.

De vrouw had zich iets naar voren gebogen... het duurde eeuwen... alles en iedereen stond stil en keek toe... nu gebeurde het... Yoka hield haar adem in tot het pijn deed... De roodharige feeks zoende Hans licht op zijn lippen, maar hoe lichter, hoe erger, want dat duidde op een bepaald soort vertrouwelijkheid. Daarna liep ze om de auto heen. Hij opende het portier aan zijn kant en stapte in de auto, daarna zij. Yoka kon haar fraaie, slanke benen zien; aan de voeten moderne, hooggehakte, puntige schoenen.

Yoka dronk nu haar derde glas bubbeltjeswater in de keuken, liep naar de woonkamer, bladerde even in de krant en keek naar buiten. Krankzinnig, hoe dit uitzicht hetzelfde kon blijven, de bomen, de geparkeerde auto's, de verkeersborden, de huizen aan de overkant met hun planten en vitrage voor de ramen, terwijl alles in één klap veranderd was en nooit meer zou terugkeren in zijn oorspronkelijke staat. Ze had een leerling aangesproken. Die leerkracht, die ze net weg had zien gaan, met dat korte, rode haar en die rode lippen, wie was dat? Het meisje had haar wantrouwend aangekeken. Tijd voor een smoes of gewoon de ouderwetse, kleine omkoping? Het laatste maar, omdat ze zo snel niets kon bedenken. Yoka had een biljet van twintig euro uit haar portemonnee gepakt. 'Het is belangrijk voor me,' had ze gezegd, 'gewoon persoonlijk; het heeft niks met school te maken.' De zwaar met mascara aangezette ogen schitterden hebzuchtig. 'Vijftig?' Yoka had gezegd dat dat oké was. 'Die rooie? Dat is juf Dekker. Eefje Dekker, geloof ik, maar ze geeft niet echt les.' 'Wat doet ze dan?' Het meisje stopte het vijftig eurobiljet in een broekzak. 'Als je in de shit zit, dan moet je bij haar komen. Zit jij soms in de shit?'

Hans klikte van de ene naar de andere website.

'Alles goed?' vroeg Tamar.

Enigszins verstrooid, alsof hij haar niet verwachtte, keek hij haar aan. 'Ja, heel goed.'

'Niks meer gehoord over dat verhaal over die islamitische scholen?'

'Nee, dat is overgewaaid, denk ik.'

'Waar ben je nu mee bezig?'

'Met "Een jaar later",' zei Hans.

Ze vroeg wat voor onderwerp hij deze keer had. Vaak ging het om dingen die oorspronkelijk op haar terrein lagen, maar ze gunde Hans die eigen rubriek, vooral Hans. Weer eens wat anders dan dat eeuwige onderwijs, zoals hij wel eens had gezegd terwijl ze in het café een vervelende dag probeerden weg te spoelen met bier en wijn. Vroeger, toen er nog geen vuiltje aan de lucht was, hadden ze dat vaak gedaan. Soms tot ze samen kameraadschappelijk, lacherig dronken waren geworden. Een keer stapten ze het café uit, en de frisse buitenlucht had haar zo'n enorme optater gegeven, dat ze wankelend over straat liep en Hans haar moest ondersteunen. Hij had haar naar huis gebracht, de trap op geduwd, en haar op bed gelegd. Rob was niet thuis.

'Eerst dacht ik aan René Steegmans, je weet wel, vorig jaar in Venlo, maar over dat zinloos geweld is al zo vaak geschreven.'

'En de ouders van die Marokkaanse jongen?' Ze reed haar bureaustoel in zijn richting. 'Die hadden toch iets gezegd over de wil van Allah of zo? Hoe gaat het nu trouwens met Marokkanen in Venlo? Misschien toch interessant.'

'Vast beter dan met Venloënaren in Marokko.'

'Wat ga je dan doen?' vroeg ze.

'Ik heb deze.' Hij haalde het bericht op zijn scherm. 'Ook van vorig jaar, ongeveer dezelfde tijd.'

'Een 13-jarig Antilliaans meisje in Hoogezand werd woensdag in haar ouderlijke woning aangevallen,' las Tamar. 'Ze was alleen thuis toen een groep jongens met geweld binnendrong. Ze zouden geprobeerd hebben haar verdovende middelen toe te dienen. Bij de worsteling zou het meisje in haar been zijn gestoken. Na de verkrachting bonden de jongens het meisje vast en staken het huis in brand. Ze werd bevrijd door een vriendinnetje dat toevallig langskwam.'

'En er gingen geruchten dat het Turkse jongens waren,' vulde Hans aan. 'Die zouden haar willen straffen omdat ze omging met een Marokkaanse jongen. Echt een mooi gecompliceerd verhaal met al die interetnische, multicultitoestanden. En dat in Hoogezand! Kun je nagaan wat dat daar betekende. Maar achteraf bleek er niks van te kloppen... een verzonnen verhaal, misschien om iets anders toe te dekken of gewoon om interessant te doen. Er was geen sprake van verkrachting. Niemand had iets gezien of gehoord van die groep jongens. Het sporenonderzoek leverde niks op. Dat lijkt me juist wel leuk, zo'n fakeverhaal.'

'En hoe ga je dat aanpakken?' Ze boog zich over Hans en legde een hand op zijn schouder.

'Morgen naar Hoogezand en...'

'Jij hebt ook altijd mazzel,' onderbrak ze hem. 'Lekker naar de mooiste plaatsen, de leukste oorden... gewoon vakantie.'

'Ik heb al een afspraak op de school van dat meisje,' ging

hij door, 'en met een soort voorlichter van de politie daar. Nu zoek ik nog iemand uit wat dan de Turkse gemeenschap heet.'

'Zullen we straks iets gaan drinken? Het is zo lang geleden. Jij hebt tegenwoordig nooit meer tijd, lijkt het. Altijd maar druk, druk of onderweg.'

'Ja, naar Hoogezand bijvoorbeeld.'

'Weet je,' zei Tiba, 'laatst hoorde ik een verhaal over een vrouw, die al meer dan twintig jaar de minnares was van een getrouwde man. Hij wilde niet scheiden. Zijn vrouw wist niet dat-ie een ander had.'

'De situatie is bekend,' zei Eefje afgemeten. Tiba zou haar weer een lesje gaan geven over hoe schandalig het was wat ze deed. De argumenten klopten, maar toch maakte het allemaal niets uit. Het sloeg op alles en iedereen, maar niet op hun tweeën.

'Goed, die man wordt ernstig ziek. Kanker, geloof ik, met allemaal uitzaaiingen. Hij lag in het ziekenhuis, en daar is ze een paar keer geweest, min of meer stiekem. Toen-ie niet meer te behandelen was, hebben ze hem weer naar huis laten gaan, eigenlijk om hem te laten sterven. En ze kon niet naar hem toe.' Tiba herhaalde haar laatste zin: 'Ze kon níet naar hem toe, terwijl hij daar lag dood te gaan en z'n vrouw de lief-devolle verpleegster speelde, zijn eigen Florence Nightingale. Echt verschrikkelijk.' Tiba zweeg.

Eefje hapte bijna naar adem. Ze schoof naar achteren op haar stoel en daarna weer naar voren. Dit verhaal was niet voor haar; ze wilde haar oren dichtstoppen, weglopen, Tiba overschreeuwen met woeste huilkreten, maar zei alleen, zo neutraal mogelijk: 'En toen?'

'Hij is overleden, na een paar maanden. Ze heeft het in de krant moeten lezen, een overlijdensadvertentie. Zelf had ze graag een advertentie gezet, maar dat kon natuurlijk niet. De begrafenis heeft ze op een afstand gezien. Zo'n keer of drie in de week gaat ze naar het graf. Als ze zijn weduwe daar ziet, is ze natuurlijk meteen vertrokken. Zelf is ze een soort scha-duwweduwe.'

Eefje zei niets.

Het leek of Tiba een laatste, fatale klap probeerde uit te de-len. 'Het ergste vond ze nog dat ze geen afscheid van hem had kunnen nemen.'

'Dat was een andere vrouw, een andere situatie,' zei Eefje.

'Bij jou kan het op hetzelfde neerkomen. Hoe lang denk je het vol te houden?'

'Weet je waar ik een ongelooflijke pesthekel aan heb?' Eef-je probeerde haar stem niet te scherp te laten klinken. 'Met al die goeie bedoelingen van je ben je tegelijk zo moralistisch als de pest. Jij vertelt een zwart verhaal over alle ellende die ik te-gen zal komen vanwege Hans, zogenaamd omdat je het zo goed met me voor hebt, omdat...'

'Maar dat heb ik ook. Tsjeses, je luistert gewoon niet. Jij voelt je altijd maar aangevallen.'

'En je vált me ook aan,' zei Eefje, 'dat is het hem juist. Je wil laten zien hoe slecht het af kan lopen, gewoon omdat je vindt dat ik... dat ik me schandalig gedraag, dat ik me verlaag als vrouw, dat ik me alleen beschikbaar hou voor een getrouwde man, die er graag een leuk speeltje naast heeft en daarmee zijn vrouw bedriegt. Allemaal van die goedkope, pseudo-feministische *bullshit*.'

'Maar dat soort dingen heb ik helemaal niet gezegd!'

'Nee, zei je het maar, dan was je tenminste duidelijk. Dan wist ik waar ik aan toe was.'

Tiba stond op. 'Ik kan maar beter gaan, denk ik.'

'Als het moeilijk wordt, loop je dan liever weg?'

'Dat is het punt niet. Op zo'n manier valt er niet met je te praten, dus dan kan ik beter vertrekken.'

'Ga nou zitten,' zei Eefje. 'Het heeft geen zin om ruzie te maken. Daar komen we geen stap verder mee.'

'Moeten we dan verder komen?'

'Nee, niet echt, natuurlijk.' Eefje wist dat ze alleen maar over Hans wilde praten om hem op te roepen. Door zijn naam uit te spreken was hij soms al een beetje aanwezig in vage contouren, die ze zelf kon invullen, in de herinnering aan een geur, in een klank. Niemand anders wist het, alleen Tiba, haar oudste en beste vriendin, omdat ze elkaar altijd alles hadden verteld, hun eerste zoen, de eerste jongen die ze hadden afgetrokken, de eerste keer dat ze zich hadden laten vingeren, de eerste keer dat ze gevreeën hadden, een jongen gepijpt hadden... 's Nachts in bed, in het donker, met alleen hun fluisterende stemmen... 'Weet je, ik heb iets verschrikkelijk smerigs gedaan met Charly... Getver!'

Tiba ging weer zitten, naast haar op de bank.

Eefje sloeg een arm om haar heen. 'Vanmiddag kwam ik thuis uit school, en ik had zin om even onder de douche te gaan, en dan leg ik tegenwoordig de telefoon naast de douche, voor het geval dat-ie belt. Erg, hè?'

'Je bent gewoon verliefd.'

'Niet gewoon, maar ongewoon, verschrikkelijk ongewoon.'

'En hij?'

'Ook.' Ze wist het en ze zei het.

'Maar hij blijft bij zijn vrouw,' stelde Tiba vast. 'Hij kiest niet voor jou.'

'Nee, hij wil niet kiezen, hij kan niet kiezen. Dat is nou juist zijn vrijheid. Hij wil niet gedwongen worden om te kiezen. Door niets, door niemand.'

'En daar ben jij het mee eens.'

'Ik hoef het er niet mee eens te zijn, daar gaat het juist om. We hoeven niet in alles ons leven op elkaar af te stemmen, zoals jij en Pieter. Jullie zullen het vast fantastisch hebben met elkaar, maar...'

'We hébben het ook heel goed,' zei Tiba.

'Maar wij moeten meer doen voor onze relatie. We hebben geen kans om te versuffen, om in te slapen, om alles maar gewoon te gaan vinden en elkaar te ontzien vanwege de lieve vrede. Geen gezeur over vieze sokken, wie de vuilniszak op straat moet zetten, wie boodschappen moet doen. Weet je, we zitten nooit samen rustig de krant te lezen... nooit! En dat vind ik geweldig.' Eefje kon haar eigen stem horen, en een ander voorzichtig, nu nog half weggedrukt stemmetje dat daar tegenin ging, dat haar tegensprak. Maar... maar... maar...

'Jullie duiken meteen in bed.'

Eefje glimlachte. 'Meestal wel, ja. Jaloers?'

'Met onze seks is niks mis,' zei Tiba.

'En met de rest?'

'Nou ga jij toch niet moralistisch zitten doen?' Tiba keek op haar horloge. 'Al halfzes? Ik zou Tim en Hanneke om vijf uur ophalen.'

'Wat? Echt waar?' Tamar wist niet wat ze hoorde. Alsof iemand vertelde dat Emiel van Vierhouten, hun stugge hoofdredacteur, die journalistieke boekhouder, voor een carrière als cliniclown had gekozen.

Hans nam een slok bier. 'Ja.'

'Al lang?' vroeg Tamar, zo ontspannen mogelijk.

'Een maand of vijf.'

Tamar keek hem peinzend aan. 'Wie is de gelukkige? Iemand van de krant?'

'Nee, natuurlijk niet.' Hans dronk weer van zijn bier. Zijn ogen dwaalden weg.

'Hoe ken je haar? Toch geen buurvrouw of zo?' Tamar nam een van de bitterballen die Hans had besteld. Hij zou de andere vijf opeten, wist ze uit ervaring.

'Iemand van het Horizon College.'

Tamar knikte.

'Eefje heet ze.' Hij leek de naam bijna liefdevol uit te spre-ken, zacht en omzichtig.

'Eefje?'

'Ja, ik weet het. Het rijmt op teefje.'

'Ze geeft les op die school?' vroeg ze.

'Nee, heeft ze wel gedaan, maar ze is wat ze daar "school-counseler" noemen. Ze doet vooral dingen met probleem-leerlingen. Niet alleen problemen op school, maar ook thuis en zo. Nou ja, ik heb erover geschreven.'

Tamar had gelezen over al die rampgevallen en risicokin-deren, zoals ze altijd alle stukken van Hans las, maar een naam wist ze zich niet meer te herinneren. 'Eefje,' herhaalde ze. 'Al een maand of vijf dus.'

'Ik lust nog wel wat. En jij?'

Hans leek bijna timide bij de bar te staan, tussen andere klanten, die luidruchtig en lacherig met elkaar praatten. Hans met een minnares.

'Fuck... shit... kut!' Ik liep om de resten van mijn Aprilla heen. 'Fuck... shit... kut!'

Een bejaarde vrouw met een rollator – een wit, flodderig poedeltje in het boodschappenmandje – stond misprijzend toe te kijken. 'Nou zeg, kan dat niet wat minder?' Wat ik hoorde was geen Algemeen Be-schaafd Nederlands, maar Bijzonder Superbeschaafd Nederlands, het zogenaamde BSN, dat je alleen in bepaalde reservaten in Wasse-naar of Aerdenhout scheen tegen te komen. Hoe was dit mens hier in de Spaarndammerbuurt beland? Wie had haar hier geparachuteerd, tussen het platte Amsterdams, het Arabisch, het Surinaams, het Turks en alle mixen die daaruit voortkwamen?

'Wat moet ik dan zeggen? "Jandorie"?'

De vrouw knikte. 'Bijvoorbeeld.'

'Of "potjandikkie"?' In de brand gestoken, mijn eigen Aprilla, mijn steun en toeverlaat in het stadsverkeer. Vuur, daar waren twee zware kettingen ook niet tegen opgewassen. Veel meer dan een verkoold lijk was er niet overgebleven van mijn geliefde vervoermiddel. 'Shit, dat heb ik.'

De vrouw schudde haar hoofd. 'Waar gaat het met de wereld naartoe?'

'Naar de verdommenis,' zei ik, terwijl ik lusteloos tegen de resten van mijn scooter schopte. Dit was geen toeval, geen ordinair kwajongenswerk. Potjandosie! Iemand wilde me waarschuwen.

'Als de mensen zich zo gedragen als u, wel ja,' zei de vrouw, 'hoewel ik voor een andere formulering dan "verdommenis" zou kiezen.'

Stampvoetend liep ik opnieuw om het zwartgeblakerde metaal. '*Dammit*, wat een klotestreek!'

De mevrouw van de taalpolitie wist niet van ophouden. 'Dat kunt u toch ook wat netter onder woorden brengen.'

Ik had er genoeg van. Nog even en ik zou haar die rollator uit haar handen trekken en vlak voor een aanstormende vrachtwagen de straat op rijden, liefst met dat vaalwitte mormel nog in zijn bakje. Kon ik meteen controleren of het BSN ook vloeken en andere krachttermen kende.

7

'Jongen schiet man neer in Venlo

VENLO – Op de kermis in Venlo heeft een jongen van zeventien een 34-jarige man neergeschoten. De man is zwaargewond, maar buiten levensgevaar. De man was met drie kinderen op de kermis toen hij zag hoe een 16-jarig meisje werd
mishandeld door een ander meisje. Hij haalde de twee meisjes uit elkaar en werd daarna neergeschoten door de vriend
van een van hen, die aanvankelijk wist te vluchten. Op aanwijzing van zijn vriendin is hij later opgepakt.'

Yoka maakte wat omtrekkende bewegingen, maar niemand trapte erin. Ze verschoof enkele boeken, dronk het laatste, koud geworden slokje koffie en dacht aan het meisje dat
haar vriend had verraden. Ze zat op het politiebureau, bang
en geschokt. Waarschijnlijk was het degene geweest die het

andere meisje – een vriendin? mooie vriendinnen! – had mishandeld. Nu was Yoka zelf op de kermis, ze hoorde de housedreun, het gillen van vrouwen in de achtbaan of de Super Spider, de ruzie tussen de meisjes (om die jongen?), de man die ertussen kwam, en daarna het schot. Zijn kinderen waren erbij geweest, die hadden het gezien, hoe hij eerder verbaasd dan geschokt naar de wond greep, hoe hij een kreet van pijn slaakte, hoe mensen door elkaar schreeuwden en de dader in de paniek wist te ontsnappen.

Ik had mijn woede een beetje overwonnen en was juist op het internet naar scooters-tweedehands.nl gegoogled toen de telefoon ging.

'Met AA Private investigations.' Altijd als ik dat zei, gloeide er iets in me. Gek genoeg tegelijk van trots en schaamte.

'Met Cindy,' klonk het zwakjes aan de andere kant van de lijn.

Cindy, ik moest zelfs even denken, nog een beetje van de kaart vanwege de geblakerde Aprilla. Wie ook alweer? 'Eh...'

'De vriendin van Shana. Ik had je kaartje met dit telefoonnummer.'

'Natuurlijk... Kraaipanstraat. Heb je iets van haar gehoord?' Dat zou handig zijn, via dit meisje Shana opsporen en dan zelf de beloning van Houtenbosch cashen. Had ik meteen voldoende in de pocket voor een nieuw vervoermiddel.

Het bleef even stil. Ik hoorde gefluister, op de achtergrond een paar opgewonden meidenstemmen door elkaar. Ik herhaalde mijn vraag.

'Nee, ze is nog altijd niet op school. Je zoekt haar toch?'

'Ja, maar ik heb niet veel succes, moet ik eerlijk zeggen.' Gisteren met Houtenbosch gebeld. Hij gaf me twee extra dagen om met resultaten te komen, anders zou hij iemand in de arm nemen in wie hij meer vertrouwen had, zoals hij het zelf noemde.

'Misschien dat we...' Cindy's stem zakte weg tegen een decor van verkeersgedruis.

'Ik kan je niet goed verstaan.'

'Kadir,' zei ze. 'Ze was superverliefd op Kadir.'

'Wat is zijn achternaam?' Terwijl ik dat vroeg, werkten mijn hersens koortsachtig door en de verbinding was snel gelegd. Ik zag de jongens weer de Kraaipanstraat in komen racen, Marokkaanse jongens waarschijnlijk. Ze stopten en keken toe. Daarom waren moeder en dochter zo snel hun huis in gevlucht. Pure intimidatie.

'Iets met El-nogwat.'

'Zat-ie ook op school?'

'Nee, maar hij heeft een vriend die heet Rachid, en die zit bij ons in de klas. Zo kent ze hem. We zijn wel 's met z'n vieren uitgeweest, naar de Escape. Maar ik ga je nou hangen.'

'Wacht 's, die Rachid, wat is z'n...?'

Het getuut van de verbroken verbinding klonk beroerd irritant in mijn oorschelp. Geen beschaving, die meiden van tegenwoordig, ze lieten iemand niet eens meer behoorlijk uitpraten. Nee, dan in mijn tijd! Blablabla... Voordat ik het goed en wel in de gaten zou hebben, was ik in een bekakte dame met een poedeltje getransformeerd. Voorlopig zonder rollator, maar dat kon dan niet lang meer duren.

Nee, nee, nee, ze zat niet te wachten, hield Eefje zichzelf voor. Ze had voor vanavond haar zangclub afgebeld, de zoveelste keer al, hoewel Hans dan waarschijnlijk nog aan het werk was of thuis. Bij Yoka. Gelukkig had hij het nooit over dat bastion van taai, niet stuk te krijgen maar *would-be* huwelijksgeluk. Hij zei tot haar genoegen nooit dat hij 'naar huis' ging, want dat was hún huis, nee, hij stond op en meldde dat hij weg moest of dat het tijd was. Geen enkele keer had hij het over 'wij', 'Yoka en ik', die van alles deden, bedachten of afgesproken hadden. Het was zijn andere leven, dat nergens raakte aan dat van haar. Hans stak soms over, van de ene naar de andere kant, snel, zodat niemand hem kon zien, en als er mensen stonden toe te kijken, ging hij ondergronds. Haar deur stond open en hij vluchtte naar binnen, verborg zich in haar armen, struikelde met haar de slaapkamer binnen, ontdeed haar van haar kleren, en liet haar dan wachten... wachten... keek eerst een tijdje naar haar... Tot het te erg werd.

Dit waren de dingen die iemand als Tiba niet begreep. Maar hoe zou dat ook kunnen, als ze het zelf al niet eens wist te doorgronden?

Eefje ging de stad in, van de ene naar de andere kledingwinkel, steeds nauwlettend luisterend of haar mobieltje zijn ringtone niet liet horen. Er was altijd de kleine kans dat hij – om haar te verrassen – zelf haar huis binnen was gegaan. Twee weken geleden had ze hem haar twee huissleutels gegeven. Eerst wilde hij niet, maar nadat ze een keer opgehouden werd op school terwijl hij al bij haar voor de deur stond, had hij ze bij zich gestoken. Het idee dat hij nu door haar woonkamer zou kunnen lopen, een boek uit de kast zou pakken, iets voor zichzelf inschonk, wond haar op. Even dacht ze eraan om haar eigen nummer te bellen, maar waarschijnlijk zou hij niet eens opnemen.

Ze paste bloesjes, truitjes, jurken, rokken, broeken en jassen, maar kocht uiteindelijk alleen een nieuwe sjaal in De Bijenkorf. Haar hart maakte een onverwachte hink-stapsprong toen ze tussen een groepje mensen Hans leek te zien. Ze was al bijna naar hem toe gerend, had zijn naam geroepen, maar zag net op tijd dat ze zich vergiste. Deze man was kleiner, zijn gezicht minder levendig, het haar dunner. Hij zou de saaie, oudere broer van Hans kunnen zijn.

In een café dronk ze een glas rode wijn. Automatisch greep ze naar de krant, waarin ze thuis al drie keer het stuk van Hans in de serie 'Een jaar later' had gelezen, vooral op zoek naar verborgen mededelingen voor haar. Het Antilliaanse meisje was enigszins zwakbegaafd en had aandacht gezocht. Hans had met haar mentor op school gepraat, ook met haar moeder, die een pedagogische brokkenpiloot leek. Een vader was nergens te bekennen. Ze kende zelf veel van die gevallen. Nog even, en Hans kwam steeds meer op haar terrein.

Johan Stekelenburg was dood, Tilburg rouwde. Het verhaal van Tiba kwam weer naar boven, tegelijk met dat zachte stemmetje, dat toch dwingend aandacht vroeg. Altijd? Wil je dit voor altijd? Hans delen met die ander, de eeuwige onzekerheid, dat wachten, het gevoel dat hij er net niet is als je lichaam om hem schreeuwt, als je hem het hardste nodig hebt? Steeds weer die vragen waarop ze geen antwoord wist, of eigenlijk toch wel. Misschien moest ze morgen naar de dokter gaan of in ieder geval een afspraak maken. Eigenlijk moest ze het met Hans overleggen, want ze zou hem voor het blok kunnen zetten, hoewel ze niet verwachtte dat er iets zou gebeuren. Ze dacht aan dat stukje dat ze laatst in de krant had gelezen over die vrouw die na haar neuscorrectie door de plastisch chirurg bij een controlebezoek meldde dat ze nu zwanger mocht worden. Zij en haar man hadden tot na de operatie gewacht met het krijgen van een kind, omdat ze doodsbang waren dat hun kind zo'n lelijke, grote neus zou krijgen. Uit het leven gegrepen. De mens was dommer dan je soms in je zwartste verwachtingen kon vermoeden.

Een man stond naast haar tafeltje. Hij knikte naar de drie lege stoelen. 'Zijn deze bezet?'

'Nee.'

'Zou ik mogen plaatsnemen?'

'Liever niet,' zei ze, 'er zijn daar nog een paar tafeltjes vrij.'

'Maar je zat hier zo alleen. Een mooie vrouw, die ergens eenzaam zit te wezen, dat kan ik gewoon niet aanzien.' De man keek haar afwachtend aan, met een vriendelijke glimlach om zijn lippen.

Ze dronk haar glas leeg, stond op en zei: 'Dat hoeft ook niet meer. Ga maar zitten... lul.'

Op straat begon ze te schateren. Ze had zin om te schreeuwen, maar hield zich stil. Ze keek op haar mobiel of er toch geen sms'je of een bericht op de voicemail stond.

'Je weet het niet, hè, wat de markt gaat doen.' Jos keek enigszins gepijnigd. 'Aan de ene kant moeten we niet echt weg, maar aan de andere kant hebben we het hier eigenlijk wel gehad. Het verloedert steeds meer; dat wil je niet weten! Dat speeltuintje verderop, daar ligt vooral hondenpoep, zelfs in de zandbak! De buurtsuper is nu ook al dicht, dus we moeten een eind weg voor de boodschappen.'

Jos, Hans en Maarten hadden het al een klein halfuur over huizen kopen en verkopen, het uitbrengen van een bod, het onderhandelen, het al of niet inschakelen van een makelaar, de mogelijkheden van funda.nl en het laten oversluiten van hypotheken. Nee, ze hoorden niet tot het slag mannen dat alleen maar over auto's en voetbal kon praten, maar huizen kwamen aardig in de buurt.

Paulien leek het allemaal met lede ogen aan te zien.

'Wil jij hier eigenlijk wel weg?' vroeg Yoka haar.

'Ach...' Ze haalde haar schouders op. 'Jos heeft eigenlijk gelijk, denk ik. Ik ga even nieuwe koffie maken.'

Yoka pakte een halflege wijnfles en een paar glazen, en liep haar achterna, de keuken in. 'Volgens mij heb jij helemaal geen zin in een verhuizing.' Paulien schepte koffie in het apparaat. 'Jij vindt het helemaal nergens voor nodig,' hield Yoka aan.

'Maar als Jos het nu graag wil?'

'Je bent toch niet een soort slaaf van Jos?' Yoka hoorde haar eigen stem, zoveel mogelijk gedempt, maar toch zat er een schrille klank in.

'Nee, natuurlijk niet, net zomin als jij een slaaf bent van Hans, toch?'

'Eh... nee.' Ze stond weer buiten bij die rotschool, zag hem naar zijn auto lopen.

'Maar dan kan je toch evengoed de ander wel 's zijn zin geven?' Paulien klonk nu zelfs een beetje wanhopig. Ze stond gebogen over het aanrecht. Haar schouders leken licht te bewegen.

Yoka schonk een glas wijn in en dronk het in een paar teugen leeg. De ander zijn zin geven. En jezelf wegcijferen. Daar
kwam het op neer. Niets voor Anouk. Die Gino had ze de laan
uit gestuurd, zeker nadat ze had ontdekt dat hij een keer was
vreemdgegaan. Eén keer maar, dat was voldoende. Zijzelf
schrok nu van elke roodharige vrouw die ze op straat zag, en
het waren er veel, veel te veel. Het leek een epidemie.

De koffie liep door.

Ze legde een hand op de schouder van Paulien. 'Wat is er?'

'Niks, ik weet niet. Ga maar weer naar binnen, dan kom ik
zo.'

Het gesprek ging nu over een vrouw die een zogenaamde
kid hunter had ingeschakeld om de kinderen bij haar ex-man
vandaan te halen. Die man had ze in een weekend dat hij ze
volgens de omgangsregeling mocht zien, meegenomen naar
een attractiepark. Daarna was hij meteen doorgereden naar
Antwerpen, waar hij sinds de scheiding woonde. Vrouw kinderen kwijt, want man weigerde ze terug te brengen of weer
te laten gaan. Toen had de vrouw... Yoka luisterde niet meer.
Kid Hunter, een toptitel. Anouk, die de opdracht kreeg om
twee kinderen terug te halen bij hun vader. Ze vond na een
uitgebreide zoektocht het huis waar de kinderen moesten
zijn, maar ze werd neergeslagen. In een donkere, vochtige
kelder kwam ze bij bewustzijn...

'Wat vind jij?' vroeg Marga aan Yoka.

'Eh... ik was even afgedwaald.'

'Je zit zeker weer te fantaseren.'

'Koffie?'

Marga ging door over echtscheidingen en conflicten over
kinderen.

'Maar die mannen maken het er ook vaak naar,' zei Paulien. 'Laatst hoorde ik van een moeder van de school van Lara.
Gescheiden, haar man had een vriendin, daarom waren ze uit
elkaar gegaan, en de kinderen kwamen in het weekend bij die
man, bij hun vader dus, en dan was die vriendin er ook, en
dan bleven ze rustig met z'n tweeën de hele zondagochtend
in bed en dan moesten die kinderen zich maar zien te verma-
ken, voor de tv natuurlijk. Ongelooflijk gewoon, niet te fil-
men. Dus die moeder, die wilde dat niet meer.' Paulien leek
blij dat het gesprek over andere dingen dan huizen ging. 'Die
liet de kinderen niet meer naar hun vader gaan, één weekend
in de twee weken, en dan lag-ie nog de hele zondagochtend
met die vriendin van hem te vozen, dus toen heeft ze...'

'Hoe wisten ze dat ze lagen te vrijen?' vroeg Maarten.

Hans hield zich opvallend stil. Seks buiten het huwelijk,
kinderen, een gevaarlijk terrein, overal mijnen en booby-
traps.

'Die kinderen zijn niet achterlijk,' zei Paulien. 'Acht en zes
zijn ze, geloof ik. De jongste, Sacha, zit bij Lara in de klas.
Maar goed, die man, die pikte dat niet. Die probeerde...'

Yoka zag haar kans. 'Had-ie die vriendin al toen-ie nog getrouwd was?' vroeg ze.

'Ik dacht het wel.'

'Maar wat probeerde die man eigenlijk?' vroeg Jos.

Voor Paulien kon reageren vroeg Yoka: 'En wist zijn vrouw
ervan?'

'Nee, ik dacht het niet... een geheime verhouding.' De laatste woorden fluisterde Paulien bijna.

Yoka lette op Hans, die een beetje van het gezelschap weg-
keek.

'Op een gegeven moment heeft-ie toen tegen haar gezegd
dat hij wilde scheiden, dat-ie het niet meer zag zitten, dat huwelijk. En pas later heeft ze via via gehoord dat-ie dus al een

paar jaar die vriendin had, dat hij haar al die tijd had bedrogen.'

Hans stond op. 'Even naar de wc.'

'Wat had je vanavond?' vroeg Yoka.

Hans lag naast haar in bed.

'Was er soms iets of zo? Heb ik iets verkeerds gezegd?' Als het moest, wilde ze best door het stof gaan.

'Natuurlijk niet, wat zou er moeten zijn? Ik ben moe. Hard gewerkt deze week.'

'Ja, je bent niet veel thuis geweest.' Ze legde een hand op zijn schouder, maar hij reageerde niet.

'Hoe is het nu op die school?' vroeg ze. 'Moet je daar nog vaker naartoe? Ik dacht dat je klaar was met die rubriek.'

'Dat ben ik ook.'

'Dus je gaat er niet meer naartoe?'

'Waarom zou ik ernaartoe moeten?' Ze had de indruk dat hij op een geforceerde manier achteloos probeerde te klinken.

'O, dat weet ik niet. Ik dacht dat je er een soort band mee kreeg.' Dit was gewaagd. Nu moest ze niet verder gaan. 'Met die leerlingen en hun problemen, bedoel ik. Hoe het verder moet met zo'n school. Veel mensen vinden dat toch een soort afvoerputje van het onderwijs?'

'Zullen we nu niet gaan slapen?' Hij richtte zich even op. 'Het is al halftwee geweest. Doe je het licht uit?'

Ze drukte op het knopje. 'Hans?'

'Hmmm.'

'Misschien kunnen we volgend weekend samen 's iets leuks gaan doen.'

'Ja, misschien wel.'

'Of moet je werken in het weekend?'

'Nee, ik dacht 't niet.'

Ze bleef wakker, terwijl ze naast zich zijn rustige ademhaling hoorde. Toch wist ze dat hij niet sliep. Gister had ze de verzameling artikelen over het Horizon College weer doorgenomen. Daar stond ook iets in over dat afvoerputje, en inderdaad, Eefje Dekker, schoolcounseler, vraagbaak, steun en toeverlaat, reddingsboei voor probleemleerlingen. Dat was 'r, dat rooie kreng. Toen ze thuiskwamen bij Jos en Paulien vandaan, waren ze meteen naar bed gegaan. Ze had voor haar make-upspiegel gezeten om haar gezicht schoon te maken, in alleen een miniem slipje en haar meest sexy beha. In de spiegel kon ze hem zien. Hij staarde naar het plafond.

Toen ze er zeker van meende te zijn dat hij sliep, stapte ze voorzichtig uit bed. Met ingehouden adem bleef ze een tijdje staan. In de keuken dronk ze een glas water. Daarna ging ze naar zijn werkkamer. Dit was vertrouwd, Anouk deed het vaker. Eerst de spullen op zijn bureau. Aantekeningen voor artikelen, bijna onleesbaar in dat rare spijkerschrift van hem, vol haken en scherpe hoeken. Er lagen een paar publicaties over onderwijs. 'Zo zijn onze manieren; over normen en waarden op school' en 'Afscheid voor altijd: omgaan met verdriet en rouw'. Yoka las enkele zinnen bij het licht dat van de straat naar binnen kwam. 'Het is belangrijk dat de leraar zich in eerste instantie luisterend en begripvol opstelt. Leerlingen moeten de kans krijgen om greep te krijgen op hun eigen emoties en dat kan doordat ze de gelegenheid hebben om die onder woorden te brengen en omdat er een luisterend oor is dat ze serieus neemt. Dat is de eerste fase in het traject naar verwerking. Daarbij kan professionele hulp van traumabegeleiders een belangrijke functie vervullen.' Misschien dat die Eefje met dit soort dingen te maken had: ervaren in het verwerken van verdriet en rouw, normaal gesproken voor anderen, maar ze zou het verdomme nodig hebben, de komende tijd. Misschien verkeerde ze in de valse veronderstelling dat Yoka zich zomaar als willoos slachtoffer opzij liet schuiven.

Yoka schrok omdat ze een geluid meende te horen in huis. Hans, die wakker was geworden en zich afvroeg waar ze bleef? Ze voelde zich belachelijk, maar kroop toch weg achter zijn bureau. Het bleef stil. Er was geen enkele reden om dit nu te doen. Overdag kon ze bijna altijd ongezien zijn kamer inspecteren.

Behalve natuurlijk zijn tas, dezelfde tas die ze hem ooit voor zijn verjaardag had gegeven, zo'n drie jaar geleden dacht ze, en die hij nu meenam naar haar, bij haar in huis neerzette alsof het normaal was, waarna hij bij haar in bed kroop, haar lichaam voelde, overal. En zij hem. Yoka sloot haar ogen en slikte een paar keer om het opkomende gevoel van misselijkheid te onderdrukken. Doorgaan, niet te veel denken.

In het voorvak vond ze wat losse notities en visitekaartjes. Nee, daar was geen Eefje Dekker bij. Paperclips, elastiekjes en twee sleutels die ze niet herkende. 'Sleutelkluis' stond er op het labeltje. Als ze die kon laten kopiëren, was het mogelijk haar huis binnen te komen, haar spullen te doorzoeken, iets weg te nemen. Ze pakte zijn agenda uit de tas, bladerde erdoor, maar kon de afspraken en aantekeningen nauwelijks ontcijferen. Een paar keer dacht ze de E van Eefje te zien, met felle halen genoteerd. Scherpe strepen van een pen, die bijna pijn deden. Ze wreef er met haar vingers over, bijna in de verwachting dat er bloedsporen op het papier achter zouden blijven. Achterin ging ze door de namen en adressen. Weer een E, met een telefoonnummer, maar zonder adres. Ze pakte het telefoonboek, en liep – net als wat ze 's middags al had gedaan – langs de rij met Dekkers. Ze vond hetzelfde nummer, ene F.E. Dekker, een adres in de Staatsliedenbuurt. Niet ver van waar Anouk woonde. Ze zou haar kunnen opbellen, net als Millie Jackson in dat prachtige nummer 'Mess on Your Hand', met dat scherp zwijmelend, bijna lieftallig gezongen 'Shit on your fingers' van het koortje.

Toen ze weer in bed kroop, draaide Hans zich om. 'Waar was je?'

'Naar de wc.'

'Zo lang?'

'Ik kon niet slapen. Ik heb beneden een tijdje zitten lezen.'

'Behaal een Amerikaans universiteitsdiploma!' las Yoka op haar scherm, nadat ze de andere spam al had weggeklikt. 'Wilt u ook een welvarende toekomst, een hoger inkomen en respect en waardering van de mensen in uw omgeving? Bel dan dit nummer in de Verenigde Staten.' Je hoefde geen examens, testen of wat dan ook te doen. Het was alleen een kwestie van betalen, maar hoeveel stond er niet bij. 'Met een diploma zult u veel voordelen en de bewondering van uw omgeving oogsten. Doe het nu! Zet vandaag de eerste stap naar een glorieuze toekomst! Wie houdt u tegen? Het verleden is geweest, u heeft uw toekomst zelf in de hand!' Zo zou ze eindelijk die geaborteerde studie Nederlands een succesvol vervolg kunnen geven en een glorieuze toekomst was zeker aan haar besteed.

Er was ook een mail voor Viagra door haar spamfilter geslopen. 'Viagra: don't stop until she passes out!' stond er boven het bericht.

Op het scherm las ze de tekst van de laatste drie hoofdstukken van haar nieuwe boek. Rachid, Kadir, nog twee andere jongens erbij. Minstens één Mohammed, anders kon het niet echt zijn. Een ontmoeting in een snackbar? Anouk ging naar buiten. Ze volgden haar. Anouk wilde het niet, maar het moest. Dat was een zekerheid voor Yoka. Ze kwamen achter haar aan, riepen haar. 'Hé, kom 's hier! Dan vertellen we waar ze is. Nee, echt, ik zweer het je.' En dan... Misschien moest ze daarvoor Shana ontmoeten, proberen haar te overtuigen, wat niet lukte. Ja, ze moest eerst met Shana praten. Dan werd duidelijk hoe alles in elkaar zat. Waarschijnlijk woonde Shana ergens met die Kadir in een of andere miezerige woning op het randje van sloop of renovatie.

Yoka schreef een stuk over een gesprek met Jane Treffers. Het laatste uur had Rachid les van haar. Dan zou Anouk hem kunnen ontmoeten. Misschien zou Jane er zelf bij blijven. Het was op het Horizon College. In de gang, terwijl ze naar haar afspraak liep, kwam Anouk Eefje Dekker tegen. Het rode haar zag ze al van een afstand. Nee, niet het Horizon College, maar The Future. Yoka worstelde met de zinnen, bleef in gevecht met de woorden, probeerde de fantasie de baas te laten worden over de werkelijkheid. Die alledaagse werkelijkheid moest ze zien te overstijgen. Anouk was immers niet alledaags. Ja, ze zag er min of meer gewoon uit, maar dat diende vooral als camouflage. Op dezelfde manier leek ze kwetsbaar, maar dat was alleen de buitenkant die mensen op het verkeerde been moest zetten. Geen brutale chick, maar een aardige jonge vrouw, iemand die je kon vertrouwen. Als Rachid dat nu ook maar deed. Yoka was er niet zeker van. Het kon nog alle kanten uit.

Na een uur stopte ze ermee (midden in een passage, zodat ze de volgende keer een vliegende start kon maken), las het nieuwe bestandje door en borg het daarna op. Ruim achthonderd woorden, niet slecht, zeker niet voor een vrouw in haar conditie. Ze zouden allemaal merken wat voor conditie dat was! Misschien veronderstelden ze dat ze zich zomaar in de marge zou laten manoeuvreren, als zielig, getrouwd vrouwtje, dat bang was haar echtgenoot kwijt te raken. Mooi niet. Ze nam de tram de stad in en liep meteen naar De Schutter. Eerst zag ze Omar niet. Om een ronde tafel zat een groepje jongeren, waarschijnlijk studenten, luidruchtig grappen te maken. Eén jongen, met kortgeschoren rossig haar, werd door de andere vier kennelijk in de maling genomen.

Yoka wilde al weggaan, toen Omar door een deur achter de bar te voorschijn kwam. Ze ging op een kruk zitten. Zonder haar iets te vragen schonk hij een glas witte wijn in.

'Neem zelf ook wat,' zei ze, vooral omdat het zo'n goed gevoel gaf om dat te zeggen.

Hij schonk een klein glaasje bier in. 'Je wordt hier nog 's stamgast.'

'Heb je er iets op tegen?'

'Absoluut niet. Proost.'

Vanaf de studententafel klonk schaterend gelach.

Hij boog zich over de bar. 'Nog altijd hetzelfde met... eh...'

'Met Hans? Ja. Ik weet het nu zeker, hij heeft een vriendin. Maar ik kom eigenlijk voor iets heel anders.' Ze zweeg om zijn nieuwsgierigheid te prikkelen, maar hij zei niets en spoelde alleen wat glazen schoon. 'Iets heel anders,' herhaalde ze.

Hij knikte alleen maar.

'Ik heb je, dacht ik, nog niet verteld wat ik doe, maar ik schrijf boeken.' Ze vertelde over haar thrillers. Hoe ze daar ooit mee begonnen was nadat ze een schrijfcursus had gevolgd. En hoe ze zo'n vijf jaar geleden haar eerste boek over Anouk geschreven had. Hij leek werkelijk geïnteresseerd. Nu was ze met nummer vier bezig. Ze lachte even.

'Sorry, maar ik heb nog nooit van je gehoord, nooit iets van je gelezen.'

Yoka nam een slokje wijn. 'Dat ben ik wel gewend. *No problem*. Ik ben nou eenmaal geen Nicci French of Saskia Noort. Heb je een pen?'

Hij gaf haar een viltstift.

'*No problem*,' schreef ze op een bierviltje, dat ze in een zak van haar jas stopte. 'Maar ik zit met een ander probleem. Dat is... ja, hoe zal ik het zeggen...'

'Toch iets met je man?'

'Nee, helemaal niet. Het heeft met schrijven te maken. Ik

wil... ik moet eigenlijk...' Ze dempte haar stem. 'Het klinkt misschien gek, maar ik wil eigenlijk een keer een wapen... een pistool in mijn handen houden, om te weten hoe dat voelt, vooral als je ermee schiet.'

Hij keek haar verbaasd aan.

'Ik heb dat nodig voor het verhaal dat ik aan het schrijven ben,' zei ze, 'om het echter te maken.'

8

'ARNHEM – De 44-jarige Anton Wegering, afkomstig uit Hummelo in de Achterhoek, kwam in januari 2003 niet terug van een looptraining in natuurgebied de Posbank bij het Gelderse Rheden. Zijn lichaam werd later die dag teruggevonden in de achterbak van zijn eigen auto, in Erp in Brabant, op een afstand van 130 kilometer van de Posbank. De auto was in brand gestoken. Het lichaam van Wegering was verkoold. Na enkele maanden staakte de politie het onderzoek. Dat is nu hervat vanwege recente nieuwe aanwijzingen, nadat de hoofdofficier van justitie in Arnhem een beloning van 20.000 euro uitloofde voor de tip die zou leiden tot de oplossing van de moord.'

Yoka herinnerde zich het bericht van januari. Daarin had al iets gestaan over het verkoolde lijk in de achterbak, met de opmerking dat de politie vermoedde dat er sprake was van een misdrijf. Nee, zelfmoord of een ongelukje zat er niet in. Dat hadden die rechercheurs verdomd goed gezien. De Posbank, daar was ze met Hans wel eens geweest, na een lange wandeltocht. Zonnige tijden, alle dagen mooi weer, continu opklaringen en een zachte, zwoele bries over hun gelukkige bestaan, dat zich tot in de eeuwigheid zou uitstrekken. *Into each life some rain must fall, but too much has fallen in mine.* Ze probeerde het te zingen. De volgende regel wist ze niet meer, behalve dat die moest eindigen op *shine.* Vanochtend had ze al boodschappen gedaan, dus dat excuus had ze zichzelf ontnomen. Omar zou bellen als hij iets wist; ze had hem haar maximale prijs genoemd. Het moest niet te gek worden. Heimelijk lachend had ze gezegd dat het een investering voor haar werk was. Misschien zelfs aftrekbaar voor de belasting, en nee, het had niets te maken met het feit dat hij veel Turken kende. Alles in zijn reactie wees erop dat hij het verschrikkelijk spannend vond. Ja, hij wist misschien wel iets. In de horeca deden altijd geruchten de ronde over dit soort dingen. Hij kende een jongen die op het Rembrandtplein werkte.

Ze bleef een tijdje zitten, en was pas opgestaan van de barkruk toen hij terugkwam van het zoveelste rondje bier voor de vijf studenten, die zichtbaar en hoorbaar zatter werden. De roodharige jongen lag met zijn hoofd voorover op tafel. Een andere student, de brutaalste van het stel, had een straaltje bier in zijn nek gegoten, waar hij nauwelijks op reageerde. 'Ik moet naar huis,' had ze tegen Omar gezegd, hoewel ze wist dat er van moeten geen sprake was. Hij stond enigszins verlegen tegenover haar. Ze drukte zich kort tegen hem aan en zoende hem licht op beide wangen voor ze het café uit liep. Bij de deur moest ze haar best doen om niet om te kijken. Hij keek haar na, daar was ze van overtuigd.

Er was weinig wijn meer in huis. Als oppassend huisvrouw

```
      WELKOM BIJ DE
   OPENBARE BIBLIOTHEEK
        AMSTERDAM
      U I T L E E N B O N
```

ener   : 22000009161160
atum   : 29/03/2018
g te betalen : 0,00

- -

tikel : 10000025850358 Loverboy
tour   : 19/04/2018

- -

GIO OUD-WEST
A De Hallen
mmer : 22000009161160
 geldig tot : 19 sep 2018
osito - Leners tegoed : 0.00

- -

bezit op 29/03/2018 14:56 terug op

Loverboy   19/04/2018
Nr : 10000025850358 (OBA DE HALLEN)

ecten in bezit : 1

- -

** Bedankt en tot ziens. *****

WELKOM BIJ DE
OPENBARE BIBLIOTHEEK
AMSTERDAM
U I T L E E N B O N

ener   : 22000009161160
atum   : 29/03/2018
ng te betalen : 0,00

─────────────────────────

tikel : 1000002580358 Loverboy
tour   : 19/04/2018

─────────────────────────

310 OUD-WEST
A De Hallen
ummer : 22000009161160
s geldig tot : 19 sep 2018
posito - Leners tegoed : 0,00

─────────────────────────

bezit op 29/03/2018 14:56 terug op

Loverboy   19/04/2018
Nr : 1000002580358 (OBA DE HALLEN)

─────────────────────────

acten in bezit : 1

─────────────────────────

**** Bedankt en tot ziens. ****

moest ze de voorraden op peil houden. Dat was wel het minste wat Hans van haar mocht verwachten. Ook om haar dwingende computer te ontvluchten, dat lege scherm, dat haar als een groot boos oog verwijtend aanstaarde, ging ze toch weer de deur uit. Het was warm weer voor de tijd van het jaar. Toen ze eenmaal over het trottoir liep, wist ze niet meer waarom ze de straat op was gegaan.

Tijd voor een verfrissende wandeling, het hoofd helder en leeg maken. Daarna kon ze weer verder met het verhaal.

Ze liep naar het Vondelpark en verbaasde zich over al die mensen die ook nu, begin oktober, nog op allerlei grasveldjes zaten, pratend, lachend, rokend, terwijl een fles wijn rondging. Niemand hoefde kennelijk te werken. Op een kleurige doek zat een jongen met lang krullend haar op een fluit te spelen. Hij hield zijn ogen gesloten en wiegde zachtjes heen en weer op zijn eigen muziek, waarin slechts met moeite een melodie was te herkennen. Schuin achter hem zat een bloemenmeisje met ongeveer hetzelfde haar meditatief voor zich uit te staren. Yoka bleef een tijdje kijken, maar de twee waren zo ver van de wereld dat ze er bijna jaloers om werd. De hippietijd kende ze alleen uit artikelen en enkele stukjes op de televisie, maar deze jongen leek haar een prachtig prototype.

Een paar straten bij haar huis vandaan, stond een meisje van een jaar of vier ontroostbaar te huilen. Ze had donkere krullen met een rode strik erin en droeg een rugzakje met een afbeelding van Winnie de Poeh.

Yoka liep naar haar toe, en ging op haar hurken zitten. 'Wat is er?'

Het meisje leek haar niet op te merken. Haar wangen waren zwaar betraand, snot liep over haar bovenlip.

'Ben je verdwaald? Zoek je je mama?' Tussen haar tranen door keek het kind Yoka even aan, maar toen huilde ze ongeremd verder. 'Of je papa?'

Yoka ging staan en scande de omgeving. Nergens een bezorgde ouder te bekennen. Verderop kwam een vrouw aanlopen, maar die versnelde haar pas niet toen ze het kind wel
móest zien. En horen, natuurlijk. Yoka wachtte. Er zou zeker
spoedig een verantwoordelijke volwassene komen om zich
over dit verweesde kind te ontfermen.

Niemand. Ja, een oude man op trijpen pantoffels, die zich
moeizaam voortbewoog achter een looprek. Hij keek Yoka
verwijtend aan, alsof zij schuldig was aan dit brokje huilende
ellende en misschien meteen aan zijn lichamelijk ongemak.

Plotseling voelde ze een warm, plakkerig handje in die van
haar. 'Die meneer kan nog niet goed lopen,' zei het meisje.

Yoka ging weer door de knieën. 'Vroeger kon-ie vast wel
goed lopen, maar...'

'Hoe weet je dat?' Het meisje veegde met de rug van haar
arm het snot vermengd met traanvocht over haar gezicht;
haar stemmetje stond nog half op huilstand.

'Ik weet het niet, maar ik denk het. Als mensen ouder worden, dan gaat alles niet meer zo goed.'

'Straks moet-ie in een wagentje, net als een baby.'

Yoka knikte. 'Ja, misschien.' Ze pakte een papieren zakdoekje en veegde het gezicht van het meisje zo goed mogelijk
schoon. 'Zo, gaat het nu weer een beetje?'

'Baby's kunnen ook niet lopen.'

'Nee, daar zijn ze te klein voor. Maar jij wel, hè?'

'Ik kan al heel hard rennen.'

'Knap hoor.' Yoka hield nog steeds dat warme, vochtige
handje vast, terwijl ze weer ging staan. 'Maar hoe heet je eigenlijk?'

Het kind keek haar ernstig aan, alsof ze eraan twijfelde of
informatie hierover bij Yoka in goede handen was. 'Zoey,' zei
ze ten slotte.

'Zoey? Goh, wat een mooie naam. En hoe nog meer?'

'Alleen Zoey.'

'Maar je hebt toch wel een achternaam? Iedereen heeft een achternaam, ik ook.'

'Hoe heet jij dan?'

'Yoka Kamphuys, Yoka is mijn voornaam en Kamphuys mijn achternaam. En wat is jouw achternaam?'

Zoey kneep licht in Yoka's hand, maar zei niets meer.

'En hoe kom je hier?' vroeg Yoka. 'Zo in je eentje?'

'Weet ik niet.'

'Waar is je mama of je papa?'

Dezelfde reactie.

'Je weet vast wel waar je woont. Zo'n grote meid als jij weet natuurlijk best waar haar huis is.'

Zoey schudde haar hoofd.

'Tja,' zei Yoka, vooral tegen zichzelf. 'Wat moet ik dan met je doen? Mag ik in je rugzak kijken?' Ze werd weer even een speurende Anouk. De rugzak bevatte alleen een leeg drinkpakje waar appelsap in had gezeten, maar geen briefje met naam, adres of telefoonnummer.

'Ik heb dorst,' zei Zoey. 'Ik wil wat drinken.'

Er schoot een verhaal in Yoka's hoofd. Een boom vol handen, ja, dat was het, van Ruth Rendell. Wie zelf geen kind had, kon er altijd ergens eentje vinden. 'Dan gaan we naar huis... naar mijn huis. Vind je dat leuk?'

'Oké,' zei Eefje. 'Waar het om gaat, is dat je me vertelt wat er precies is gebeurd.'

Wesley, half onderuitgezakt op zijn stoel, keek haar alleen maar aan met zijn waterige blauwe ogen. Hij had zo'n supersize-trainingspak aan met kanjers van sportschoenen daaronder, gegarandeerd van een merk dat heel erg in was. Op het sweatshirt stond in grote letters KANI QUEENS. Om zijn nek hing een zware, glinsterende ketting en aan enkele vingers zaten grote, goudkleurige ringen. *Bling*, die term had ze een paar keer horen vallen. Zijn maat Clarence zat in een andere kamer. Ze waren een bekend duo op school, zwart op wit, alles deden ze samen: waar de blonde Wesley kwam, was de donkere Clarence zeker in de buurt. Die zou ze straks aan de tand voelen, maar als de twee jongens elkaar dekten, dan was Chelsey nergens met haar verhaal, simpelweg twee tegen één, en die ene zou altijd verliezen. In je eentje dolf je altijd het onderspit. Stel dat Hans en zijn vrouw samen... We hebben samen besloten om... Ze hoorde het Hans al zeggen, met een excuserend glimlachje om zijn lippen. Een andere glimlach dan die hij vertoonde als hij weg moest, altijd eerder dan ze hoopte, vroeger dan ze dacht.

Maar er waren andere scholieren die iets gezien hadden volgens Chelsey. Als die durfden te praten, hingen Wesley en Clarence toch.

'Mag ik weer weg?'

'Eh nee... ik wil jouw verhaal horen.'

Wesley haalde zijn schouders op en liet zich nog iets meer onderuit zakken.

'Ja, als jij niks zegt, dan moet ik Chelsey wel geloven.'

'Die fokkin bitch liegt,' zei Wesley, half fluisterend, met een sombere, dreigende stem.

'Dus er klopt niks van haar verhaal?'

'Geen fuck.'

'Ze verzint het... allemaal fantasie?'

'*Sure.*'

'Je hebt haar vanochtend niet gezien?' vroeg Eefje.

'Natuurlijk wel. Maar verder niks.'

'Dus je hebt haar niet samen met Clarence in het gangetje naast het berghok geduwd?' Ze probeerde zijn ontwijkende, verveelde blik te vangen. 'Er zijn een paar meiden die dat hebben gezien, en een paar jongens ook trouwens.'

Wesley frummelde wat met zijn ketting. 'We hoefden haar niet te duwen, ze ging zelf mee.'

'En wat hebben jullie daar dan gedaan?'

'Niks.'

'Dus het is niet zo, dat Clarence haar heeft vastgehouden en dat jij haar toen gepakt hebt, voor een vluggertje?'

'Ik? Wat is dit voor shit?'

'Chelsey kwam huilend bij juf Patty,' zei Eefje. 'Dat zou ze toch niet zomaar doen. Dan moet er wel wat zijn gebeurd, dacht ik zomaar.'

'We hebben niks gedaan, Clarence ook niet. We stonden gewoon met elkaar te praten.'

'Dus je hebt haar niet aangeraakt?'

Hij schudde zijn hoofd.

Eefje keek weer in haar dossier. Wesley en Clarence waren niet de makkelijkste jongens. Vaak ongeoorloofd afwezig. Verder een uit de hand gelopen vechtpartij met een andere groep jongens, en ze zouden een paar keer meisjes hebben uitgedaagd en betast.

Wesley werd onverwachts spraakzaam. Hij ging zelfs overeind zitten en wees met zijn vinger naar Eefje. 'Dacht je dat we dat nodig hadden? Dat we anders geen chick konden krijgen of zo? Ze geilde volgens mij op Clarence, maar die hoefde d'r niet, die *fat ass*.' Deze aanduiding klopte behoorlijk vond Eefje. 'Ze wou met hem praten, maar daar had-ie geen zin in.'

'Oké, voorlopig kun je gaan. We zoeken het verder uit.'

Ze volgde Wesley de gang op, zag hoe hij even talmde en toen met verende stappen wegliep. Ze haalde Clarence, die zich als een kopie van Wesley gedroeg, inclusief het onderuit hangen op de stoel. Dat kon betekenen dat ze het keurig hadden afgesproken met elkaar, maar net zo goed dat hun verhaal klopte, en dat Chelsey iets uit haar duim had gezogen, misschien om wraak te nemen of om aandacht te krijgen. Het zou niet de eerste keer zijn dat zoiets gebeurde. Aan de andere kant zou het ook niet voor het eerst zijn dat er een meisje door jongens werd gepakt. In april of mei bijvoorbeeld nog. Twee jongens, één op de uitkijk en nummer twee had haar gedwongen om hem af te zuigen, met een mes in zijn handen. Het leek verdomme net een Amerikaans gettoverhaal. Toen nummer één aan de beurt was, waren ze ontdekt. Een heterdaadje, zoals de politie het noemde. Zelden was een woord zo toepasselijk. Ze had het verhaal aan Hans verteld, maar daarbij bedongen dat hij het niet zou gebruiken in zijn stukken voor de krant. Te slecht voor de naam van de school. Ja, ze lagen in elkaars armen en zij had net gedaan wat dat meisje had móeten doen. Een koortsige gloed sloeg nu door haar heen. Hans... geen e-mail, geen telefoontje, geen sms'je; ze controleerde voor de zekerheid haar voicemail. Ook niets.

Ze fietste naar huis. Op de wc scheurde ze het plaatje van gisteren van de Zeurkalender weg. Op die van vandaag zat een vrouw op bed; je zag haar blote rug. Tegenover haar stond een man in een grote gestreepte boxershort en overhemd zijn das te knopen. 'Weet je nou al wat je gaat zeggen als je straks thuis komt?' was de tekst. Hans droeg gelukkig geen grote gestreepte boxershorts en ze had hem nog nooit met een stropdas gezien. Bovendien zou zij zoiets niet vragen. Maar toch was ze het zelf. De man die zich aankleedde, maar die in zijn hoofd al bezig was weg te gaan en haar alleen te laten, die geestelijk alweer op zijn vertrouwde thuisbasis zat. Op het plaatje keek hij naar beneden, alsof hij wilde controleren of de knoop goed in zijn das kwam, maar ondertussen ontweek hij haar blik.

Tiba belde. Waarom ze de vorige keer alweer niet bij De Zoete Sirenen was geweest. Eefje had die naam altijd een beetje stom gevonden, maar het was leuk en ontspannend om

met bijna twintig vrouwen samen te zingen. Zeemansliede-
ren, smartlappen, liedjes van The Beatles, Oost-Europese
volksliedjes; ze hadden een enorm gevarieerd repertoire, dat
ze in het voorjaar nog een keer in een bejaardenhuis ten ge-
hore hadden gebracht. Met Koninginnedag hadden ze ook ergens op straat staan zingen, voor een goed doel, dat ze zich nu
niet meer kon herinneren.

'Ik kon niet,' zei Eefje.

'Die vriend van je?'

'Ja, we hadden een afspraak.'

Het bleef even stil. 'Je gaat er wel erg in op, hè?' zei Tiba.

'Heb je er last van?'

'Daar gaat het niet om, maar je hele sociale leven gaat zo
naar de knoppen.'

'Valt wel mee... echt wel.'

'Nou ja, goed, ik wil alleen niet dat je...' Tiba maakte haar
zin niet af. Eefje had geen zin om erop door te gaan.

Ze praatten verder over Eefjes school, Tiba's kinderen, haar
ijskast die kapot was, problemen van haar zus met een zoon
van vijftien die gepakt was bij een winkeldiefstal, en of Eefje
nog een advies voor haar had. Op haar school zou ze misschien ook wel eens met dat soort dingen te maken hebben.

Toen Eefje de hoorn neerlegde, waren ze weer vriendinnen. Verdomme, langer dan een halfuur aan de telefoon.
Hans had ondertussen kunnen bellen. Nee, dan had hij haar
gsm wel geprobeerd. Hans... Eén ding had ze goed begrepen.
Zijn vrouw... Eefje forceerde zich om een paar keer 'Yoka' te
zeggen, maar het werd nog altijd geen gewone naam... zijn
vrouw wist nergens van. Ze mocht het niet weten, want dan
zou ze volkomen van de kaart raken, psychisch finaal door het
lint gaan, en dat wilde Hans niet op zijn geweten hebben. Een
scheiding leek uitgesloten. Dus zou zijzelf op het tweede plan
blijven, in de coulissen, wachtend tot ze even aan bod kwam

voor haar bijrolletje, de aardige, talentvolle figurante, die nooit een hoofdrol zou krijgen. In het begin had ze ruim genoeg aan die momenten met Hans. Die incidenten kleurden de rest van haar leven. Als Hans er niet was, verlangde ze naar hem en was hij toch bij haar.

De eerste keer dat Eefje wat persoonlijker met Hans praatte, op school, had hij haar verteld over de misdaadromans van zijn vrouw. Toen kon dat nog, omdat ze nog niet met elkaar naar bed waren geweest, elkaar niet hadden aangeraakt, behalve door een handdruk. Ja, die boeken schreef zijn vrouw onder haar eigen naam, Yoka Kamphuys. Een paar dagen later was Eefje in een boekhandel gaan informeren. Nee, van Yoka Kamphuys hadden ze niets in voorraad. Een volgende boekhandel evenmin. Ze had een boek besteld, was er ook in begonnen, nadat ze het had opgehaald, maar had het na een paar hoofdstukken weer weggelegd.

'Ken je haar?'

Rachid keek half van me weg. Hij haalde zijn neus op.

'Je kent haar toch wel?'

'Natuurlijk. Ze zit bij me in de klas.'

'En heb je haar de laatste tijd nog gezien?' vroeg ik.

'Moet dat dan?'

'Nee, het moet niet, maar het zou heel goed kunnen.' Ik had de neiging om mijn geduld te verliezen met dit soort kleine huftertjes, die het bloed onder mijn nagels vandaan haalden. Mijn god, of liever, mijn allah, wat een vervelende etterbak. Die voormalige Amsterdamse wethouder, die het op de Theemsweg zo spannend vond, zou er vast een goed etiket op kunnen plakken. We waren alleen achtergebleven in het lokaal nadat Jane Treffers was vertrokken. Er liep niemand over de gang. De school leek uitgestorven.

Hij haalde zijn schouders op.

'Shana Houtenbosch is spoorloos verdwenen,' zei ik, 'en ik zal haar terugvinden.'

'Doe je best. Ik heb er niks mee te maken.'

'Ken je Kadir?'

Hij snoof even minachtend. 'Ik ken wel vijf Kadirs.'

'Knap van je,' zei ik, 'een hele prestatie, maar ik bedoel natuurlijk die ene Kadir. Cindy was verliefd op hem.'

'Wie niet?'

'Díe Kadir bedoel ik. Met hem zou ik graag 's willen praten.'

'Maar hij niet met jou.'

'Hoe weet je dat?' vroeg ik poeslief.

'Zo is Kadir. Die lult niet met stomme wijven zoals jij.'

'Dat wil ik graag zelf uitvinden.' Alle liefheid was meteen uit mijn stem verdwenen. Jongens als Rachid waren daar toch niet gevoelig voor. 'Waar is-ie, waar woont-ie?'

Rachid antwoordde niet. Hij kwam overeind en probeerde langs me te lopen, terwijl hij me uitdagend aankeek: doe 's wat, probeer 's wat, ik heb schijt aan je. Goed, als hij erom vroeg, dan kon hij het krijgen. Precies op het juiste moment stak ik razendsnel mijn been uit en drukte mijn rechterarm in zijn maagstreek, zodat hij struikelend achteroverviel. In één vloeiende beweging zat ik boven op hem. Ouderwets drukte ik zijn handen tegen de vloer, met mijn knieën op zijn bovenarmen.

Hij worstelde onder me, zoals mannen zelden onder me worstelen, en probeerde vergeefs te schoppen. 'Au! Stomme bitch!'

'Zo ben je nog nooit genaaid, hè?'

'Laat me los!'

Ik herhaalde mijn vraag.

'Kutwijf!'

Ik voerde de druk met mijn knieën op en rolde klassiek over zijn spieren. 'Je hoeft me alleen maar te zeggen waar ik Kadir en Cindy kan vinden.'

'Ik weet 't niet, ik weet nergens van... Au!'

'Wil je hier een uurtje zo blijven liggen? Niemand in de buurt, niemand die je kan helpen. Ik heb alle tijd van de wereld.'

Aan de overkant van de straat lag hun huis. Twee hoog. Vaag kon Eefje planten voor de ramen zien. Dit was een verboden expeditie. Pakweg een maand geleden zou ze er niet over hebben gedacht om te gaan kijken waar Hans woonde. Ze kende zijn adres niet eens en had het moeten opzoeken in de telefoongids. Gelukkig was er maar één H. Resinga. Eén, de enige, voor haar ook, maar net zo goed voor die ander. Het was verleidelijk om aan te bellen, maar ze wist zo snel geen smoes. Straks zou ze zichzelf hakkelend uit de voeten moeten maken. Misschien dat zijn vrouw dan iets begon te vermoeden.

Na een minuut of vijf liep ze de straat uit. Ze kwam op een pleintje en keek om zich heen: een bakker, een slijterij, een drogist, een crèche, 'Klein maar dapper', en een dierenwinkel. Ze stond voor de etalage. Er lag een soort matras met opstaande rand in. 'Neu, das Wasserbett für Hunde,' las ze, 'inklusiv Heizung.' Laatst had er een leerling stage gelopen in een dierenwinkel en die had daar een of ander reptiel laten ontsnappen, een soort grote hagedis. Dit waterbed voor honden, daar had ze nooit eerder van gehoord. Ze las de wervende tekst verder. 'Wohltuende, sanfte Wärme – kombiniert mit einem druckpunktfreien liegen garantiert eine gleichmässige Durchblutung und sonst einen entspannen Schlaf Ihres Vierbeiners.' Een gelijkmatige doorbloeding, altijd goed.

In het midden van het pleintje stonden een paar bomen en een bankje met een ouder echtpaar erop. Een ouder echtpaar... waarom had ze die man en die vrouw meteen als echtpaar gecategoriseerd? Misschien was het een man met zijn minnares, een vrouw met haar minnaar. De hele wereld ging vreemd. In het Engels had je wel het woord 'mistress', maar er bestond geen mannelijke pendant. Dat had ze uit een boek van Victoria Griffin, dat ze had opgespoord via internet. Die was zelf meer dan tevreden met haar rol, wilde niets anders.

Geen vaste relatie, geen echtgenoot, maar de spanning van een verhouding met een man die naast haar een ander leven had, zodat elk moment samen een gestolen moment was, waar ze veel meer van genoot dan van een leven met een 'eigen man'. Dat wilde Eefje net zo goed, dat wilde ze verdomme zelf ook. En in het begin was het haar gelukt, maar het werd steeds moeilijker, vooral als ze Hans een paar dagen niet had gezien, niets van hem had gehoord.

Ze liep terug en zag van een afstand een vrouw het huis uit komen met een klein meisje aan haar hand. Ze praatten tegen elkaar. Dit moest Yoka zijn. Er was geen twijfel mogelijk. Maar hadden ze een dochtertje? Nooit iets over vernomen, zelfs geen enkele hint in die richting en toch leek het erop, zo vertrouwelijk als die twee met elkaar waren. Misschien een nichtje of een buurmeisje. Eefje volgde op enige afstand. Ze verdwenen in de bakkerij, en stonden binnen een paar minuten weer op straat, het meisje met iets in haar hand waar ze af en toe een hap uit nam, waarschijnlijk een krentenbol. Ze liepen weer terug naar het huis, het meisje een beetje springerig.

De behoefte om aan te bellen was nu bijna niet te onderdrukken. Ze stond al voor de deur, haar hand bewoog in de richting van de bel, terwijl ze haar ogen gefixeerd hield op het bordje: H. RESINGA – Y. KAMPHUYS.

'Ik begrijp het nog altijd niet,' zei Hans. Hij lag plat op zijn rug op bed.

'Wat begrijp je niet?'

'Dat weet je best.'

Ze zag hem vanuit de spiegel. 'Het gebeurde gewoon. Ik wist ook niet wat ik anders moest doen.'

'Misschien heb je er nooit van gehoord, maar er is zo'n instelling die ze "politie" noemen. Dat zijn van die mensen in een uniform, die zorgen ervoor dat...'

'Je hoeft heus niet zo cynisch te doen,' zei Yoka, terwijl ze haar make-up afhaalde. 'Ik realiseer me verdomd goed dat ik naar de politie had moeten bellen, maar op dat moment dacht ik er niet aan. Het was gewoon leuk, gezellig met Zoey.'

'Ja, leuk... gezellig, en daarom hebben we nou zeker net bijna twee uur op het politiebureau gezeten. Wat je leuk en gezellig noemt. Ik kan m'n tijd wel beter gebruiken.'

De woorden lagen haar voor in de mond – zeker bij je minnares, bij Eefje Dekker in bed – maar ze sprak ze niet uit, terwijl ze in de spiegel naar hem bleef kijken. Hij mocht niet weten dat ze het wist, anders kreeg ze hem nooit meer helemaal terug, helemaal voor zichzelf.

9

'SEATTLE – Aan de University of Washington kwam het vorige week tot een academische moord. Een Chinese onderzoeker schoot zijn begeleider dood, de vooraanstaande gastro-enteroloog Rodger Haggitt. De schutter, afgestudeerd in de geneeskunde in Shanghai en in de biologie aan de Universiteit van Iowa, was kort tevoren door het slachtoffer afgewezen als deelnemer aan een postdoctorale cursus vanwege zijn gebrekkige beheersing van het Engels.'

Gastro-enteroloog. Had iets met spijsvertering te maken, met darmen, ontlasting en wat er verder vrijkwam. Wraak. Prachtig. Yoka zag de Chinees voor zich. Ze had het bericht net ingeplakt toen de telefoon ging.

'Met Omar.'

Ze had de neiging om zich heen te kijken of er iemand

meeluisterde. Graag zou ze in code spreken. Zitten de spreeuwen op het nest? De loodgieter heeft de zwanenhals gerepareerd en de beukennootjes zijn verzameld. 'En?' vroeg ze.

'Ik heb beet.'

Dat was ook een goeie.

'Driehonderd euro plus vijftig voor patronen of kogels of zo. Helemaal schoon, niet eerder gebruikt.'

'Van wie? Wie moet ik betalen?'

'Het is beter als je zo weinig mogelijk weet.'

'Natuurlijk,' zei ze. Professioneel blijven. Waarschijnlijk verdiende Omar eraan, maar dat kon haar niet schelen. Het bloed leek met stoten door haar aderen te stromen. Ze kreeg het warm, gloeiend heet. Dit was het echte werk. Tot op heden had ze zich alleen maar in haar geest – op papier, maar eigenlijk slechts digitaal – beziggehouden met dit soort dingen. Dan was het makkelijk en niet half zo opwindend.

'Hallo? Ben je daar nog?'

Maar straks zou ze zo'n ding in haar handen houden, het metaal voelen, de schok bij het schieten, de terugslag, de knal, die resoneerde in haar oren. Misschien moest ze het in het Amsterdamse Bos proberen. Of een keer naar de Kennemerduinen.

'Yoka?'

'Ja, oké. Driehonderdvijftig euro is goed.'

'Hij wil eerst tweehonderd. Kan je dat vanmiddag komen brengen? Vanavond heb je hem dan als je de rest meeneemt. Het is voor mij ook een risico, dat weet je toch?'

Ze probeerde kalm te blijven door zich te concentreren op de asbak voor haar op het tafeltje. Een glazen asbak, middelgroot, rond, één peuk erin, hard en meedogenloos uitgedrukt.

'Maar dat kan je toch niet maken!' zei Eefje.

Dennis keek haar vanonder de klep van zijn pet bijna aan alsof hij medelijden met haar had. Tutje, deed haar best om het op een echte school te laten lijken, maar waarom eigenlijk? Op zijn rechterarm had hij een grote tatoeage van ingewikkelde, scherp gepunte figuren en pijlen.

'Je blowt je suf, terwijl je gewoon les hebt, 's ochtends om elf uur nota bene.' Frans had Dennis naar haar toe gestuurd, omdat hij in de klas niet meer was te handhaven. Af en toe begon hij zomaar te lachen en hij leek er alles aan te doen om het werk te versjteren. Ze waren net met hun winkelproject begonnen, iedereen was enthousiast, maar hij maakte er een puinhoop van. In de pauze bleek hij een megasuperjoint te hebben gerookt, samen met zijn vriend en klasgenoot Carlo, die zogenaamd ziek thuis was, maar even naar school was gekomen voor een blowtje met zijn mattie, zoals hij zelf had verklaard.

Dennis haalde zijn schouders op, terwijl hij weer schaapachtig begon te lachen.

'Wat wil je hier op school eigenlijk bereiken?' vroeg Eefje.

'Bereiken?'

'Ja, heb je een idee over een beroep, een baan, iets wat je later wil gaan doen. Ik bedoel, na deze school moet je toch wat anders, naar het mbo, werk...'

'Ik wil wel een leuke baan, een beetje goed geld verdienen, een mooie auto, later een lekker wij... eh, een aardige vrouw... ja, dat lijkt me gaaf.' Dennis keek dromerig voor zich uit. Hij zag het allemaal al gebeuren, als in een swingende commercial.

'Dat klinkt prachtig,' zei Eefje, 'maar daarvoor moet je wel wat doen; het komt je niet zomaar aanwaaien.'

'Aanwaaien... lekker fris.'

'Zo komen we nergens. Volgens mij ben je nog altijd zo

stoned als ik weet niet hoe. Ga maar hiernaast in het *cooling down*-kamertje zitten, dan praten we over een uurtje weer verder.'

Dennis bleef gewoon zitten.

'Dennis! Wakker worden!'

Moeizaam kwam hij overeind. 'Kan ik weg, kan ik naar huis?'

'Natuurlijk niet.' Ze liep met hem mee naar de speciale ruimte, die ook wel 'afkickkamer' werd genoemd. Er stond zelfs een computer waarop leerlingen die 'even apart' moesten, konden internetten. Sekssites waren zo goed mogelijk geblokkeerd en de deur kon vanbuiten op slot.

Terug op haar kamer controleerde ze haar e-mail. Nee, geen bericht van Hans, evenmin een sms'je. Al drie dagen had ze hem niet gezien. Het hele idee van vrijheid en elk contact als cadeautje werkte niet meer. De enige die alles blokkeerde, die tussen haar en Hans stond was zijn vrouw, dat was die vervloekte Yoka. Opnieuw probeerde ze die naam uit te spreken, want ze kon zichzelf niet meer wijsmaken dat de vrouw van Hans niet bestond, dat ze niets met haar te maken had. Misschien dat ze er met Hans over moest praten. De afgelopen nacht was ze om een uur of drie wakker geworden. Ze was uit bed gestapt, had een glas wijn ingeschonken en was in de kamer gaan zitten. Hij lag bij zijn vrouw in bed, dat beeld, dat raakte ze niet meer kwijt. Eergisteren had ze Yoka gezien. Dat was verkeerd, maar onvermijdelijk. Haar bestaan was echter geworden, een werkelijkheid die schrijnde en schuurde. Ze sliepen, nadat ze eerder de liefde hadden bedreven. Hans had uiteraard nooit iets over het liefdeleven met zijn vrouw gezegd. Tot voor een paar weken had ze – zonder er werkelijk bij na te denken – aangenomen dat dat bijna niet meer bestond, alleen een herinnering was aan vroegere tijden, of op z'n hoogst routineus was geworden; niets van de passie waarmee zij samen... o, god, ze zou er niet te veel aan moeten denken, want het was te erg.

Ze handelde een brief van de leerplichtambtenaar af over een leerling die al langer dan een maand niet meer op school was verschenen.

Opnieuw keek ze in haar inbox. Ja, verdomd, een mailtje van Hans, kort maar duidelijk. 'Vanavond, 9 uur bij jou. Oké?' Ze mailde meteen terug. 'Natuurlijk. Ik wacht op je, liefs, tot vanavond, was het alvast maar 9 uur. Duizend xxx.'

Marleen, die vanuit de directie de zorgcoördinatie in haar portefeuille had, kwam langs om te praten over een nieuwe benadering op school. Ze waren nu veel te curatief bezig, brandjes blussen, dweilen met de kraan open. Eefje knikte, ja, natuurlijk. 'Goed idee,' zei ze af en toe, of: 'Moeten we misschien eens uitzoeken', terwijl Hans in haar gedachten al bij haar was. Nee, ze zat thuis te wachten, terwijl die vervloekte klok steeds trager de minuten voorbij liet gaan. Tonijnsalade klaar, Turks brood, witte wijn koud. Vijf voor negen. Negen uur. Ze hoorde nog niets, geen sleutel in het slot, geen gerucht op de trap, geen lenige, snelle stap. Vijf over negen. Misschien was er iets tussengekomen. Nee, dan zou hij bellen. Of hij zat thuis en kon niet bellen.

'Het is veel effectiever om meer op preventie in te steken en minder op individueel-therapeutisch te werken,' zei Marleen.

Eefje knikte. 'Ja, dat lijkt me ook.' Tien over negen. Ze was weer thuis en liep door de kamer. Bedwong zich en begon nog niet te drinken. Het eerste glas samen, zo moest het. Ze deed de tv aan, keek naar een Engelse comedy over een ouder echtpaar dat ruziemaakte. Zapte naar andere zenders. Reclame. Kwart over negen. Hoorde ze iets? Ze rende al naar de deur. Misschien moest ze hem vandaag vertellen wat ze gedaan had. Nee, dat kon altijd nog. Het werd misschien wel haar belangrijkste troef en het was beter die nog even achter de hand te houden.

'We zouden die ideeën samen uit kunnen werken,' zei Marleen. 'Ik zal een opzetje maken.'

Zo 's avonds was het plein uitgestorven. Er liep een man zijn hond uit te laten, maar het leek of de open ruimte waarop de wind vrij spel had, hem vooral vrees aanjoeg. Papieren, bladeren, patatbakjes, alles waaide over het plaveisel. Ooit was hier een centrum bedacht, wist ik, een centrum voor het sociale verkeer in deze nieuwe wijk. Rond de bankjes, waarvan de helft gesloopt was door de lieve jeugd, en de andere helft bespoten met pogingen tot graffiti, zouden de bewoners zich verzamelen. Vanuit allerlei hoeken van de stad en daarbuiten waren mensen hier komen wonen, maar op dit plein zouden ze contacten kunnen leggen, nieuwe vrienden maken, elkaar leren begrijpen, bouwen aan een nieuwe samenleving.

Mooi niet, dus. De rolluiken voor de winkels waren duidelijk genoeg en anders wel sommige teksten die erop gespoten waren. FUCK THE POLICE of HATE.

Moe was ik, maar toch krachtig en energiek na mijn vaste uurtje in PHYZIXXX: eerst sufgerend op de loopband (interval), daarna op de Magic Vibe-trilplaat, en ten slotte mezelf afgebeuld op de halterbank.

Ik stond met mijn tweedehands Gilera Stalker (op afbetaling) op een hoek tussen twee huizenblokken en hield snackbar Oase III in het oog, kennelijk een zaak in een keten van oases. Volgens Rachid kwamen Kadir en zijn vrienden hier bijna elke avond. Gisteravond had hij zich niet vertoond, maar vanavond moest het lukken. Ik had al met Houtenbosch gebeld om te vertellen dat ik Shana op het spoor was. Toen hij meer wilde weten, had ik geantwoord dat het daarvoor een beetje te vroeg was. Straks stond hij hier zelf zijn dochter op te wachten en kon ik fluiten naar het extra honorarium. Tot overmaat van ramp begon het zachtjes te regenen. Ik reed naar de oase, legde mijn recent verworven racemonster met twee kettingen vast aan een lantaarnpaal en ging de snackbar binnen.

Er zat niemand.

Achter de balie stond een man, waarschijnlijk van Marokkaanse herkomst, maar het kon net zo goed een Egyptenaar zijn. Die schenen de hoofdstedelijke snackbarwereld grotendeels in handen te hebben. Ome Jaap en tante Truus, die een lekker patatje met een zelfgemaakte, goeie bal gehakt serveerden, hadden de aftocht geblazen. Nu waren het Ahmed en Suleyman, die broodjes shoarma ('broodje hondenbrokken', had Gino wel eens gezegd) en falafel in de aanbieding hadden, maar hun klanten natuurlijk minstens zo graag een berenhap of een frikadel in de maag splitsten.

Uit een radio klonk zachte oriëntaalse muziek. De man keek me vragend aan.

'Broodje gezond graag, en een koffie.'

'Melk... suiker?'

'Nee, dank u, zwart.'

Hij pakte een wit broodje, legde er bijna omzichtig een plakje kaas op, een paar schijfjes tomaat, een plakje komkommer en een slablaadje. 'Mayo? Ketchup?'

'Nee, zo is het goed.'

De man schoof me het broodje toe, en een plastic bekertje koffie. 'Drie euro.'

Ik betaalde, ging aan een formica tafeltje zitten en probeerde het broodje op te eten zonder het te proeven. Dat was niet zo moeilijk want eigenlijk smaakte het nergens naar. Ik pakte een buurtkrant die op een belendend tafeltje lag. Nieuwe actie tegen hondenpoep in een zandbak. Indringers en dieven, die het vooral voorzien hadden op bejaarden. 'Ze kiezen hun doelwit zorgvuldig uit,' las ik, 'weten met een eenvoudig smoesje binnen te komen en terwijl de een de bewoner afleidt, doorzoekt de ander de woning. Steeds vaker worden ouderen beroofd door groepjes vrouwen die met een zielig verhaal proberen binnen te komen.' Zielige verhalen, die kende ik zelf genoeg. Verder: nieuw aangelegd fietspad, ruiten van een school ingegooid, multicultureel feest in het wijkcentrum.

Alsof ze de feestelijkheden alvast wilden beginnen, kwam een groepje jongens lachend en gein makend binnen. Donker, spijkerbroeken, leren jacks, sportschoenen, een enkeling een petje op. Nederlands vermengd met een andere taal tot een voor mij onverstaanbare mengvorm met veel diepe keelklanken erin, en schetterende uithalen. Kadir zou erbij kunnen zijn; Rachid zag ik niet. De deur bleef open. Ze bestelden patat en cola. Een van de jongens maakte zich los uit het groepje en deed een paar stappen in de richting van de deur. 'Hé, kom je nog 's?'

Het duurde even en toen verscheen een meisje. Hoewel ze veel zwaarder was opgemaakt dan op de foto die ik van haar had, herkende ik haar meteen.

Hans had gebeld. Er moest een stuk af en het was handiger om er op de krant verder aan te schrijven. Ja, een afspraak voor een interview was een beetje uitgelopen. Hij deed niet eens meer zijn best om originele leugentjes te verzinnen. Maar vanavond kwam het Yoka niet slecht uit.

De honderdvijftig euro brandden in haar portemonnee. Vanmiddag had ze de eerste tweehonderd al gebracht, in een grauwe giro-envelop. Omar had het geld bijna routineus aangenomen. Ze had een glas cola gedronken. Het was stil in het café. Toen ze wegging, was hij met haar naar de deur gelopen. Ze had haar handen om hem heen geslagen en hem vluchtig gezoend, op zijn linker- en zijn rechterwang. Hij had haar daarna stevig tegen zich aangedrukt en een zoen op haar mond gedrukt. 'Misschien kunnen we een keer iets afspreken,' had hij voorgesteld. 'Ja, misschien,' had ze gezegd.

Nu stond hij weer achter de bar. Het was druk en rokerig, met veel lawaai van stemmen, kreten en muziek tegen de achtergrond van een consequent geroezemoes. Mooi woord; ze maakte een mentale notitie. Omar leek haar aanvankelijk niet op te merken; hij was druk bezig met drankjes inschenken, bestellingen opnemen, afrekenen. Ze genoot van het observeren van zijn professionele handigheid en stak een sigaret op. Gelukkig mocht dat hier nog. Ze bleef op een afstandje van de bar staan en keek naar de mensen om zich heen. Jonge mensen, waarschijnlijk vooral studenten. Het was een gewone donderdagavond, maar kennelijk hoefden ze niet te studeren. De envelop met honderdvijftig euro zat in haar tas, waar ze even achteloos mee zwaaide.

Ze liep naar bar en wachtte tot Omar haar opmerkte.

'Witte wijn?' vroeg hij.

'Graag.'

Hij schonk een glas voor haar in.

Ze schoof naar een stille hoek van de bar en legde de envelop onder een bierviltje. Omar maakte met een doek de bar schoon en pakte in een moeite door de envelop.

'Je had hier gisteren toch iets laten liggen?' Hij zette een nieuw glas wijn voor haar neer. 'Dat heb ik voor je bewaard.' Hij legde een neutraal wit plastic tasje op de bar, waar duidelijk iets zwaars in zat. Ze hoorde een lichte bonk, en haar hart bonkte mee. Hier lag dus de oplossing van haar probleem. Het kon niet anders. Nee, daar klopte niets van, het was de oplossing voor het verhaal. Het ging alleen maar om het verhaal, dat moest rond zijn, dat moest echt worden, ré-á-lis-tisch.

Bijna onhoorbaar zei Omar: 'Je gaat er toch geen gekke dingen mee doen?'

'Ik? Gekke dingen doen? Ik zou niet eens weten hoe. Proost.'

In enkele teugen dronk ze haar glas leeg. Anouk, die moest het weten. Die moest verder. Ze had het spoor van Kadir gevonden, en nu ook Shana. Nog even en ze kon haar bij Houtenbosch afleveren. Nee, dat ging te snel, dat was een plot van niks: meisje verdwenen, meisje gezocht, meisje gevonden.

'Ik weet niet of jij morgen...?' begon Omar, met een brede glimlach op zijn gezicht.

'Nee,' onderbrak ze hem, 'dan heb ik andere dingen te doen.' Hij was mooi, hij was aardig, maar verder wilde ze niets.

Voor ze het wist, stond ze op straat, de stad lag open, ze kon alle kanten uit. Eigenlijk zou ze ook een scooter moeten kopen, een Gilera Stalker. De wind langs haar huid, de kick van de snelheid. Morgen, overmorgen, binnenkort. Alles was beter dan binnen zitten en de bedrogen echtgenote spelen. Hij was nu bij haar. Ze lagen in haar bed. Yoka schudde haar hoofd, kneep haar ogen stijf dicht, wilde 'Nee!' schreeuwen, maar sloeg haar hand tegen haar mond en zette de tanden in haar eigen vlees, zodat de pijn haar weg zou leiden van dat beeld dat ze maar niet op zwart kon krijgen. Hans en die rooie teef, haar lichaam, zijn geslacht, dat ze zelf zo goed kende, en nu, de handen van die ander, de mond van die ander, haar... Nee, nee. Opnieuw kwam de misselijkheid omhoog, zodat het draaide en kolkte in haar maag. Ze leunde tegen een muur en probeerde alles weg te slikken, terwijl ze met haar vrije hand haar tas met daarin het plastic tasje tegen zich aan klemde. Ze voelde de harde bult van het metaal. De eerste golf braaksel kletterde tegen het plaveisel. Ze durfde niet te kijken.

'Zo schat, een beetje te veel gedronken?' vroeg een man.

Ze reageerde niet.

'Kan ik je helpen? Zoek je soms een taxi?' Hij legde een hand op haar schouder.

Ze schudde haar hoofd.

'Weet je het zeker?'

De tweede golf kwam omhoog. De pijn sneed door haar keel, terwijl ze zich naar de straat boog.

'Getverdemme,' zei de man, en hij liep snel door.

Eefje keek opzij naar Hans. Hij lag met zijn ogen gesloten, rustig ademend, maar ze wist dat hij niet sliep. Tevergeefs probeerde ze niet te denken aan het moment dat hij straks op zou staan, douchen, zijn kleren aan zou trekken, een zoen op haar mond zou drukken, even op de rand van het bed zou zitten, voor hij haar hier alleen liet, hopeloos en pijnlijk alleen. Het zou veel minder erg zijn als hij pas morgenochtend weg zou gaan. Samen ontbijten!

'Hans?'

'Mmm.'

'Kan je niet een keer blijven vannacht?'

Hij leek te schrikken van haar vraag, waarschijnlijk omdat ze hun code had doorbroken. 'Blijven? Vannacht?'

'Ja, blijven slapen.' Ze liet de toppen van haar vingers zacht over zijn huid glijden, trok onzichtbare figuren, die alleen zij kon interpreteren. 'Het lijkt me fantastisch om samen in te slapen, midden in de nacht wakker te worden, te voelen dat je bij me bent, nog een keer zachtjes te vrijen, lui en slaperig. Zou jij dat niet willen?'

'Natuurlijk.' Hij zweeg even. 'Maar het kan niet, dat weet je best.'

'Voor één keer?'

Hij schudde zijn hoofd. 'Het is zo al moeilijk genoeg. We hebben het toch lekker samen? Ik dacht dat we een afspraak hadden, dat we elkaar zouden zien als het kon, maar dat we verder...' Hij maakte zijn zin niet af.

Ze leunde op een elleboog. 'Maar verder wat?'

'Dat weet je best. Ik had liever dat het anders was, maar ik ben nu eenmaal getrouwd.'

'Met Yoka,' zei ze, en ze wist dat pruilerig zou klinken. 'En je moet rekening houden met Yoka.'

'Precies... ik kan niet anders. Je zou het begrijpen als je zelf ook...'

Toen werd het haar te veel. 'Maar ik ben verdomme niet getrouwd,' zei ze, en in één beweging draaide ze zich om en ging op de rand van het bed zitten. Nu kon ze het niet meer voor zich houden. 'En ik moet de hele tijd rekening houden met het feit dat jij wél getrouwd bent, dat je steeds maar die arme, zielige Yoka verdedigt en voor haar opkomt, voor haar belangen, voor haar eisen, omdat ze toevallig ooit met jou voor die ambtenaar van de burgerlijke stand is gaan staan, en dat ik daarvoor...'

'Het was niet toevallig.'

Ze deed of ze hem niet hoorde. 'En dat ik daarvoor nou moet boeten. Hoe denk je dat ik me voel als je straks weggaat? Hoe denk je dat ik me dan voel, Hans Resinga? Terwijl jij vrolijk naar huis rijdt, misschien gezellig een borreltje gaat drinken met je lieve, trouwe, toegewijde Yoka, terwijl je in je hoofd al helemaal gedeletet hebt hoe we hier hebben liggen neuken, want dan kan je immers weer de rol spelen van de trouwe, bezorgde echtgenoot, je mooiste rol.' Het liefst zou ze alles nog gemener zeggen, nog harder.

10

'Man bij bezoek aan mortuarium doodgestoken

Van onze verslaggever

EINDHOVEN

In het mortuarium van het Catharina-ziekenhuis in Eindhoven is woensdagmiddag een 43-jarige Eindhovenaar met een mes vermoord. De dader, wiens identiteit bekend is bij de politie, is nog voortvluchtig. Volgens de politie gaat het om een afrekening in de Eindhovense drugswereld. Het slachtoffer werd in zijn hals gestoken en overleed ter plekke. Hij was met anderen in het mortuarium om afscheid te nemen van Reinoud Blok, die een week geleden is vermoord. Blok werd in zijn auto neergeschoten door een man op een scooter. De twee moorden staan volgens de politie rechtstreeks met elkaar in verband. Volgens een woordvoerder is er geen sprake van een bendeoorlog, maar gaat het om individuele afreke-ningen.'

Moord in het mortuarium. Een perfecte titel voor een *whodunnit* of een traditionele politieroman. Yoka zag het boek al voor zich: *De Cock en de moord in het mortuarium*. Voor de vierde keer las ze in de krant het stuk over Mabel Wisse Smit en Klaas Bruinsma, maar het licht boven haar eigen verhaal ging niet aan. Ze doorliep haar oude lp's, haalde het debuutalbum van The Soul Children uit het rek en koos voor *The Sweeter He Is*. Zo mooi, zo hartverscheurend, ja, inderdaad, ver over de grenzen van de goede smaak, van wat een mens kan verdragen aan suikerzoete sentimentaliteit. 'But one day you said you didn't want me no more... Oh yes, you did... And my heart still aches from this terrible blow...'

Het scherm van haar computer was al ruim een uur maagdelijk leeg gebleven. Ze riep het vorige hoofdstuk op en las door wat Anouk had gedaan. Ja, ze had de snackbar verlaten, had op haar Gilera zitten wachten tot de jongens en Shana naar buiten zouden komen. Ze was aangesproken door een man die iets met haar wilde, maar die had ze weggebluft met haar scherpe woorden en door de zware ketting met het slot in haar hand te nemen en die zachtjes heen en weer te zwaaien. De boodschap was duidelijk: wie haar te na kwam, zou ze kei-hard weten te raken. Na een klein halfuur kwam het groepje naar buiten. Ze slenterden naar twee auto's. Een auto reed de stad in en de ander boog af richting Geuzenveld. Anouk twij-felde, maar bleef de eerste volgen. In de Warmoesstraat par-keerde hij ergens op de stoep. Ja, ze had goed gegokt. Een jon-gen en een meisje stapten uit en liepen een zijsteeg in. Voordat Anouk haar scooter op slot had kunnen zetten, waren ze spoorloos verdwenen in de drukke steeg tussen het uit-gaanspubliek. In het portiek van een dichtgetimmerd huis was ze blijven wachten. Het stonk er naar urine.

Er hing een vreemde, hitsige sfeer op straat. Een groepje Engelsen passeerde, de een leek nog erger dronken dan de ander. Ik hoorde ze aan een Nederlander de weg vragen naar de Banana Bar. Als ik geduld had, zouden Kadir en Shana vanzelf terugkomen. Het hoefde niet eens zo lang te duren, want Kadir had zijn auto op de stoep geparkeerd. Parfum werd het niet, maar de pislucht rook ik nauwelijks meer. Een stuk of tien Nederlanders die kennelijk een vrijgezellenfeest vierden, zwalkten langs. De man die morgen bruidegom zou zijn, was verkleed in een Volendammer vrouwenkostuum en hij droeg een kapje op zijn hoofd waaronder twee dikke, blonde vlechten bungelden. De anderen hadden een T-shirt aan waarop stond HUWELIJK HARM EN WILMA met de datum van de volgende dag. Gino had me wel eens verteld dat hij een keer met zo'n clubje de stad in was geweest, vrienden van zijn squashvereniging. Gino... hij had gebeld en gemaild, maar ik had mezelf overtroffen. 'Nee' en 'niet', die woorden lagen me voor in mijn mond bestorven.

Ik werd zo afgeleid door al die mensen (en misschien vooral omdat ik weer aan Gino moest denken), dat ik Kadir bijna had gemist. In z'n eentje kwam hij aanlopen, met de verende, zelfbewuste stappen van het kleine patsertje, de stoere bluffer. Waar was Shana? Hij stapte in zijn auto, een oude Opel. Ik startte mijn Gilera en volgde hem weer. Hij parkeerde ergens in de Kinkerbuurt en kwam uit de auto, inspecteerde zijn omgeving en ging zonder aan te bellen een huis binnen. Ik bleef aan de andere kant van de straat. Op de bovenste verdieping werden de twee ramen lichte vlakken. Na een minuut of vijf was de kust volgens mij voldoende veilig om te gaan kijken bij het pand. Alleen bij de onderste bel was een naamplaatje geschroefd: J. BAKKER.

Yoka haalde het pistool te voorschijn. Met haar vingers streek ze bijna liefkozend over het zwarte metaal. Het was een Walther PPK. Op internet had ze de naam ingetikt en zo had ze een website gevonden van een bedrijf dat allerlei wapens verkocht. Daarvoor moest je natuurlijk een vergunning hebben, *a licence to kill*, James Bond. Voor 195 euro werd er een Walther PPK aangeboden. Ze had bijna het dubbele betaald, maar dat verbaasde haar niet. Stemde haar zelfs een beetje tevreden. Het kaliber bleek 7,65 millimeter te zijn, maar daar kon ze zich weinig bij voorstellen.

Ze ging in schiethouding staan, de benen licht gespreid, het wapen met twee gestrekte armen voor zich. Wonderbaarlijk dat er zo'n vernietigende kracht kon uitgaan van zo'n simpel stukje zwart, koel metaal. Natuurlijk had ze gelezen over Murat D. die van een vriend een *pipa* had gekregen. Waarom hij een pistool wilde hebben? Macht, daar ging het om. Dat je de baas was, dat je indruk kon maken en anderen bang voor je waren. Bang, wie wilde ze zelf bang maken? Maar misschien was angst ook niet genoeg.

Met de trein ging ze eerst naar Haarlem en vervolgens naar Zandvoort. Bij Overveen stapte ze uit. Walter, noemde ze hem nu, gewoon op zijn Nederlands. Haar nieuwe vriend Walter zat in een schoudertas. Af en toe meende ze te voelen dat zijn stalen botten tegen haar zij bonkten. De wolken hingen laag en grauw over het duingebied, alsof het elk moment kon gaan regenen. Ze kwam voorbij het Wed, een klein meertje, waar ze een paar zomers geleden met Hans een keer langs was gelopen. Het was een zonnige dag en er zaten veel mensen, vooral met kleine kinderen. Zij wel. Het meertje bleef lang ondiep; kinderen konden er zorgeloos in het water spelen en langs de kant zandkastelen bouwen. Om hier te verdrinken moest je verschrikkelijk je best doen. Ze had zichzelf daar al zo zien zitten, net als die vaders en moeders met hun rondscharrelende kroost, maar Hans niet. 'Wat wou je nou?' had Hans gevraagd. 'Wandelen of hier een beetje in de drukte rond blijven hangen?' Nu was het stil. Verderop rende een hardloper in korte broek en T-shirt. Hij verdween over de top van een duin. Yoka voelde zijn hijgende ademhaling in haar borstkas. Anouk had ze een keer laten vluchten, lopend, rennend, kilometers lang.

Ze wandelde verder. Bij een bosrijk deel ging ze van het pad af tussen de bomen door, tot ze bij een kleine, door druipende dennen omsloten open plek kwam. Daar haalde ze Walter uit de tas. Hij was blij om het licht te kunnen zien, de frisse buitenlucht te voelen. Het was gek om op niets te schieten, daarom richtte ze op een boomstam.

Eefje wist bijna zeker dat Hans vanavond zou komen. Het moest, het kon niet anders. Misschien dat ze hem dan een uitspraak kon ontlokken over de manier waarop hij verder wilde met haar. Zo hield ze het niet lang meer vol, ondanks haar vaste voornemens om er simpelweg van te genieten en er niet méér van te maken dan het was. Die voornemens waren steeds brozer geworden.

Met Chelsey was ze samen naar de politie geweest om aangifte te doen. Wesley en Clarence zouden er niet vanaf komen met een waarschuwing of zo. Het was goed dat het op school bekend werd. 'Jeugdcultuur' had iemand gezegd in de lerarenkamer. 'Kijk maar naar MTV of TMF. Allemaal seks, ze denken dat alles mag. Ze doen alleen maar na wat ze in die clips zien.' Onzin vond Eefje. Als een meisje niet wilde, dan... Daar had je dat oude cliché weer, maar het klopte wel.

Ze keek of er berichten in haar inbox zaten. Ja, een mail van Antoinette met de al zo vaak herhaalde klacht over haar confrontaties met een groep leerlingen in het derde jaar en over het ontbreken van steun uit de leiding en de geringe initiatieven van het zorgteam om de problemen aan te pakken. 'Ik heb het gevoel dat ik in de steek word gelaten.' Eefje wist dat Antoinette weinig gevoel had voor wat die pubers bezighield. Ze gaf Nederlands en wilde zelfs deze leerlingen verantwoorde boeken laten lezen, en als dat niet lukte, was ze hogelijk gefrustreerd. Tekstverklaring probeerde ze te doen aan de hand van interessante krantenstukken over bijvoorbeeld het normen-en-waardendebat of de Europese Unie. Daar kon je bij Debby, Tarik, Kenneth en Fadoua maar beter niet mee aankomen. Eefje had haar een keer voorgesteld om iets te doen uit zo'n jongerentijdschrift, zoals *Break*, en ze had zelfs een exemplaar voor haar meegenomen. Antoinette bladerde erdoorheen, maar had er vooral vies bij gekeken. 'We moeten ze toch iets proberen bij te brengen. Als we dit soort teksten nemen, bevestigen we alleen maar het lage niveau. Dat is toch niet de bedoeling?'

Eefje wilde de mail doorsturen naar haar collega Peter, maar eerst typte ze er nog iets boven. 'Heb je haar weer! Die tuthola met haar eeuwige gezeur. Wat moeten we hier nou weer mee? Doorspoelen met al die andere shit? Hartelijks, Eefje.' En vrijwel op het moment dat ze de knop 'verzenden' aanklikte, wist ze dat ze in de digitale val was getrapt en een retourmail had verzonden, gewoonweg 'beantwoorden' aangeklikt in plaats van 'doorsturen'. Met ingehouden adem zat ze achter haar bureau, tot ze de pijn in haar longen voelde en haar hoofd bijna uit elkaar leek te barsten. Als het zou kunnen, had ze zich door die leidingen, door die kabels willen worstelen om die mail terug te halen.

Dit was ellende, doffe ellende. Voor eeuwig een vete met Antoinette. Die had weer alle reden om zich de komende weken ziek te melden. En daarna kwam ze gegarandeerd terug met een huilgezicht, verwijtende blikken en het zielige verhaal dat niemand, werkelijk niemand haar serieus nam, zelfs Eefje niet, die toch ook jarenlang voor de klas had gestaan, en die er niet alleen voor de leerlingen was, maar ook solidair moest zijn met de leerkrachten.

Eefje had zelf verdomme wel iets anders om zich druk om te maken.

In de trein van Haarlem naar Amsterdam belde Hans op haar gsm. Ja, vervelend, maar vanavond moest hij nog werken, een stuk over dat nieuwe soort onderwijs in die zogenaamde Iederwijsscholen. Hij moest iemand spreken die daar een kritiek op had geschreven en vanavond pas beschikbaar was.

Yoka wilde het hem niet te makkelijk maken. 'Maar kan je hem dan niet telefonisch interviewen?'

Volgens Hans kreeg hij dan nooit het goede verhaal.

'Hoe laat ben je thuis, denk je?'

Hij zuchtte. Ze kon het zelfs over de telefoon horen.

'Dan kan ik daar rekening mee houden,' zei ze.

'Hoezo, rekening mee houden?'

'Gewoon... hoe laat ik naar bed ga, of ik nog een fles opentrek, dat soort dingen.' Een man tegenover haar keek met een kritische blik in haar richting, nadat hij zijn krant had neergelegd.

'Een uur of elf,' zei Hans.

Ze herhaalde het tijdstip. 'Oké, tot dan. Dag... liefs.'

Ze schrok bijna toen de man, die gekleed was in zorgvuldige bruine, groene en beige herfstkleuren, het woord tot haar richtte. 'Vindt u dat nou normaal, al die telefoontjes in de trein, zodat iedereen uw persoonlijke conversatie kan horen?'

'Hoe bedoelt u?'

'U stoort mij.' De man had een keurige, afgemeten stem. 'Ik heb toch niets met uw afspraken te maken of met het feit dat u rond elf uur een fles open wilt trekken?'

Ze haalde haar schouders op. 'Nou ja...'

'U gebruikt de publieke ruimte alsof het een privé-kamer is. Ik móet gewoon wel meeluisteren.'

'Dat doet u toch ook als mensen met elkaar in de trein zitten te praten? Of moeten ze dan ook hun mond houden? Verplicht zwijgen in het openbaar vervoer, moet het die kant op?'

'Natuurlijk niet,' zei de man. 'Maar bij een gesprek kan ik

twee kanten horen, en bij een telefoongesprek hoor ik slechts één kant.'

'O, u hoort dus te weinig, dat is het.'

'Daar gaat het niet om. U valt mij gewoon lastig met allerlei privé-zaken waar ik niets mee te maken heb en waar ik ook niets mee te maken wíl hebben. U maakt me deelgenoot van dingen die mij volstrekt niet... eh, niet aanbelangen.'

'Dan moet u maar ergens anders gaan zitten,' zei ze, terwijl ze haar schoudertas wat dichter tegen zich aan trok.

'Nou wordt-ie mooi!' De man leek werkelijk boos te worden. 'Het ligt meer voor de hand dat u ergens anders gaat zitten.'

Yoka wendde haar blik naar buiten. De buitenwijken van Amsterdam werden al zichtbaar. Hier niet zo ver vandaan had Anouk bij snackbar Oase III Shana gezien en toen Kadir haar eenmaal de weg gewezen had naar de Warmoesstraat, groeide er een idee over het verdere verloop van het verhaal. Yoka had zelfs al een voorlopige titel, altijd beter dan bestanden op te moeten slaan in een map 'Nieuw boek'.

Haar telefoon ging opnieuw over.

'Met Maaike.'

'Ja, hallo. Ik zit nu in de trein en...'

'Ik wou je even bellen, want er zijn wat problemen op de uitgeverij en ik vind dat jij dat ook moet weten.'

'Problemen?'

De man tegenover haar keek nog misprijzender dan eerst, terwijl hij zijn krant dichtvouwde.

'Ja, er zijn allerlei berichten en roddels over een groot verlies dit jaar en nou schijnen ze toe te werken naar een fusie met B&M, maar die geven helemaal geen thrillers uit, dus...'

'De kans bestaat dus dat ik een andere uitgever moet zoeken.'

Maaike zei dat het daar inderdaad op neer zou kunnen komen. Ze wist niet of het allemaal zo'n vaart zou lopen, maar misschien dat er vanavond iets in de krant zou staan en ze wilde Yoka alvast waarschuwen.

'Heeft het eigenlijk nog wel zin om dan verder te schrijven?'

De man tegenover Yoka stond op, lichtte even zijn hoed en zei met luide stem: 'Belt u rustig verder en trekt u zich maar niets van mij aan, mevrouw. Ik zal me beleefd verwijderen uit uw openbare telefooncel.'

'Wat was dat?' vroeg Maaike.

'De spoorwegpolitie.'

Vervelend, zo'n woonstraat zonder winkels. Geen enkele etalage waarin ik een tijdje kon staren terwijl ik de woning van Kadir door het spiegelende raam in de gaten hield. Alleen een voormalig 'Matrassenpaleis', waarvan de trotse heerser kennelijk verdreven was, want de met oude kranten bedekte ramen wezen op een onverbiddelijk faillissement. Het leek me niet handig om aan te bellen en Kadir te treffen. Gisteravond was ik hem gevolgd naar dit huis. Nu eerst Shana. Haar vriendje kon later altijd nog. Misschien kon ik hem zelfs helemaal vermijden, want het respect waarmee hij zelf uiteraard wilde worden bejegend, was vast en zeker niet in ruime mate beschikbaar voor mij. Ik liep een paar keer heen en weer in de straat, bleef enkele minuten op een hoek staan, liep een zijstraat honderd meter in en keerde terug. Zijn auto stond er nog en dus nam ik aan dat hij thuis was. Gezellig en intiem met zijn liefje.

Na bijna twee uur op straat te hebben gebivakkeerd – geen kwaad woord over deze Amsterdamse volkswijk, maar dat geef ik je te doen in de Kinkerbuurt – wilde ik weer mijn warme, veilige etage opzoeken om me verder te wijden aan bespiegelingen over de zin van het leven en misschien meer over de onzin daarvan, toen Kadir zijn huis verliet. Ik bestudeerde een rijtje bellen en naamplaatjes op de deur van het huis waar ik voor stond: M. Sterck, El Hamadoui, C. Yildirin, Kees en

Charmaine ('bel stevig indrukken'). Terwijl ik me omdraaide, reed de aftandse Opel de straat uit.

Ik wachtte enkele minuten en belde toen aan bij wat de woning van Kadir moest zijn. Er werd niet opengedaan. Ik probeerde het opnieuw, maar zonder resultaat. J. Bakker zou mijn redding kunnen zijn. Terwijl ik de bel indrukte, prevelde ik een paar schietgebedjes. Die hielpen: de deur werd opengetrokken, en boven aan de trap zag ik een vrouw staan.

'Wie is daar?' klonk een licht krassende oude-vrouwenstem.

'Anouk Akkerman. Ik kom voor...'

'Die ken ik niet.'

Met drie treden tegelijk liep ik naar boven. 'Dag mevrouw, ik kom voor Kadir, die hierboven woont, maar ik denk dat zijn bel kapot is. Mag ik even doorlopen?'

De vrouw was grijs, oud en licht gebogen, en ze droeg een ouderwets, gebloemd werkschort dat ik al jaren niet meer had gezien, maar in mijn beperkt historisch besef volledig jaren vijftig was. Nog een klein stukje retro en het zou weer mode worden: leuke, jonge meiden die in zo'n ding liepen. 'Maar wat moet u dan...?'

Voordat ze haar zin had kunnen afronden, was ik al langs haar gelopen.

'Maar dat gaat zomaar niet!' riep ze me na met een krachteloze stem.

Dat ging zomaar wel.

Ik jakkerde door naar de bovenste verdieping, terwijl mevrouw Bakker machteloos tegensputterde. Door de deur heen kon ik de klanken van rapmuziek horen, waarbij ik weer dacht aan wat laatst iemand tegen me gezegd had. 'Als je niet kan zingen, dan kan je altijd nog rappen.' Ik klopte op de deur. Niets. Ik bonsde op de deur. Nog niets. Nu ik zo ver gekomen was, zou ik niet meer onverrichter zake teruggaan. Dus ik bonsde harder, alsof ik me met grof geweld toegang wilde verschaffen.

Eindelijk ging de deur een stukje open, zodat de muziek het trapportaal overdadig vulde. Een streep Shana verscheen, maar ik herkende haar meteen.

'Wat is er?' vroeg ze, en de bange bijklank in haar stem was niet te missen.

'Ik wou even met je praten.'

'Maar ik niet met jou.' Ze wilde de deur dichtdoen, maar ik had mijn voet al tussen de deur en de drempel gezet. Verwensingen roepend ('Sodemieter op, stom wijf!') begon ze te duwen, maar ik hield moeiteloos stand. Waar een dikke, stevige zool onder een laars al niet goed voor kan zijn. Toen haar krachten leken te verflauwen, gooide ik mijn lichaam zo hard mogelijk tegen de deur, waardoor zij achteruit stuiterde en ik in één keer in het door een bleek peertje verlichte halletje stond.

'Sodemieter op!' schreeuwde ze over de muziek heen. 'Wat moet je hier. Dit is... dit is...'

Vermoedelijk wilde ze beginnen over huisvredebreuk, maar bij de lessen maatschappelijke oriëntatie op het vmbo waren ze aan dat woord nooit toe gekomen. Ze was zwaar opgemaakt, maar de laag pancake op haar gezicht kon de donkere vlek onder haar rechteroog niet volledig aan het zicht onttrekken. Ik liep naar de kamer, waar behalve een blitse stereo-installatie een oud bankstel stond en een tafel bedekt met asbakken, blikjes, glazen en twee pizzadozen. Zonder iets aan haar te vragen zette ik de muziek uit. 'Dat praat wat makkelijker.'

Maar Shana zei dat ze helemaal niet wilde praten. Dat er niks te praten viel.

Halfnegen. Yoka had voor zichzelf een kaastosti gemaakt. Hans lag nu bij die ander in bed. Op ditzelfde moment drong hij misschien bij haar binnen, in haar lichaam.

Ze steunde met haar ellebogen op tafel, haar hoofd in haar handen, de oren dichtgedrukt alsof ze zo alles wat van buiten kwam, zou kunnen weren. Maar het kwam niet van buiten, het zat allemaal in haar eigen hoofd. De hele bedscène moest ze voor zichzelf afspelen tot de pijn te hevig werd en de tranen vanzelf opwelden.

Dit kon zo niet langer doorgaan. In de badkamer liet ze in het kuipje van haar handen water lopen waarmee ze haar gezicht nat maakte, keer op keer, om alles weg te wassen wat voor altijd aan haar leek vastgekleefd.

Om aan iets anders te kunnen denken, ging ze weer achter haar pc zitten. 'Dat er niks te praten viel,' was de laatste zin. En nu het vervolg, nu dat gesprek dat er toch moest komen, en waarvan ze al wist waar het op uit zou draaien. Hans... Hans en Eefje. Verdomme. Dat er niks te praten viel. In haar hoofd had ze het gesprek met Hans al tientallen keren gevoerd. Het gesprek, de discussie, de confrontatie, de ruzie, steeds werd het erger, zo erg dat zij vanzelf het onderspit zou delven. Ze wist het en legde hem haar bewijzen voor. Hij ontkende niet, want er viel niets te ontkennen. Misschien dat hij een smalende opmerking zou maken over het feit dat dit het lot was van een man die getrouwd was met een vrouw die *private eye*-verhalen schreef. Afleidingsmanoeuvres, daar trapte ze niet in. Een minnares kon ze niet accepteren. Maar hij verontschuldigde zich niet, zei niet dat het hem speet, geen enkel woord in die richting. Hij moest kiezen, wat haar betreft. En ze wist het, zoals ze een gesprek achter haar computerscherm tot een climax wist te brengen: hij wilde niet kiezen of hij koos voor die ander, voor Eefje (die naam alleen al!). Samen in bed. Zijn handen op haar tieten, op haar billen, zijn vingers op zoek naar... Nee!

Ze bestelde een taxi. Dat hoorde erbij. De chauffeur leek kilometers om te rijden, maar het maakte niet uit. Ze gaf hem zelfs een forse fooi, want dat zou haar geluk brengen. Omdat er een paar straatlantaarns niet brandden, zag het er een beetje luguber uit. Niemand kon haar bang maken. Ze had haar nieuwe vriend bij zich in haar schoudertas, die ze stijf tegen zich aanklemde terwijl ze naar de deur liep. Ja, twee hoog, F.E. Dekker. Nu zou ze aan kunnen bellen, het paar op heterdaad betrappen. Als ze niet opendeed, die rooie bitch, kon ze altijd bij buren aanbellen, net zoals Anouk dat had gedaan. Dat was misschien beter, dan was haar komst volledig onverwacht.

II

'Inbreker valt vrouw aan met stroomstootwapen

APELDOORN – Een 44-jarige Apeldoornse is dit weekeinde door een inbreker aangevallen met een stroomstootwapen. Dat maakte de politie maandag bekend. De vrouw werd wakker en hoorde gestommel. Toen ze uit bed stapte, liep een inbreker de slaapkamer in. De man gaf haar met het wapen een stroomstoot, waarop de vrouw achterover viel. Haar echtgenoot, die wakker was geworden, trachtte de inbreker vergeefs te overmeesteren.'

Er zat uiteraard geen verhaal in. Anouk zou een keer een stroomstoot kunnen krijgen met zo'n wapen. Maar wat voelde ze dan? Yoka wist dat ze dat ook zelf zou moeten ervaren om er overtuigend over te kunnen schrijven. Fantasie was uiteindelijk niets meer of minder dan het ongeremd voortborduren op eigen ervaringen.

Acht uur, Hans lag nog in bed. Gisternacht was hij pas tegen één uur thuisgekomen. Terwijl hij iets mompelde als 'Beetje laat geworden, nog even met die man naar een café geweest', was hij naast haar geschoven, elke aanraking vermijdend, alsof ze een gevaarlijke besmettelijke ziekte had. Hij rook betrekkelijk fris. Bij haar gedoucht natuurlijk, helemaal niet in een café geweest, zo verraadden mannen zich.

Ze zag zichzelf weer voor de deur staan, haar vinger al bijna in de richting van de bel, zinnen repeterend die ze die vrouw zou toevoegen. Ik wou graag weten of Hans Resinga hier was. Of: hier is? In ieder geval rustig en beheerst, maar de vraag was of ze dat op zou kunnen brengen. Misschien was ze te bang geweest voor de confrontatie met de driehoek, ieder van hen op een punt en de spanning daartussen. Zo ging het in verhalen ook. A versus B was veel minder interessant dan A versus B versus C, en die weer tegen A. Anouk, Shana en Kadir, met Houtenbosch op de achtergrond. Tussen twee personages had je maar één relatie. Maar met slechts één personage erbij in je verhaal, had je zomaar drie mogelijke relaties, dus een winst van 200 procent, had ze wel eens uitgelegd tijdens een lezing in een openbare bibliotheek, voor een groepje van acht aandachtig luisterende vrouwelijke toehoorders van wie er vier al of niet parttime in de bibliotheek werkten en de andere vier over de zestig waren, niet direct de doelgroep van haar Anouk-verhalen.

In Hans' werkkamer doorzocht ze opnieuw zijn spullen. Hij zou binnen kunnen komen, maar dat maakte het juist extra spannend. Ze luisterde of ze enig gerucht in huis hoorde. Buiten kwam een knetterende brommer langs, er klonk een verwaaide schreeuw, maar binnen heerste een vredige stilte, waarin Hans verder kon dromen over zijn minnares, die nu misschien nog in haar eigen, zwaar naar seks geurende liefdesnestje lag. Een liefdesnestje, getverdemme!

Ze vond opnieuw de sleutels, nam een snel besluit en ging de straat op. In De Sleutelkluis keek ze eerst naar de afroom- kluisjes omdat ze dat zo'n mooi woord vond. Daarna liet ze de sleutels kopiëren. Na een paar minuten en elf euro vijftig was alles geregeld.

Toen ze terugkwam zat Hans te ontbijten. 'O ja,' zei hij. 'Ik had je toch al verteld van dat congres in Papendal bij Arnhem, over veranderingen in de basisvorming?'

'Ik weet nergens van.'

'Eind van de week, vrijdag en zaterdag. Moet ik eigenlijk wel naartoe. Zaterdag komt de minister en ik ben bezig een interview met haar te regelen. Ook belangrijk om daar een beetje rond te lopen en te netwerken. Je kent het wel.'

'Ik ken het niet,' zei ze. 'Ik ben daar nooit goed in geweest.' Ze zette altijd een spatie tussen de twee delen van het woord: net werken.

'Nou ja, ik moet daar in ieder geval naartoe, en het lijkt me het handigste als ik daar blijf slapen, van vrijdag op zaterdag.'

'Om te netwerken?' vroeg ze.

'Ja, 's avonds bij de bar. Dat is de beste plek voor je contac- ten.'

Eefje had geen klop op de deur gehoord, en Wesley stond in- eens voor haar, vanuit het niets. Hij legde zijn beringde han- den op het bureauvlak en boog naar voren. 'Je hebt ons ge- naaid.' Ze kon hem ruiken, een vreemde, zoetige geur. Hij had de deur achter zich gesloten.

Ze keek in zijn tot spleetjes samengeknepen blauwe ogen en schraapte haar keel.

'Je hebt ons verdomme genaaid,' herhaalde Wesley, 'dat is een fokkin klerestreek.'

'Volgens mij hadden we voor vanochtend geen afspraak.'

'Je weet wat ik bedoel.'

'Op deze manier wil ik niet met je praten,' zei ze.

Wesley hield zijn blik op haar gericht alsof hij eigenlijk naar een plek achter haar keek, door haar hoofd heen. 'Maar ik wel.'

'Moet ik de bewaking soms waarschuwen?'

'Je moet doen wat je niet laten kan.' Hij pakte de briefopener van haar bureau en begon zijn nagelranden ermee schoon te maken, terwijl hij haar bleef aanstaren.

'Leg dat ding neer,' zei ze.

Hij wierp de opener achteloos op het bureau, zodat die naast haar op de grond viel. 'Je hebt ons gewoon verraden.'

'Dat heb ik helemaal niet gedaan. Het enige wat ik gedaan heb, is Chelsey steunen.'

'O ja, het enige? Je heb haar gewoon om zitten lullen. Daar ben je zo verdomd goed in. Zelf zou ze nooit naar de politie gaan. Dat doen we gewoon niet.'

'Jullie misschien niet, maar Chelsey dus wel.'

'Omdat ze dat moest van jou,' zei Wesley.

'Ze moest niks van mij.'

'Natuurlijk moest ze wel wat van jou.'

'En waarvoor kom jij hier eigenlijk?' vroeg ze.

'Jij gaat met Chelsey naar de *skoutu* en ze trekt alles in.'

'Een aangifte is een aangifte,' zei ze.

'Je zoekt problemen?' vroeg Wesley met een plotseling achteloze, bijna vriendelijke klank in zijn stem.

'Is dit een bedreiging?'

'Bedreiging?' Hij lachte gemaakt. 'Hahaha!' Hij boog zich iets meer in haar richting. 'Bedreiging? Ik zou niet durven.'

Ze probeerde haar stem onder controle te houden. 'Ik wil hier niet meer over praten. Je gaat nu meteen weg en anders bel ik inderdaad de bewaking. Heb je dat liever? Als ik dit doorgeef aan de leiding, dan heb je heel wat meer problemen dan je kan *handelen*.'

'Die problemen zijn voor jou, helemaal alleen voor jou.' Hij zei dit terwijl hij zich met soepele passen in de richting van de deur bewoog. 'Dat merk je nog wel.' Met een onheilspellende klap sloeg de deur achter hem dicht.

Toen hij weg was, bleef ze eerst een tijdje stil zitten. De behoefte om Hans te bellen wist ze met moeite te onderdrukken. Waarschijnlijk zou hij nog thuis zijn. Bij Yoka. Die zou een keer een bezoekje moeten krijgen van zo'n jongen als Wesley of zijn *mattie* Clarence. Samen. Nog beter. Eefje zag het al voor zich.

Ze ging staan en merkte dat ondanks al haar voornemens om zich niet te laten intimideren, haar knieën toch enigszins wankel waren. Op de gang was niemand te zien. Peter zat gelukkig op zijn kamer. Hij keek verstrooid op van de papieren voor hem op zijn bureau.

Eefje ging zitten. 'Je kent Clarence en Wesley uit 3B toch wel?' vroeg ze.

Tamar keek de lijst uit *Quote* opnieuw door. Deze keer was een Nijmeegse steenfabrikant ('steenrijk' was vanochtend de eerste flauwe grap op de redactie) het doelwit geweest. Zijn zoon was gekidnapt en vastgehouden in een Belgisch vakantiehuisje door een oprechte amateur. De politie had hem weten op te sporen nadat zijn gsm was gepeild. De sukkel had geen plan, geen strategie, helemaal niets. Een geboren *loser* in geldnood, misschien gevaarlijker dan een echte crimineel.

De vraag was wie uit de lijst als volgende aan de beurt zou zijn. Ze had zelf een aantal mensen proberen op te bellen, maar grote miljonairs of hun zaakwaarnemers, voorlichters, communicatiemedewerkers of wat dan ook waren verdomd slecht te bereiken. De halve ochtend had ze aan de telefoon gezeten. Als ze al mensen te pakken kreeg, dan wilden die er vervolgens weinig tot niets over zeggen. 'Maar het gaat om een groot maatschappelijk probleem, waarbij u mogelijk betrokken bent of betrokken kunt raken. Daarom is het belangrijk om uw mening te horen en te weten hoe u...' 'Geen commentaar,' en de verbinding werd verbroken.

Vanochtend stond het verhaal in de krant over de ex-marinier in Kerkrade die vrijwel zijn volledige voormalige schoonfamilie had neergeschoten: schoonouders, zoon en hun dochter met wie hij had samengewoond. Met zijn schoonvader dreef hij een soort sport-en-fitnesscentrum, waar ook legaal een wapenhandel in was gevestigd. Nadat zijn vriendin hem had verlaten, waren er problemen ontstaan, vooral over de boedelscheiding. De ex-marinier was eerst naar het huis van zijn schoonouders gereden. Daar had hij zorgvuldig, als in een militaire operatie, de moeder, de zoon en zijn ex-vriendin omgelegd en vervolgens was hij in zijn auto naar het sportcentrum gestapt. 'Voor het oog van 24 klanten schoot hij met een handvuurwapen zijn ex-schoonvader dood. Na de moord wachtte hij in het trainingscentrum kalm en gedisciplineerd op de komst van de politie.' Kalm en gedisciplineerd, uitstekend, een echte marinier. Het verhaal was van de Limburgse correspondent van de krant, die met buren, kennissen en sportschoolklanten had gepraat. 'Vanwege zijn gedrongen, buitengewoon gespierde postuur spreekt een buurman van "een kleine Rambo".' Eigenlijk zou ze tijd moeten hebben om eens grondig in zo'n zaak te duiken. Misschien zat er een stuk in over geflipte, doorgedraaide ex-militairen die in de fout gingen, vooral nadat ze in Cambodja, Irak of een andere brandhaard van de wereldpolitiek waren ingezet als vredestichters.

Hans kwam bij haar bureau staan, terwijl ze weer een naam op de lijst doorstreepte. Ze vertelde hem waar ze mee bezig was. 'En jij?'

'Niet echt hemelbestormend,' zei hij. 'Echtscheidingen en

de invloed daarvan op de schoolcarrière van kinderen. Het is begonnen met een of ander huilverhaal van een paar leerkrachten over kinderen die de weg kwijt waren nadat hun ouders uit elkaar waren. Als je het las, leek het of ze in één klap dyslectisch of ADHD-klantjes waren geworden. Ik ben nu bezig een paar leerkrachten en een stel gescheiden ouders over hun ervaringen te vragen. Heb jij er misschien een paar in de aanbieding?'

'Niet direct... Moet ik even over nadenken.'

'Een groepje kinderen zou ook aardig zijn. Een praatgroep van slachtoffertjes zeg maar.'

'Over scheidingen gesproken,' Tamar dempte haar stem iets, 'hoe is het met jou en je weet wel?'

'Nieuwsgierig?' vroeg Hans. 'Zullen we even koffie halen?'

Ze stonden in een hoekje bij het apparaat. 'En?' vroeg Tamar.

'Tja...' Hans dronk van zijn koffie. Tamar zag dat hij naar haar toe was gekomen om erover te praten, maar dat hij er tegelijkertijd bang voor was. Praten was nodig, maar praten deed pijn. Dat wisten ze alletwee.

'Het is nog altijd... eh, aan tussen jou en die geliefde?' Het klonk alsof ze het had over een prille puberpassie.

Hans knikte alleen maar.

'Heb je er nu al met Yoka over gepraat?'

'Natuurlijk niet. Die wordt helemaal hysterisch als ik het haar vertel.'

Rogier kwam aanslenteren. Je kon bijna aan hem zien dat hij zijn oren spitste, misschien vooral omdat hij zo nadrukkelijk de ongeïnteresseerde, toevallige voorbijganger leek te willen spelen. Terwijl Rogier koffie nam, ging Hans routineus door over gescheiden ouders en hun gekwelde kinderen, die hun zelfvertrouwen volkomen kwijt waren en midden onder een les in huilen konden uitbarsten.

Toen Rogier, die lang had staan treuzelen, verdwenen was met zijn bekertje koffie, vroeg Tamar: 'Hysterisch, hoezo?'

'Ik weet niet, maar volgens mij gaat ze helemaal over de rooie als ze het te weten komt.'

'Dus je zwijgt.'

'Ja, ik zwijg,' zei Hans. 'Natuurlijk. Is dat zo gek?'

'Hoe lang denk je dat vol te houden?'

'Dat weet ik niet.' Zijn stem klonk geïrriteerd. 'Ik heb eigenlijk helemaal geen zin om over dat soort dingen na te denken.'

'Maar je wilt er wel met mij over praten?' vroeg ze.

Hij keek wat ongelukkig om zich heen, nam een slokje koffie, streek met een hand over zijn kin.

'En zij, die ander?' vroeg Tamar. 'Wat vindt zij ervan?'

'Ingewikkeld... het is allemaal verdomd ingewikkeld. Eerst had ze er geen probleem mee, dat ik getrouwd ben. We hadden het er nooit over. Ze vond het volgens mij eigenlijk wel makkelijk, een man die komt en gaat. Geen vastigheid, toch een soort avontuur, natuurlijk. Spanning... opwinding...'

'Ook qua seks?' Ze probeerde de vraag zo achteloos mogelijk te laten klinken.

'Ja, ook qua seks. Geen routine, geen sleur, nou ja, je weet wel. Maar de laatste tijd begint Eefje dus een beetje moeilijk te doen, en dat begrijp ik. Ik zit barstensvol begrip, tot over mijn oren, maar ik weet niet wat ik moet doen, hoe ik me hieruit kan redden.' Zijn stem verschoof nu van het irritatie- naar het wanhoopregister. 'Ik bedoel, ze wil dat ik kies, en dat kan ik niet.'

'En als je niet kiest,' vroeg Tamar, 'wat dan?'

Hans verfrommelde zijn koffiebekertje. 'Dat durf ik haar niet te vragen, en zij durft het misschien niet te zeggen.'

'Je bent bang dat je haar kwijtraakt?'

'Ja, enorm bang... dat ze me dumpt.'

'Maar ze houdt van je, ze is verliefd op je. Toch?'

'Absoluut,' zei Hans, 'maar deze toestand houdt ze volgens mij niet langer vol. En ik ook niet. Ik kan niet eens meer een eenvoudig stukkie tikken voor de krant want ik zit voortdurend aan andere dingen te denken, en de warboel in m'n kop wordt alleen maar groter.'

'Ooit komt Yoka erachter,' voorspelde Tamar, 'dat weet je. Zoiets hou je nooit van z'n leven geheim.'

'Tot nu toe is het gelukt.' Hans keek weg van haar, de gang in, alsof daar misschien een oplossing zou kunnen opdoemen.

'Ja, maar morgen is dat misschien afgelopen.'

'Daar geloof ik niks van.'

'Geloofde je een jaar geleden dat je een vriendin zou kunnen hebben?' vroeg Tamar. 'Een minnares?'

Hij schudde zijn hoofd.

'Nou dan.'

'De vergadering begint zo,' zei Hans en hij deed al een stap in de richting van de redactieruimte.

Ze hield hem even vast bij zijn arm. 'Stel dat die Eefje jou voor het blok wil zetten en alles aan Yoka vertelt, wat dan?'

'Dan is het oorlog.'

'En in een oorlog vallen slachtoffers.'

Yoka keek naar haar beeld in de spiegel. Het leren jack was misschien een beetje groot, maar het stond haar goed. Ze had haar nieuwe zwarte spijkerbroek en de laarzen aangedaan. Die donkere kleurspoeling die ze had genomen was misschien te veel van het goede.

'En?' vroeg de verkoper, een nichterige jongen die slecht leek te harmoniëren met de stoere leren kleding die hij verkocht, maar misschien was hij in zijn vrije tijd lid van de homoleerbrigade. Ze associeerde door naar Gerard Reve. Iemand had haar ooit iets verteld over de periode dat de schrijver een halfjaar gastdocent op de universiteit was, waarbij hij aan zijn professorale supervisor had gevraagd wat zijn 'lederopdracht' was.

'Ik denk dat ik deze neem. Ik hou hem aan. Misschien dat je m'n oude jas wil inpakken.'

Ze rekende af en liep door de stad. Een paar dagen terug had ze een meisje van een jaar of twintig door haar gsm horen zeggen: 'Ik ben even wezen shoppen', terwijl ze in haar linkerhand zeker vier volle plastic tassen van modieuze winkels droeg.

Bij De Schutter ging ze naar binnen. Omar stond niet achter de bar, maar een andere jongen van ongeveer dezelfde leeftijd, die zijn hoofd had kaalgeschoren. Ze bestelde thee. Anouk dronk 's middags ook thee. Uit het kistje met twintig soorten zou ze gewoon Earl Grey kiezen. Eerst het gesprek met Shana, en daarna de confrontatie met Kadir, misschien nadat ze Shana had weggehaald. Nee, die had geweigerd om mee te gaan. Kadir kwam onverwacht thuis. Yoka haalde een notitieboekje uit haar tas en maakte een paar aantekeningen. Alles speelde zich hier voor haar ogen af. Die jongen en dat meisje die verderop aan een tafeltje zaten, verliefd naar elkaar toe gebogen, hadden niets in de gaten. Het meisje reikte naar de jongen, die haar hand pakte en er een stevige zoen op drukte. Maar Shana was er ook. En Kadir. Voor Anouk het goed en wel in de gaten had, stond hij met een pistool voor haar. Zo moest het ongeveer gaan. Of het gebeurde op een ander tijdstip op een andere plek, in het donker, een macabere steeg, glimmend asfalt, in een portiek verderop lag een zwerver te slapen.

Ze dronk van haar thee en keek naar haar spiegelbeeld tussen de flessen achter de bar. Dag Anouk.

Hij had dat pistool en bedreigde haar. *Fuckin' bitch*, dat soort dingen zei hij. Door een onverwachte beweging leidde ze even zijn aandacht af en met een flitsend snelle achterwaartse trap, die ze tot in den treure had geoefend bij de karatetraining, schopte ze hem het pistool uit de hand. Ze was een fractie sneller dan hij en grabbelde naar het wapen. Ze sloeg hem van zich af. Er druppelde bloed uit een wond op zijn wang. Hij tastte ernaar, keek haar aan... Shana gilde. Of was ze er toch niet bij? Dat kwam later. Hij tastte naar zijn enkel en had een mes in zijn hand, waarvan het lemmet glinsterde in het valse licht van een enkele lamp. Ze stonden tegenover elkaar, zwijgend, gespannen. In een subtiele choreografie lokte elke kleine stap van de een direct een stap van de ander uit. Anouk voelde de adrenaline door haar lichaam pompen. Het bloed droop van Kadirs wang, maar hij leek het niet te merken.

'Wil je nog...?' begon de jongen achter de bar.

Ze maakte een afwerend gebaar. Kadir stootte met eenzelfde korte, afgekapte beweging dreigend het mes naar voren. Yoka slikte, haar adem ging snel. Nu was het erop of eronder. Hij zei dat ze niet durfde te schieten. Dat hij haar zou laten gaan, maar dat ze het pistool hier moest laten liggen. Tweehonderd euro had het hem gekost. Hij praatte en praatte, en ze wist waarom hij dat deed, Ze antwoordde niet, schudde alleen bijna onmerkbaar haar hoofd, terwijl ze zich volledig op hem bleef concentreren.

En toen gebeurde het. Yoka schreeuwde bijna mee met Anouk. Alsof hij door een elastiek werd gekatapulteerd, sprong Kadir naar voren. Anouk haalde de trekker over.

En dan, en dan... Yoka sloeg haar handen voor haar ogen. Het bloedende lichaam, de laatste krampen, de kreten van pijn. Of ging het anders? Stilte, een schot dat resoneerde in haar oren, misschien het geluid van rennende voeten.

Ze voelde een hand op haar schouder en keek om in het lachende gezicht van Omar. 'Had je het een beetje te kwaad?'

'Je was dus verliefd,' zei ik.

Shana knikte. 'Zijn ogen, zijn haar, zijn lichaam...' Terwijl ze het zei, zwijmelde ze als de verliefde tiener die ze ook was. En dat na alles wat hij had gedaan, de schoft! Maar goed, wie was ik om daar gezond kritisch over te zijn? De vorige nacht had Gino weer bij me geslapen en we hadden gevreeën als beesten, als neukbeesten, die er maar geen genoeg van konden krijgen. Ik voelde hem nog steeds op, in en aan mijn hele lijf. Dat was bepaald geen onplezierig gevoel.

'En was-ie aardig tegen je? Vast wel.' Ik wist al ongeveer hoe het in elkaar zat.

'Absoluut. Ik kreeg allemaal cadeautjes, mooie dingen, sieraden, kleren... echt alles wat ik maar wou.'

'Maar je vader zorgde toch ook goed voor je?'

'Mijn vader?' Er zat venijn in haar stem. 'Die denkt alleen maar aan z'n eigen. Ik moet z'n lieve dochter wezen en zelf doet-ie wat-ie wil. Wat die allemaal uitvreet! En hij wou dat ik bij hem in die kutzaak kom werken. Nou, echt niet, *over my dead body*.'

Ik had het idee dat ze die laatste uitdrukking rechtstreeks uit een film had. 'En wanneer ging het fout met jou en Kadir?'

'Tussen ons is het oké.'

'Net zoals tussen jou en je klanten?'

Ze stak een sigaret op en begon driftig en stoer te roken. Mijn lichaam schreeuwde weer om nicotine, maar ik wist me te beheersen. Het was duidelijk dat Shana het liefst in de rook zou opgaan. Hier ver vandaan, samen met Kadir, die nu met z'n vriendjes ergens de stad onveilig maakte, troebele handeltjes dreef, mensen bedreigde. Maar dat wilde ze niet weten, zodat ze kon blijven dromen van hun tweeën in een liefst tropisch paradijsje, de enige, echte Grote Liefde waar nooit een ander tussen zou kunnen komen. Zeker haar vader niet.

En Shana wist evenmin wat er voor Kadir in het verschiet lag. Die dromen waren makkelijk, ze kostten niets, maar de werkelijkheid van het verhaal zat volledig anders in elkaar. Yoka stond op, rekte zich even uit, deed een paar anti-rsi-oefeningen en ging weer zitten, op de stoel die ze haar elektrische stoel noemde, omdat ze er immers toe veroordeeld was. Nee, reëel blijven, omdat ze zichzelf ertoe veroordeeld had.

'Heeft-ie je daarom trouwens geslagen, omdat het oké was tussen jullie?'

'Dat gaat je niks aan.' Ze keek van me weg, maar ik meende een film van vocht op haar ogen te zien.

'En na al die cadeautjes had-ie zeker schulden gemaakt?' vroeg ik.

'Ja.'

'Hij zat in de problemen? Grote financiële problemen?'

Ze reageerde niet. Ik had mijn huiswerk gedaan. Internet, folders, krantenstukken en een paar telefoontjes. Er was zelfs een Stichting die zich ermee bemoeide, het Scharlaken Koord. De naam scheen afgeleid te zijn van een bijbelverhaal uit het Oude Testament – welk verhaal wist ik niet meer – en dat koord stond symbool voor redding.

'Drugs?' vroeg ik.

'Ook.'

'En vanwege die schulden moest je geld verdienen, veel geld.'

Ze knikte.

'Met andere mannen naar bed. Eerst één keertje,' veronderstelde ik, 'met een vriend van hem, die hij een dienst moest bewijzen, aan wie hij geld schuldig was?' Uit zichzelf zou ze het nooit vertellen; het was te erg voor woorden. Die moest ik haar maar in haar mond leggen.

'Ja, zoiets.'

'Hij zei dat het echt maar voor één keer was,' zei ik.

'Ja, voor één keer.'

'Hoe vond je dat, om met een ander te neuken, omdat je dat moest van Kadir, terwijl je hartstikke verliefd bent op hem?'

'Moeilijk... Ik wou het eigenlijk niet, maar ik deed het voor hem, voor Kadir.' Haar stem zat op de rand van huilen.

'En later heeft-ie je achter het raam gezet, ergens op de Wallen. Een makkelijke manier om geld te verdienen.'

De tranen kwamen, onstuitbaar. Ik ging naast haar op de mottige bank zitten en sloeg mijn armen om haar heen. Ze bleef huilen, met woeste uithalen, alsof er nooit een einde aan zou komen.

12

'Jongen (18) verzon poging tot doodslag

DUIVEN – Een 18-jarige inwoner van Duiven heeft verzonnen dat acht tot tien personen hem hebben mishandeld en
gestoken. De jongen wilde met het verzinsel verhullen dat hij
in een dronken bui een ruit van een school in Duiven had ver-
nield. De politie begon een groot onderzoek toen de jongen
begin oktober aangifte kwam doen van poging tot doodslag.
Hij zou belaagd zijn door een groep mannen.'

Een verhullend verzinsel, heel mooi.

Yoka keek uit het raam. Ze zag niets, ze zag alles. Geen enkel vallend blaadje ontsnapte aan haar aandacht. Straks zou
ze weer verder schrijven aan de dialoog met Shana. Op een
foto in de krant zat een man met zijn benen uitgestrekt op
een luxe fauteuil die tegelijk een soort bank was. 'De fauteuil

Oblomov,' las ze, 'bevredigt de moderne mens in zijn diep menselijke behoefte om zich terug te trekken in een eigen wereld.' Ja, dat kende ze, en dan verscheen volkomen onverwachts een in het zwart geklede, vrouwelijke privé-detective met getrokken pistool, die... Nee. 'Een mooie wereld,' ging de advertentietekst door, 'met een verfijning en details die het leven verrijken. *Oblomov* nodigt uit om even te blijven zitten, om het leven te beschouwen en straks – anders dan de luie filosoof uit het boek van Gontsjarow – te komen tot daden.' Op de bijbehorende foto zat zo'n bankierstype in die stoel, heel informeel het colbertje van zijn donkere, belangrijke-mannenpak uit, maar het vest nog aan. Voor de stoel een hond van het type 'jachthond'.

Ja, even blijven zitten. Om daarna te komen tot daden. Wat voor daden? De telefoon ging. Even overwoog ze om niet op te nemen – als het belangrijk was, beluisterde ze het wel via de voicemail – maar toen pakte ze toch de hoorn. Het bleek Maaike te zijn.

'Die fusie gaat door.'

'Welke fusie?' vroeg Yoka.

'Van ons met b&m, je weet wel. Dat heb ik je toch verteld, dat het eraan zat te komen en nou... en nou...'

Yoka hoorde een onderdrukte snik. 'Maar wat is er dan?'

'Door die samenvoeging moeten er allemaal mensen weg.' Maaike haalde haar neus op. 'Het is *last in first out*. Ze schoppen me gewoon de straat op, omdat ik hier eigenlijk nog niet zo lang werk. Marc zegt dat ik het fantastisch doe, maar dat het niet anders kan, cao, sociaal plan, fusieregels, blablabla... en dus moet ik weg door die stomme klotefusie.'

'Ja, dat is lullig voor je.'

'Lullig? Het is verdomme zwaar kut. Nee, die proeven zijn al lang de deur uit...' Dat zei ze kennelijk tegen iemand die haar kamer binnenkwam. 'Zie je niet dat ik met iemand zit te praten? Ja, daar ben ik weer. Dat was Peter-Jan van Verkoop. Die mag wel blijven, die lul, terwijl-ie al jarenlang de kantjes eraf loopt.'

Yoka zei dat ze al lekker opschoot met haar boek.

'O.'

'Ik weet nu welke kant het uitgaat.'

'Mmm.'

'En ik heb een titel die jullie voor de aanbieding kunnen gebruiken. Wat vind je van...'

'Ik kan je boek waarschijnlijk niet meer doen,' onderbrak Maaike.

Vanavond zou Hans zeker niet komen en waarschijnlijk morgenavond ook niet. Maar dan was het vrijdag. Vrijdag en zaterdag en de nacht ertussen was hij bij een of ander congres in Arnhem. En dus bij haar. Hier, in haar huis, twee volle dagen.

Eefje zapte langs een paar zenders. 'Als ik dan niet mee mag doen aan de eucharistieviering, alleen maar omdat ik gescheiden ben,' zei een vrouw, 'dan voel ik me in mijn christen zijn gewond.' Snel schakelde Eefje door naar een andere zender. Een man in een Engelse comedy stond zich te scheren met een mes. Zijn vrouw kwam druk pratend binnen in de badkamer, zodat de man schrikachtig het mes over zijn kin haalde. 'One of these days you'll find me in a pool of blood.' Op Nederland 2 werd gevoetbald.

Net toen ze de tv uitzette, snerpte de bel door haar huis.

In de gang drukte ze op de knop die het slot open liet springen. Ze deed het licht aan. Beneden in de diepte zag ze twee mannen.

Clarence en Wesley kwamen met grote stappen naar boven, de twee trappen op. Even twijfelde ze, en toen was het te laat om de deur van haar etage dicht te doen.

'Dag juf,' grijnsde Clarence.

'Wat komen jullie doen?' Ze vroeg zich af of ze iets zou zeggen van het geld dat uit haar tas was gestolen toen ze in paniek naar Peter was gegaan. Nee, toch maar niet. Dat was een beschuldiging erbij, die ze toch niet kon waarmaken.

'We komen op bezoek,' zei Wesley. Het leek of dit trainingspak zelfs groter was dan dat van de vorige keer.

'Ik heb geen zin in bezoek. Het is trouwens niet de bedoeling dat leerlingen op bezoek gaan bij leerkrachten. Dat weten jullie verdomd goed. Als jullie me willen spreken, dan kunnen jullie een afspraak maken op school.'

'Mogen we niet even binnenkomen?'

'Nee, dat is privé.'

'Dat is privé,' herhaalde Wesley.

Clarence pulkte met een stokje tussen zijn tanden, waar enkele schitterende gouden exemplaren tussen stonden. 'Niet erg gastvrij. Komen we dat hele klere-eind hiernaartoe, en dan mogen we niet eens even binnenkomen.'

Eefje maakte aanstalten haar appartement in te gaan en de deur te sluiten, maar Wesley verhinderde dat zonder haar aan te raken.

'Wat willen jullie?' vroeg ze.

'Chelsey moet die aangifte intrekken. Er klopt geen fuck van, dat weet je best.'

Eefje schudde haar hoofd, terwijl ze haar adem onder controle probeerde te houden. 'Jongens, ga naar huis of weet ik veel waarnaartoe, naar een café, naar een coffeeshop, maar ga alsjeblieft weg. Ik heb hier al met jullie over gepraat, en ik ga dat niet nog 's een keertje overdoen.'

'Waarom niet?'

'Dat hoef ik jou niet uit te leggen. Nu gewoon vertrekken, wegwezen, *moven*. Ik heb hier geen zin in. Of willen jullie dat ik dit allemaal tegen de leiding ga zeggen?' Ze wist dat dit een zwaktebod was.

Ze zwegen beiden. Clarence haalde een pakje Marlboro uit de binnenzak van zijn leren jack, gaf een sigaret aan Wesley, nam er zelf een en pakte een aansteker. Alles tergend traag. De sigaretten brandden.

'Er mag hier niet worden gerookt,' zei Eefje.

Alsof het zo afgesproken was, lieten beiden tegelijkertijd hun brandende sigaret op het kleed van de overloop vallen en trapten hem grondig uit.

'Dit gaat te ver, jongens, veel te ver.'

Shana dronk een glaasje water, dat ik uit de keuken had gehaald. Het was er zo'n puinhoop dat het me verbaasde dat de kraan functioneerde en eerlijke gemeentepils tapte. Weer zo'n woord dat mijn vader altijd gebruikte met zo'n blik op zijn gezicht van: hoor mij het eens leuk onder woorden brengen.

Toen ze een beetje tot rust was gekomen, vroeg ik of ze met me mee wilde, weg, naar buiten, naar een andere plek. Hier moest ze zo snel mogelijk, zo ver mogelijk vandaan. Of ze kon zeggen wanneer Kadir thuis zou komen? Nee, dat wist ze niet, dat wist ze nooit. Soms bleef hij een hele nacht weg, en een andere keer stond hij binnen vijf minuten nadat hij vertrokken was weer voor haar neus.

'Kom, ga met me mee. Je moet echt weg... weg bij Kadir.'

'Maar dat kan niet. Waar moet ik naartoe? En Kadir heeft zelf gezegd dat we binnenkort genoeg geld hebben, dan is het afgelopen, dan hoef ik niet meer, dan gaan we ergens anders wonen.'

Ik pakte haar bij haar schouders en schudde haar zachtjes door elkaar. 'Het is nooit afgelopen, Shana, er is nooit genoeg geld voor een jongen als Kadir. Begrijp je dat niet?'

'Je kent hem niet. Eigenlijk is het een hartstikke goeie, lieve jongen.' Ik zag dat ze geloofde in haar eigen woorden.

'Ja, ja, lieve jongen. Als het erop aankomt, dan is-ie gewoon een ordinaire pooier, die van jou profiteert. Waarschijnlijk heeft-ie meer meiden achter het raam zitten. Daarom is-ie natuurlijk zo vaak weg.'

'Je begrijpt het niet,' zei Shana. 'Nu hebben we wat problemen, maar die verdwijnen weer, dat weet ik zeker. Je kan beter weggaan, want ik heb het idee dat-ie zo thuiskomt, en als-ie ziet dat ik je heb binnengelaten, dan... dan...'

'Dan krijg je weer klappen? Durft-ie wel, tegen een vrouw, tegen een meisje? Stoere jongen, hoor, tsjeses... Ga mee, kom op.' Ik kwam al overeind en probeerde haar aan een hand omhoog te trekken, maar ze hield zich als een dood gewicht.

'Waar moet ik naartoe? Naar mijn vader? Naar vriendinnen? Ik kan toch nergens heen?'

Even overwoog ik om haar onderdak aan te bieden, maar ik wist dat ik een zaak nooit op deze manier met mijn privé-leven moest mixen. Straks stonden pa Houtenbosch en Gino ruzie te maken in mijn keukentje. Of erger: Kadir forceerde m'n deur om zijn liefje terug te komen halen. 'Maar je kan hier ook niet blijven,' zei ik. 'Of wil je liever weer de hoer spelen?'

Ze toonde geen reactie.

'Lekker een nummertje maken met ouwe, vieze mannetjes, die zelf geen vrouw kunnen versieren, maar genoeg geld hebben om voor jou te betalen, voor jouw lichaam. Moet je alles met ze doen, alles wat ze vragen, zolang ze maar dokken?'

'Hou je bek,' zei Shana.

'Misschien wel pijpen zonder condoom als ze dat graag willen. Bah... Of moeten ze dan hun lul eerst wassen? Of van achteren? Doet het pijn?'

Ze stond op, liep voor ik haar tegen kon houden naar de wc, en sloot zich op. Ik meende door de dichte deur kotsgeluiden te horen, maar wist het niet zeker.

'Shana, kom van die wc af. Dan gaan we weg... weg van deze shit. Ik vind wel wat voor je, een tijdelijk adres of zo, een opvanghuis...' Zoiets moest er zijn, een opvanghuis voor jonge meisjes die gigantisch in de fout waren gegaan, aan de dope of in de prostitutie.

Het bleef een tijdje stil. Toen schreeuwde Shana keihard: 'Ga weg! Sodemieter op! Fuck off!'

Yoka hoorde Hans in de keuken rommelen, maar besloot even in bed te blijven liggen. Wie weet, kwam hij straks met een ontbijt aanzetten. Hij had gezegd dat hij haar nieuwe haarkleur mooi vond. 'En dat jack staat ook wel stoer. Een nieuwe carrière?' Vandaag moest hij naar Papendal, de Vallei der Roomsen, zoals hij het gisteravond had genoemd toen ze zaten te eten in restaurant Wilhelminadok. Met het pontje achter het Centraal Station waren ze naar de andere kant van het IJ gevaren. Van de aanlegsteiger was het een paar honderd meter lopen naar het restaurant dat op een unieke plek aan het water lag. Een paar maanden geleden had ze er geluncht met Marga.

Ze zaten voor het raam en keken naar de variatie aan bootjes en boten die langskwamen, van kleine, puffende motorbootjes tot een groot cruiseschip dat aanmeerde bij de passagiersterminal aan de overkant. Bijna ademloos hadden ze gekeken naar het keren van het majestueuze, witte schip op het IJ, zodat het met zijn neus weer richting IJmuiden lag. De locatie van het restaurant was mooier dan mooi, en voor Yoka kwam er weer iets boven van vroeger: etentjes, wandelingen, afspraken, alles doortrokken van verliefdheid. Hans was attent, grappig, geïnteresseerd, en hij luisterde naar haar. Ze had verteld over de elektronicawinkel waar ze gistermiddag was geweest om een paar batterijen te kopen. Net op dat moment werd een man betrapt toen hij er met een digitale camera vandoor wilde gaan. Hij stond voor de toonbank, half leunend op twee krukken, en zei klagend iets als: 'O, dat been van me!' De verkoopster had een medelijdend woord gesproken. Op dat moment griste hij een camera mee en rende, de krukken achterlatend, de winkel uit. Tenminste, dat was de bedoeling, maar hij was sneller dan de glazen schuifdeuren die automatisch open moesten glijden, en hij knalde tegen het glas aan.

Vanaf het Centraal Station hadden ze een taxi naar huis genomen, zich verbazend over de chaos op de taxistandplaats, waar verschillende etnische chauffeurs (Marokkaans? Egyptisch? Pakistaans?) elkaar naar het leven leken te staan. Thuis hadden ze nog een glas gedronken, en daarna waren ze in bed getold, eigenlijk te dronken om te vrijen, maar Yoka wist zeker dat ze de liefde hadden bedreven. De clichés zaten in haar hoofd: vanaf nu kon het alleen maar beter gaan, Hans en ik, wij samen, een nieuwe start. Natuurlijk was het niet zomaar over met die ander, ze moest realistisch zijn. Maar dit was een begin.

Hans kwam de kamer binnen met een dienblad, waarop een glas sinaasappelsap, een geroosterde boterham met marmelade, een gekookt ei en een kopje thee. Klassieker en dus mooier kon het niet.

Hij zette het blad op het nachtkastje. 'Ik ga zo weg.'

'Kom nog even bij me zitten.'

Hij ging op de rand van het bed zitten. Even leek het of hij iets wilde gaan zeggen, maar hij keek zwijgend voor zich uit. Terwijl ze van de zelf geperste jus d'orange dronk, vulde ze voor zichzelf de woorden in die hij kennelijk niet kon uiten.

Ze legde een hand op zijn dij, voelde door de stof de warmte van zijn lichaam. 'Ik hoop dat dat interview met Van der Hoeven lukt, en dat je een beetje kan nétwerken.'

Hij boog zijn hoofd iets. 'Ja, maar ik wou...'

'Wat wou je?' vroeg ze, nadat hij was stilgevallen.

'Nee, niks.' Hij keek op zijn horloge. Een kleine drie jaar geleden had ze het hem gegeven op zijn verjaardag. Volgende maand was hij weer jarig. Toen ze het verhaal vertelde over die elektronicawinkel wist ze het cadeau: een digitale camera. Misschien dat ze hem vandaag al zou gaan kopen.

Eefje sloeg haar armen om hem heen en drukte Hans zo hard mogelijk tegen zich aan. Nu moest het alleen om hem gaan. Ze probeerde al het andere naar de achtergrond te duwen: vriendinnen, werk, school, leerlingen, problemen. Gisteren had ze nog met Peter over Wesley en Clarence gepraat. Dat leek het beste om de angst kwijt te raken, er met iemand over praten. Peter had haar gerustgesteld. Die jongens probeerden haar bang te maken, maar uiteindelijk waren ze machteloos en dat wisten ze zelf ook. Het hoorde bij hun stoere image om bij haar thuis langs te gaan en te zien hoe bang ze was. 'Je weet wel, die gangsterhiphop,' had Peter gezegd, 'het is gewoon kicken voor ze als ze aan je ogen zien dat je bang bent.'

Ze streelde Hans door zijn haar. 'Ik laat je nooit meer gaan. Ze moeten ons operatief van elkaar losmaken, net als bij een Siamese tweeling.'

'Daar zijn meestal de ruggetjes of de hoofden met elkaar vergroeid.'

Ze zoende hem mateloos, draaide met haar tong rond de zijne, streek langs zijn lippen, totdat Hans zei dat het kietelde.

'Het kietelt bij mij ook,' zei ze, 'overal.' Ze had een korte rok aan, maar geen slipje. Ze leidde zijn hand naar haar kruis.

Toen hij haar raakte, kreunde ze, zoals ze graag wilde kreunen, diep en vol, zich volledig overgevend aan het gevoel, dat juist daardoor alleen maar heftiger werd.

Yoka fietste naar het Horizon College. De lessen waren al aan de gang, maar er hielden zich nog wat groepjes leerlingen op buiten de school. Op een paar plekken stond een Kadir en een Rachid. Ze zag een paar Nederlandse meiden: Angela, Cindy. De meesten rookten met overgave een sigaret. Af en toe was er grensverkeer tussen de kluitjes jongens en die van de meisjes, maar meestal trokken ze zich snel terug in hun eigen groep. Misschien dat Anouk straks op haar Gilera Stalker aan kwam scheuren.

Ze voelde in de binnenzak van haar jack. Ja, Walter vergezelde haar nog altijd. Ze overwoog om naar binnen te gaan en naar mevrouw Dekker te vragen. Nee, beter van niet. F.E. Dekker achter een bureau, dat haar macht symboliseerde, en zij zelf een beetje verlegen ertegenover, als de bezoekster die geduld werd.

Ze reed terug naar huis, dronk koffie, las de krant en nam plaats achter haar werktafel. Eerst las ze door wat ze bij de vorige sessie aan de computer had toevertrouwd. 'Toen schreeuwde Shana keihard: "Ga weg! Sodemieter op! Fuck off!"'

Ik ging weer op de waarschijnlijk van de straat meegenomen bank zitten en pulkte gedachteloos aan de vulling die op een paar plaatsen door de bekleding heen stak. Toen ik door een enorme klap in de woning onder die van Kadir en Shana, gevolgd door kijvende, maar onverstaanbare stemmen, opschrok, zag ik dat er een klein sneeuwtapijt aan plukjes schuimplastic naast me op de bank lag. Ik veegde alles bij elkaar en zocht in de keuken een vuilnisbak. Er stond alleen een grote, grijze plastic zak gevuld met stinkende etensresten.

Shana bleef op de wc zitten. Ik posteerde me weer voor de deur. 'Ik wacht op je. Dit is je kans. Grijp hem.'

'Kadir kan zo terugkomen. Dan... dan...'

'Wat gebeurt er dan?'

Ze zweeg.

Ik keerde terug naar de bank en moest mezelf inhouden om niet meer schuimplastic te voorschijn te trekken. Behalve aan de prijzige stereo-installatie en het tv-toestel kon in dit interieur een hele stal met blinde paarden nog geen schade doen. Een klein halfuur zat Shana nu al op de wc. Het risico dat haar Marokkaanse pooiertje plotseling voor mijn neus zou staan, nam ik op de koop toe. Hij zou meer verrast zijn dan ik, en dat was in mijn voordeel. Shana moest merken dat ik iets voor haar over had, dat ze me kon vertrouwen. Ik pakte haar Marlboro's, haalde er een sigaret uit, maar stak hem niet op.

Een adres voor Shana, daar ging het nu om. Daarna zou ze aangifte moeten doen, maar dat was van later zorg. Ik pakte mijn gsm en begon te bellen. Via via belandde ik bij het Scharlaken Koord. Simpel, en stom dat ik het niet eerder had nagevraagd: er was een opvanghuis in Leeuwarden. Nee, ze konden me niet zomaar het adres geven, maar als ik met het betreffende meisje langskwam, dan werden we ernaar verwezen.

Ik ging weer voor de wc-deur staan. 'We gaan op reis... naar Leeuwarden.'

Yoka probeerde de onrust te vloeren. Ze moest alles, ze wilde alles. Tien dagen wakker blijven en doorschrijven tot het onontkoombare eind, dat zou geweldig zijn. In een roes, desnoods met pillen en drank. Natuurlijk bracht Anouk Shana naar Leeuwarden. Twee keer ongeveer drie uur in de trein, maar dat moest ze nog even nazoeken op de reisplanner. En dan die confrontatie met Kadir. Hij wist haar te vinden. Ze stonden tegenover elkaar. Overal kon ze haar fantasie op loslaten, maar dat schot, dat moest echt zijn, dat moest de werkelijkheid zo sterk benaderen dat het ermee samenviel.

Ze liet een portie foeyonghai met rijst komen, maar at er nauwelijks van. Bij het eerste glas witte wijn leek het of de alcohol van gisteren nog altijd door haar aderen stroomde, of eigenlijk weer werd geactiveerd. Het maakte niet uit. Ze was alleen, terwijl Hans bivakkeerde in de Vallei der Roomsen. Hans, haar lieve Hans. Ze wilde hem bellen, maar misschien zou hij het vervelend vinden. Net een nieuw en interessant contact en verdomd, zijn vrouw, die belde. Nee, ze had niets belangrijks te melden... wilde alleen zijn stem horen. De veelbelovende gesprekspartner met spannende informatie over gemarchandeer, gerommel en gegraai op het ministerie wendde zich tot een ander.

Ze nam een paar kleine hapjes (de saus was maïzenadik en klonterig) en schonk haar glas opnieuw vol. Die Eefje Dekker, ze zou het haar gaan vertellen. Dat ze een verloren wedstrijd speelde, dat ze volmaakt kansloos was. Yoka dronk haar glas in een paar teugen leeg. Het leven was goed en kon alleen maar beter worden. Ze zocht een andere uitgeverij. Trudy Laaksterveld van Uitgeverij Stalles had al eens om haar gunsten gevraagd, nee, niet echt gevraagd, maar ze had gesuggereerd dat Yoka als auteur meer dan welkom was. Misschien dat Stalles beter was in het promoten van Anouk. Een speciale actie, haar oude Anouk-verhalen in pocket, waarvan de lezer er een cadeau kreeg bij aanschaf van dit nieuwe boek.

Ze toetste het nummer van Hans in. Net toen ze op het rode knopje wilde drukken, nam hij op. Ze had geroezemoes verwacht, maar hij praatte tegen een stille achtergrond. 'Ja, ik loop net in een gang hier. Is er iets?'

Ze wilde het niet zeggen, maar het ontsnapte haar toch. 'Ik wou je stem even horen. Ik vond het zo lekker gisteravond, zo vertrouwd...' De lijn ruiste. Daarbij zag ze altijd een sneeuwend tv-scherm voor zich. 'En jij?'

'Ik ook.' Zijn stem klonk een beetje vreemd.

'Is er iets?'

'Nee, niks, maar ik zit hier in een heel andere situatie dan jij. Lezingen, presentaties, allemaal mensen die ik moet spreken.'

'Ja, natuurlijk.'

'Daar komt net die man van het ministerie aan, met wie ik een afspraak heb.'

'Goed, liefs,' zei ze. 'Tot morgen. Ik zal lekker koken.'

'Normaal belt ze nooit zomaar als ik ergens ben,' zei Hans.

'Maar nu dus wel.' Eefje rekte zich uit. Ze was niet van plan deze grandioze tweedaagse te laten verpesten door zo'n telefoontje, maar het stak meer dan ze zou willen toegeven. Vanmiddag had Hans ruim een uur aan de telefoon gezeten om allerlei informatie boven tafel te krijgen over die conferentie. Hij moest maandag toch een stuk in de krant hebben. Ze kroop weer tegen hem aan. 'Zeg nog eens iets liefs tegen me, iets wat je nooit eerder hebt gezegd, tegen niemand.'

Lopen wilde ze, het hele stuk desnoods, om haar hoofd weer helder te krijgen. Ze had haar nieuwe outfit aangetrokken. Toen ze voor het huis stond twijfelde ze, maar nu weer rechtsomkeert maken, betekende een nederlaag. F.E. Dekker. Op de tweede verdieping. Achter het raam meende ze gedempt licht te zien, maar dat kon net zo goed van de straatlantaarns komen.

De sleutels, ze had de magische sleutels. Een kinderboek... de vrouw met de magische sleutels. Ze voelde in de binnenzak van haar jack. Anouk wist vrijwel altijd wat ze moest doen, doortastend, doelgericht. En zij nu zelf ook; anders kon Anouk nooit haar creatie zijn. Vingerafdrukken... handschoenen aan, fluisterde Anouk haar in. Niemand was ervan op de hoogte dat ze het wist van Hans en deze Eefje. Niemand zou kunnen vermoeden dat zij... Nee, daar ging het niet om. Ze zou haar alleen duidelijk maken dat het voorbij was. Voorgoed voorbij. Ze moest Hans verder met rust laten, dat zou hij zelf op prijs stellen.

Yoka stond binnen, onder aan de trap. Het was de tweede verdieping. Er was een minimale overloop tussen de twee trappen. De bewoners van de begane grond hadden kennelijk een binnentrap naar de eerste verdieping. De tweede sleutel was natuurlijk van de woning. Alle clichés klopten: een droge keel, ijskoude handen, trillende knieën, zweet op haar rug. Altijd had ze de waarheid geschreven. Ze liep op haar tenen naar boven; de trap leek oneindig lang. Ze bleef even wachten voor de deur, terwijl ze zich vasthield aan de deurstijl.

Terug? Nee.

Ze stak de sleutel in het slot, en draaide hem voorzichtig om.

Een halletje. Een kapstok en een grote spiegel. Aan de muur een affiche van een fototentoonstelling. Ze stootte tegen een paraplu, die omviel. Krampachtig hield ze haar adem in, terwijl ze Walter uit zijn schuilplaats haalde. Ze stond tegenover een deur met een matglazen ruit erin, die toegang gaf tot de rest van het huis.

Eefje stootte Hans aan. 'Volgens mij hoorde ik iets. In de gang, dacht ik, net of er wat viel.'

'Je hebt te veel fantasie.'

'Nee, echt waar.' Ze luisterde scherp, maar hoorde geen ander gerucht.

'Zal ik even gaan kijken?'

'Mijn held,' zei ze.

'Dan weet je zeker dat er niks is.' Hij kwam overeind.

Ze keek naar zijn rug, naar zijn strakke, lichtbehaarde billen. Dat noemden vrouwen nu een lekker kontje. Hij liep naar de deur.

'Moet je geen ochtendjas aan of zo?'

'Er is toch niks. Ik kijk alleen maar om jou gerust te stellen. Kan ik meteen even plassen. Moet ik nog iets meenemen uit de keuken?'

'Nee, dank je.' Ze bleef kijken naar zijn achterkant.

Yoka stond nog altijd vastgenageld in het halletje. Nu, nu moest het gebeuren. Ze repeteerde de zinnen, keer op keer.

Toen ging het licht achter het matglas aan en zag ze de

schim van Eefje. Anouk wist wat ze moest doen en gaf het aan haar door. Twee keer haalde ze de trekker over.

13

'Automobiliste na stoplicht verkracht

ROOSENDAAL – Een 37-jarige vrouw uit Halderberge is in de nacht van vrijdag op zaterdag in Roosendaal verkracht. Ze was in haar auto op weg naar huis, toen bij een stoplicht onverwachts een onbekende man instapte. Hij toonde de vrouw een wapen en dwong haar...'

Het lukte Yoka niet om verder te lezen. Zelfs haar knipselverzameling kon niet voor afleiding zorgen. De knal resoneerde nog in haar oren, het glas viel weer aan scherven. Voor de zoveelste keer had ze zich meteen omgedraaid, voor ze daadwerkelijk kon zien wat ze had aangericht, en was ze de twee trappen afgerateld, dat diepe, donkere gat in. Zo'n vijf straten verder was ze op een bankje gaan zitten dat voor een huis stond en met een ketting aan een pin in de muur was vastgemaakt. Een paar uur had ze daar gezeten, niet bij machte om op te staan en naar huis te lopen. Er klonken sirenes. Politie? Ambulances? Auto's passeerden, fietsers, voetgangers. Gelukkig liet iedereen haar met rust.

Tegen vier uur was ze thuis. Ze had koffie gemaakt, maar het kopje espresso niet leeggedronken. Zij had niemand gezien, niemand had haar gezien. Het was afgelopen. Walter had ze in een gracht gegooid. Welke wist ze niet eens meer. Ze had afscheid van hem genomen, voorgoed.

Omdat het moest, probeerde ze weer te lezen. 'Hij toonde de vrouw een wapen en dwong haar enige honderden meters door te rijden naar een terrein aan de Heerma van Vossweg. Daar stonden twee handlangers van de man, die de vrouw uit de auto haalden. Daarna verkrachtte de eerder ingestapte man haar. De drie mannen maakten zich lopend uit de voeten. De politie heeft geen duidelijk signalement van de daders.'

Zelf had ze zich ook lopend uit de voeten gemaakt en de politie beschikte evenmin over een duidelijk signalement van haar, waarschijnlijk helemaal geen signalement. Ze keek uit het raam. Het ochtendverkeer kwam op gang. Zwoegende fietsers tegen de wind in, een lampje voor op hun jas vastgehecht. Lichtjes in de duisternis. Stemmen. Klanken. Een moeizaam, hortend en haperend startende auto. Een knetterende bromfiets. Anouk op haar Gilera, soepel langs een paar auto's zwierend. Deze nacht zou nooit meer overgaan. In de badkamer maakte ze een kommetje van haar handen en wierp water over haar gezicht, steeds opnieuw. Nu wist ze verdomme nog altijd niet wat haar held zou zien. Die koele, berekenende vastberadenheid was haar niet gegeven. Anouk zou nooit op die manier door een peilloze paniek worden bevangen, zelfs niet in een rechtstreekse confrontatie met Kadir. En daar ging het toch om: dat moest het keerpunt worden in het verhaal.

Ze liep door het donkere huis, raakte stoelen, tafeltjes, vazen, schilderijen, ingelijste foto's, schemerlampen, boeken aan. Alles was er en zou er altijd blijven, van haar, van hun samen. Hier, deze ets van Pim Leefsma, *Het atelier*, samen gekocht met Hans. Het was haar werkkamer, met dat scheve bureau, die bijna omvallende fles en het geknakte raam. Alles was uit zijn voegen getrokken, uit het lood geslagen. Toch ging ze in de ets zitten en probeerde te werken aan haar boek, want dat moest. Anouk kwam terug uit Leeuwarden. Zat Gino haar op te wachten? Nee. Ze belde met Houtenbosch dat zijn dochter terecht was. Hij wilde een adres, maar dat moest geheim blijven. Hoe wist hij dan dat ze haar opdracht had vervuld? Shana zou hem bellen. Waar was ze geweest, wat had ze die zes weken gedaan?

De telefoon rinkelde haar naar de werkelijkheid. Misschien was het Hans wel. Niemand anders zou haar 's ochtends voor zes uur bellen.

'Yoka Kamphuys.'

'Met Nelissen... recherche. Er is... eh...' Even dacht ze dat de lijn dood was. Hoe was het mogelijk dat de politie haar zo snel op het spoor was gekomen? Dit kon niet.

Toen klonk de stem van de andere kant weer. 'Er is iets gebeurd met uw man... iets ernstigs.'

Eefje had van de dokter een valiumpje gekregen, maar het pilletje leek geen enkel effect te hebben. Aan de ene kant was ze zelf dood, levenloos, alle cellen gestorven, haar hersens konden zo op sterk water. Maar aan de andere kant gierde en beukte er van alles door haar lichaam, waardoor ze voortdurend op moest staan, heen en weer lopen, het bed opmaken, een slok water drinken in de keuken, hoewel er een vol glas voor haar op het tafeltje in de woonkamer stond. De mannen met de grote witte pakken, die ze alleen kende van politieseries op de televisie, waren nog altijd bezig in het halletje, op de trap en voor haar huis. Er werden foto's genomen, stofjes opgeveegd, haren gezocht.

Hans was al weg, afgevoerd. De ambulance kwam met gillende sirene en vertrok stilletjes, bijna stiekem, alsof de reddende auto en zijn bemanning zich ervoor schaamden dat ze niets meer voor dit slachtoffer hadden kunnen betekenen.

Een van de politiemensen kwam binnen. Ze keek niet op, maar wist dat hij vlak voor haar stond.

'Ik wou graag even met u praten,' zei hij ten slotte. Een minuut of tien geleden had hij zich al voorgesteld. Het was Nelissen, een klein, pezig mannetje met een licht Limburgs accent in zijn zachte stem. 'Mijn collega komt er zo bij.' Hij ging zitten, deed zijn bril af en wreef over zijn ogen. 'We begrijpen dat het moeilijk voor u is om te praten over wat er voorgevallen is, maar het is noodzakelijk. We hebben natuurlijk het sporenonderzoek, we doen vandaag een buurtonderzoek, maar verder zijn we in eerste instantie afhankelijk van wat u ons kunt vertellen. Mijn collega komt zo.'

Ze wachtten. Eefje telde mee met het tikken van de klok.

Een tweede man kwam de kamer binnen en stelde zich voor. 'Van Eerde.' Hij gaf haar een krachtige handdruk. 'Gecondoleerd.'

Ze zaten nu beiden op de bank tegenover haar, zwijgend, alsof de een op de ander wachtte. Na enkele minuten verbrak Nelissen de stilte. 'Het slachtoffer, Hans Resinga, was niet uw man.'

'Dat heb ik al verteld... meteen, aan u geloof ik, maar dat weet ik niet precies meer.' Allemaal mannen die in haar huis rondliepen; door haar tranen heen hadden alle gezichten hetzelfde geleken, alleen die Surinaamse agent was anders.

'Ja, aan mij. U had een relatie met elkaar?'

Ze knikte.

'En het was de bedoeling dat hij de nacht bij u zou door-brengen?'

'Ja.' Bijna had ze eraan toegevoegd: voor de eerste keer, maar dat leek nu niet relevant.

'Vertelt u nog eens wat er gebeurd is,' zei Van Eerde, terwijl hij een notitieboekje te voorschijn haalde. Iemand had kennelijk koffie gezet, want er stonden drie kopjes op tafel.

Pratend met een zachte, weifelende stem doorliep ze de gebeurtenissen opnieuw. Het gerucht in het halletje. Hans die ging kijken. Zijn rug, zijn billen, maar die noemde ze niet. Een paar seconden later de twee verschrikkelijke knallen en het geluid van in scherven vallend glas. Een deur die dichtgeslagen werd en daarna diepe stilte. Ze had zijn naam geroepen, maar er kwam geen reactie. Toen was ze gaan kijken. 'Ik weet het niet precies meer, maar hij lag op zijn rug... allemaal bloed. Ik ben naast hem neergevallen... ook op hem gaan liggen, want later zat ik onder het bloed.' Ze had hem nog gevoeld, maar het leven was al uit hem verdwenen. Het was Hans niet meer en toch zou hij altijd Hans blijven.

'En verder?'

Ze zweeg. Zijn lichaam lag er weer. Ze wilde hem terugschreeuwen, maar er kwam geen geluid over haar lippen. Vannacht had het moeten beginnen, haar echte leven met hem.

'We begrijpen dat het moeilijk is,' zei Nelissen, 'maar wat heeft u daarna gedaan?'

'112 gebeld en een laken over hem heen gegooid.' Een machteloze poging was het geweest om voor de invasie van de hulpverleners en de politie zijn wanhopig naakte, bebloede lichaam te bedekken, om dat lichaam even voor zichzelf te houden.

'Het is misschien pijnlijk, maar het is voor ons belangrijk dat we zo snel mogelijk over alle relevante informatie beschikken...'

Alle relevante informatie. Alsof dit een bureaucratische kwestie was, een ambtelijk geval, waarvoor formulieren moesten worden ingevuld.

'U had dus een verhouding met mijnheer Resinga,' ging Nelissen door. 'Hoe lang al?'

'Vier, vijf maanden.'

'Zijn vrouw wist ervan?'

'Nee... hij durfde het niet te vertellen. Ze zou er niet tegen kunnen. Haar wereld zou instorten... dat soort dingen.'

'Dus een geheime verhouding.'

'Ja,' gaf ze toe.

'Wist niemand ervan?'

'Een paar vriendinnen van me, maar verder niemand. Ze wisten trouwens alleen van zijn bestaan, maar ze kenden hem niet. Als we elkaar ontmoetten was het altijd hier.' Ze keek weg van de twee mannen. Hier, in dit huis, waar ze zich met Hans gedroomd had, samen, misschien wel met een kind erbij.

'Maar zijn vrouw had dus geen enkel vermoeden?' vroeg Nelissen.

'Nee, volgens mij niet. Anders zou Hans het zeker hebben gezegd.'

'En dus op de eerste nacht dat hij hier komt slapen... dat was toch de bedoeling... komt er een indringer het huis binnen en schiet hem neer. Verdomd toevallig allemaal. Had u eigenlijk iemand verteld van die... eh, van die logeerpartij?'

'Nee.'

'En zijn vrouw, wat voor smoes had hij tegenover haar dat hij niet thuis kwam slapen?'

'Ze dacht dat hij naar een tweedaagse conferentie was, in Arnhem... Papendal, geloof ik. Iets over onderwijs, de basisvorming. Hans is... Hans was journalist. Hij zou daar overnachten. Tenminste, dat dacht zijn vrouw. Ze heeft hem gisteravond nog gebeld op zijn gsm.'

'En hij deed zeker net of-ie in Arnhem was,' veronderstelde Van Eerde.

Ze knikte. Op dat moment had ze het vanzelfsprekend gevonden, maar nu klonk het als een laaghartige streek. Van Eerdes blik verraadde dat hij er net zo over dacht.

'Zou iemand het op u gemunt kunnen hebben? Misschien had mijnheer Resinga pure pech dat hij toevallig de afgelopen nacht bij u was.'

'Op mij? Maar waarom?'

'Ja, dat vragen wij ons ook af,' zei Nelissen. 'Denkt u eens goed na. Persoonlijke tegenstanders, een vete, ruzies, conflicten... dat soort dingen.'

'Ik zou het niet weten. Met niemand had ik ruzie. Ja, op school wel 's problemen met leerlingen...'

'Op school? U geeft les?'

'Heb ik gedaan, maar nu ben ik schoolcounseler, een soort contactpersoon voor leerlingen, maatschappelijk werk, opvangen en doorverwijzen van probleemgevallen... op het Horizon College, een vmbo-school.'

'Maar dus wel 's moeilijkheden met leerlingen? Ernstig?'

Met tegenzin vertelde ze over Wesley en Clarence, en dat ze hier zelfs voor de deur hadden gestaan. Van Eerde vroeg naar hun achternaam, naar adres en telefoonnummer van de school, en schreef iets op.

Nelissen schraapte zijn keel. 'En verder?'

'Een enkele keer een conflict met een collega of zo, maar dat is altijd... ach...' Ze kon zich met geen mogelijkheid voorstellen dat een lid van het team een kwestie zo hoog had opgenomen, dat hij hier verhaal zou komen halen. Antoinette was ontzettend kwaad geweest na dat per ongeluk geretourneerde mailtje met haar smalende commentaar erbij, maar wraak nemen, en dan zo, nee, dat was absoluut buiten proportie.

Van Eerde dronk van zijn koffie. 'Uiteraard moeten we rekening houden met de mogelijkheid dat de dader heel andere bedoelingen had. Een inbreker bijvoorbeeld, die betrapt werd en in paniek raakte.'

Ze stond op, verschikte enkele bloemen in een vaas en ging weer zitten.

'Uw huissleutels?' vroeg Van Eerde. 'Wie hadden daar allemaal een exemplaar van?'

'Ikzelf natuurlijk, en Hans. Verder niemand.'

'Is er misschien recent iets met die sleutels gebeurd?'

'Nee, niet dat ik weet.' Ze probeerde terug te kijken in het verleden: gisteren, vorige week, langer geleden. En toen wist ze het weer. Na die scène op school met Clarence en Wesley had haar tas een tijdje onbeheerd op haar kamer gestaan. Er was geld verdwenen. Haar sleutels zaten er nog in, maar die konden even zijn geleend om ze te laten kopiëren.

Tamar keek op de wekkerradio. Halfacht. Wie belde haar in godsnaam op zaterdagochtend om halfacht? Rob draaide zich kreunend om.

Ze pakte de hoorn, geeuwde en zei: 'Met Tamar Ankerhof.'

Het was haar meest vertrouwde contact bij de Amsterdamse politie, Thijs Hermans. Ze informeerden elkaar wel eens als ze er beiden belang bij hadden. In een paar woorden vertelde hij over Hans.

Ze schoot recht overeind. 'Nee! Dat kan niet!'

'Helaas wel,' zei Thijs.

'Wat is er nou weer?' mompelde Rob.

'Maar hij was in Arnhem,' zei Yoka. 'Ik weet het zeker. Ik heb hem gisteravond nog gebeld.'

'Het zou plezierig zijn als u straks met ons mee kon gaan

om uw man te identificeren. Voelt u zich daartoe in staat?'

Ze had twee uur de tijd gehad om alles tot zich door te laten dringen, maar het was haar niet gelukt. Dit was een verhaal, met gefantaseerde personages, met fictieve gebeurtenissen. Deze twee mannen bestonden niet echt, maar waren haar eigen verzinsels. Ze zou het hele bestand vanaf gisteravond moeten wissen om overnieuw te beginnen. Nieuwe ronde, nieuwe kansen. Deze man, ze had hem zelf zijn zachte g in de mond kunnen leggen. Hij had om zich heen gekeken naar de chaos in de kamer: kapotgesmeten servieswerk, verscheurde papieren, neergegooide, uit elkaar gewapperde kranten, verfrommelde kleren, een overhemd aan repen. Omzichtig was hij overal omheen gestapt. Na zijn telefoontje had ze zich op haar bed geworpen, met haar hoofd in het kussen had ze gejankt en geschreeuwd, met haar vuisten op het matras gestompt. Daarna had ze alles kapot willen maken, willen vernietigen.

'Voelt u zich daartoe in staat?' herhaalde de man.

'Ja, ik denk het wel. Het zal wel moeten.' Ze dronk van haar espresso. Te koud. Uit het apparaat van Hans; dat nam ze hem niet meer kwalijk. Maar als ze het tegen hem zou zeggen, kocht hij meteen een nieuwe machine. Zo was Hans, zo zou Hans altijd blijven.

'Zou u een paar vragen kunnen beantwoorden?' vroeg de andere man, die wat lang en spichtig was en een donkerrood sweatshirt droeg. Hij had zich voorgesteld, maar ze was de naam vergeten.

'Voorzover ik een antwoord heb.' Ze probeerde verontschuldigend te glimlachen.

'Vannacht hebben we u tegen twee uur gebeld en er werd niet opgenomen. Waarom niet?'

'Ik sliep en ik merkte het te laat... voicemail.'

'U heeft daar niet meteen naar geluisterd?'

Ze schudde haar hoofd.

'U had niet het idee dat het wel eens belangrijk kon zijn, een noodgeval, een ongeluk?'

'Nee, ik sliep nog half en ik dacht dat komt morgen wel.'

De kleinste van de twee stond op en begon door de kamer te ijsberen. 'Toen ik u vanochtend vroeg aan de lijn had, hoorde u het dus voor het eerst.'

'Ja, het was...' Ze sloeg haar handen voor haar ogen en bleef zo een tijdje zitten.

'Het was... even kijken... ongeveer kwart voor zes volgens mij,' zei Nelissen, 'en u nam vrijwel meteen op, net of u naast de telefoon zat. Was u al uit bed?'

Stom, dat had ze moeten bedenken. 'Ja, ik was al een tijdje op. Als... eh, als Hans niet thuis slaapt... dat gebeurt een enkele keer... ik weet niet, maar dan slaap ik zelf altijd nogal onrustig, dan word ik vroeg wakker.'

'Ja, ja, maar niet zo onrustig dat u er op tijd uit was voor dat eerste telefoontje.' Beide mannen bleven haar vriendelijk aankijken, alsof ze het beste met haar voor hadden.

'Nee, dat niet.' Het koffiekopje, dat al leeg was, zette ze toch aan haar mond. Daarna fixeerde ze haar blik op het aan stukken gescheurde overhemd dat voor de voeten van de twee mannen lag. Een van hen maakte een paar notities.

'De volgende vraag moeten we wel stellen... zoals trouwens alle vragen. Waar was u vannacht rond halfeen?'

Halfeen, toen was het dus gebeurd. Zelf was elk gevoel voor tijd haar ontvallen. Halfeen, tegen twee uur gebeld, daarna vanochtend kwart voor zes. Dat waren de markeringen in de tijd waarop ze moest koersen. Ze zou aantekeningen moeten maken, net als die ene politieman. Even schoot de gedachte door haar heen dat er een Anouk-verhaal in zat – kostbaar, interessant materiaal –, maar die verwierp ze meteen.

'Waar was u toen?' herhaalde de rechercheur.

'Thuis natuurlijk. Ik zat even na te denken of ik al in bed

lag, maar ik geloof het wel. Ik had naar NOVA gekeken, daarna nog een tijdje naar *Barend & Van Dorp* en toen ben ik gaan slapen. Ja, ik weet het nog... ik keek op de wekker en het was net twaalf uur geweest. Nulnulnulacht of zoiets.' Geen overmaat aan details, nam ze zich voor, dat leek te veel ingestudeerd. Dat laatste, van die cijfers, had ze beter niet kunnen zeggen.

'En u was de hele nacht thuis?'

'Dat heb ik toch al gezegd.' Het kwam er feller uit dan ze bedoelde.

'Klopt.' De spichtige politieman schraapte zijn keel. 'Uw man had een verhouding met mevrouw Dekker. Wist u dat?'

Ze keek naar buiten, boog haar hoofd, alsof ze zich ervoor moest schamen. 'Nee,' fluisterde ze.

'Nooit iets van gemerkt?'

'Nee, nooit.'

'Ik heb wel eens begrepen dat vrouwen zoiets meestal snel in de gaten hebben. En u... als schrijfster moet u daar toch een speciale antenne voor hebben, voor dergelijke dingen, met het soort boeken dat u schrijft.'

'U kent ze? Heeft u wel 's iets van me gelezen?'

'Eén boek, eerlijk gezegd ben ik de titel vergeten. Mijn vrouw had het geleend van de bibliotheek. Maar goed, u heeft dus nooit gemerkt dat uw man vreemdging, dat hij een relatie had met een andere vrouw.'

'Nee.' Ze sloeg haar handen weer voor haar gezicht. Ze had ze een tijdje weten te onderdrukken, maar de tranen kwamen opnieuw onweerstaanbaar opzetten.

Na enkele minuten stond ze op zonder zich verder om de politiemensen te bekommeren, liep naar de slaapkamer en ging voor de spiegel zitten. Ze keek naar het gezicht van die vreemde vrouw, die eerst door haar man bedrogen en toen door haar man verlaten was en roodbehuilde ogen had, een jankgezicht met rimpels en vouwen, een van angst en verdriet vertrokken mond. Ze stiftte haar lippen en bracht mascara aan. Maar het leek nog steeds nergens naar.

Toen ze weer in de kamer kwam, zaten de mannen zwijgend voor zich uit te kijken.

'Sorry,' zei ze. 'Het is allemaal te veel voor me, eigenlijk veel te veel.'

Tamar staarde naar de knipperende cursor op de monitor. Ze was bezig met een kort artikel over de moord; daarna zou ze een IM schrijven voor de krant van morgen. De vergadering van halfelf was bijna helemaal over Hans gegaan. Waarom, waarom, waarom? Steeds weer die niet te beantwoorden vraag. Hoe vaker de vraag werd gesteld, des te minder leek een antwoord mogelijk. Er werd zachtjes gepraat, bijna met omfloerste stemmen. Mensen leken op kousenvoeten te lopen. Nergens klonk een lach, een vloek of een kreet. Iemand zou kunnen schrijven dat er een aangeslagen stemming heerste op de redactie, maar Tamar wist dat dat een hopeloos understatement was.

Emine boog zich over haar heen en legde een hand op haar schouder. 'Gaat het een beetje?'

'Net wat je zegt, een beetje.' Ze liet het stuk over de moord lezen. 'Ik heb het heel sober, heel feitelijk gehouden.'

Emine las van het scherm. 'Lijkt me goed. De politie weet dus nog niets.'

'Nee, daar is het veel te vroeg voor.'

'Wat denk je zelf?'

'Niks... ik kan trouwens helemaal niks meer denken. Het is gewoon onbegrijpelijk.'

'En Hans, een vriendin... een minnares! Had hij daar aan jou iets over verteld? Jullie waren toch nogal close?'

'Nee, ik wist het niet.' Tamar begreep zelf niet helemaal waarom ze dat zei. Misschien zouden anderen vinden dat ze medeschuldig was als duidelijk werd dat ze inderdaad op de hoogte was geweest van de affaire van Hans. Zij had alles kunnen verhinderen als ze bijvoorbeeld Yoka had ingelicht. Dan zou Hans nooit de nacht hebben doorgebracht bij 'die vrouw'. Hans, die ondanks alles een vriend was geworden. Na Rob misschien wel haar beste vriend.

'Ik kan me Hans helemaal niet voorstellen met een minnares.'

Ze wilde iets zeggen wat hard en cynisch klonk. Nee, ik ook niet, maar dood, lukt dat wel? Kan je je dat wel voorstellen?

Tamar had gebeld. Ze zou over een halfuurtje langskomen. Yoka pakte de avondkrant, die vanmiddag tegen vijf uur door de brievenbus was gevallen. Stompzinnige, triviale gedachte: de twee gratis abonnementen, op de eigen ochtendkrant van Hans en op deze krant, zou ze waarschijnlijk kwijtraken. In het verlengde hiervan associeerde ze door naar de begrafenis, de rouwadvertentie die ze moest opgeven, de kleren die ze zou aantrekken bij de begrafenis, Annet die zo snel mogelijk moest worden gewaarschuwd, zodat ze op tijd vanuit Australië naar Nederland zou kunnen reizen. Daarna zapte ze in haar hoofd verder naar de levensverzekering, de ziektekostenverzekering, hun huis. Om drie uur vanmiddag zou er een vertegenwoordiger van de begrafenisonderneming komen, met wie ze van alles kon regelen. Ze wist niet eens of Hans voor cremeren of begraven zou hebben gekozen. In het mortuarium had ze hem gezien, zijn stoffelijk overschot. Dat begrip drong nu pas echt tot haar door. Een slachtoffer had altijd een stoffelijk overschot, en dat was iets totaal anders dan een lijk.

Haar ogen dwaalden over de krantenpagina's. Alleen enkele beelden bleven kort hangen: een foto van premier Balkenende, overstromingen in een Midden-Amerikaans land, een protestdemonstratie in Georgië. De kop 'Journalist vermoord' had ze gezien, maar het bijbehorende stukje – nog geen kwart kolom – had ze niet gelezen.

Ze las de rouwadvertenties. Met groot verdriet geven wij kennis van... Intens bedroefd hebben wij afscheid moeten nemen van... Met droefheid berichten wij dat... De liefde van mijn leven is overleden... In een advertentie voor een overleden prof. dr. ir. stond dat hij een 'groot kenner van het Bouwstoffenbesluit' was. Hans Resinga, groot kenner van het onderwijs, hart voor de krant, de liefde van mijn leven. Ze probeerde te bedenken wat het Bouwstoffenbesluit kon inhouden.

De bel klonk, maar ze bleef zitten. De bel ging opnieuw, langer nu. Yoka kwam niet overeind.

De telefoon rinkelde. Het kostte veel moeite, maar ze nam toch op. Het was Tamar die bij haar voor de deur stond.

'Natuurlijk, ik doe open. Sorry, ik was vergeten dat je zou komen.'

14

Nee, vanochtend geen berichten over moorden, verkrachtingen, incidenten met messen, fraude, bedreigingen en bedrog. Haar vaste dagopening bleef achterwege. De afgelopen twee dagen had Yoka alles naar de marge geduwd. Geen letter had ze over Anouk geschreven. Anouk kon wachten, want die had voldoende geduld. Had ze geleerd als ze iemand moest observeren, Kadir bijvoorbeeld.

Begrafenis. Ze zat weer met de dikke Van Dale voor zich. '1 begraving van een lijk (bij uitbr. ook in toepassing op andere lijkbehandelingen); 2 de gezamenlijke handelingen en plechtigheden waarmee een dode ter aarde besteld wordt; 3 gezamenlijke personen (en koetsen evt.) die een lijk grafwaarts brengen.' Daar was geen speld tussen te krijgen. Ze zat gevangen in alle drie de betekenissen. Lijkbehandelingen, hoe moest ze zelf in godsnaam het lijk behandelen?

Alles was geregeld voor de plechtige gebeurtenis. Paulien en Marga hadden haar fantastisch geholpen. Morgen zou Annet op Schiphol arriveren. Haar ouders en die van Hans waren geweest, net als Evelien, de zuster van Hans, een stugge vrouw, alleenstaand en toch al achter in de dertig. Sinds enkele jaren had ze zich aangesloten bij een of andere christelijke sekte. Ze was gekleed in een solide, ondoordringbare jurk, zei weinig, wilde ook geen koffie. Onvoorstelbaar dat ze een zus van Hans was. Hans' vader had op een gegeven moment een opmerking gemaakt over het huis van 'die andere vrouw' waarin het was gebeurd. Of Yoka wist waarom, wat Hans daar moest. Natuurlijk wist ze dat niet. Toen ze naar de keuken ging om koffie te maken, was hij achter haar aan gelopen. 'Wat deed Hans daar, midden in de nacht? Waarom was hij niet thuis, bij jou?' 'Denkt u soms dat het mijn schuld is?' Nee, nee, dat had hij met klem ontkend.

Ze was nooit zo alleen geweest als de afgelopen twee nachten in het waanzinnig grote tweepersoons bed. Gisteren had ze hun gezamenlijke tekst op de voicemail veranderd. Urenlang had ze in Hans' kamer achter zijn bureau gezeten, door paperassen gebladerd, boeken uit de kast gepakt en weer teruggezet. Soms kwam hij een beetje terug, als een schim die enkele, deels onverstaanbare woorden mompelde. Dan stond hij achter haar, maar als ze zich omdraaide, was hij verdwenen.

Emiel, zijn hoofdredacteur, was langsgekomen. Zijn normale, ernstige blik had zich nog verdiept en hij had haar omhelsd en op haar rug geklopt en gestreken, zoals mensen tegenwoordig allemaal leken te doen, alsof er een plooi in de kleding moest worden weggeveegd. De laatste dagen waren er heel wat strijkende handen over haar rug gegaan, terwijl niemand echt wist waar ze haar mee moesten troosten. Soms

had ze zin om de waarheid eruit te schreeuwen en de ontstel-
de, ongelovige blik in de ogen van de mensen te zien die zo
veel medelijden vertoonden. Emiel kwam als de dominee van
de parochie waar ze al lang niet meer toe behoorde. Ze had
hem koffie gegeven, en hij had bijna zalvend gepraat, over
Hans, zijn kennis van zaken, zijn journalistieke kwaliteiten,
zijn centrale plek op de redactie. Maar wat hij precies had gezegd, wist ze niet meer, noch hoe lang hij was gebleven. Toen
ze dacht dat hij misschien op de wc zat, bleek hij al weg te
zijn.

Alsof het de Zoete Inval was, hadden vervolgens ook nog
Van Eerde en Nelissen haar een bezoek gebracht. Nee, geen
bezoek, ze kwamen haar ondervragen. Soms leek het of ze
iets vermoedden. 'Dus u was de hele avond en nacht hier in
huis?' 'Het lijkt me onwaarschijnlijk dat u niets wist van die
affaire van uw man met mevrouw Dekker. Echt nooit iets gemerkt?' Dat soort vragen, lange stiltes, donkere blikken, die
ze probeerde te pareren. Het kostte geen moeite om de tranen
weer te laten vloeien. Hans, ze hoefde alleen maar aan Hans
te denken.

De telefoon ging. Ze wilde hem laten rinkelen, maar nam
toch op. Nadat ze 'Yoka Kamphuys' had gezegd, hoorde ze
van de andere kant alleen geruis.

'Wie is daar?' probeerde Yoka opnieuw, terwijl het door
haar heen flitste dat het Hans was. 'Hallo?'

'Met... eh, met Eefje Dekker.'

Yoka liet de hoorn bijna uit haar hand vallen. Ze keek ernaar alsof het een levensgevaarlijk wapen was.

'Ben je daar nog?'

Natuurlijk, wilde Yoka zeggen, maar het lukte haar niet om
dat simpele woord te produceren.

'Ik weet dat het voor jou allemaal verschrikkelijk is, maar ik
wou... ik wou vragen of het goed is als ik naar de begrafenis
kom.'

Yoka wachtte even, zich concentrerend op een vlek op de muur, en zei toen: 'Nee, dat is niet goed.'

Van de andere kant klonk een onderdrukte snik.

Zelf herstelde ze zich enigszins. 'Ik begrijp niet dat je het lef hebt om me te bellen, om het te vragen.'

'Nee, dat begrijp ik zelf ook niet,' klonk het met een breekbare stem.

De stem en wat daarbij hoorde, zou ze zo kapot kunnen maken. Yoka legde de hoorn neer.

Bijna meteen daarna rinkelde de telefoon neer. Ze nam niet op, maar luisterde een paar minuten later de voicemail af. 'Dit is nog een keer Eefje Dekker. Je bent natuurlijk verschrikkelijk kwaad op me... Dat zou ik ook zijn als ik in jouw schoenen stond...' Het was goed te horen dat ze diep ademhaalde. 'Maar... maar het gebeurde gewoon. Hans en ik, we werden verliefd op elkaar. Dat had misschien niet mógen gebeuren, maar het gebeurde wel en dus... Nou ja... misschien wil je me terugbellen. Het zou goed zijn als we met elkaar zouden praten, denk ik, voor ons alletwee.' Ze gaf haar nummer.

Yoka belde niet terug. Goed om met elkaar te praten... Ze had geen behoefte aan een therapeutisch gesprek met die rooie slet, de vrouw die haar man van haar had gestolen, die haar eigen Hans had laten verdwijnen.

Tamar zat in het grand café tegenover Thijs Hermans, die ze sinds de vroege woensdagochtend na de moord niet meer had gesproken. Hij had een Supersandwich besteld en zij een broodje kroket. 'We hebben geen losse broodjes kroket, maar wel twee boterhammen met twee kroketten,' had de serveerster gezegd, een meisje met een uitdrukking op haar gezicht alsof ze zich te goed voelde voor deze baan en zich eigenlijk een carrière als fotomodel had toegedicht. Tamar had volgehouden: alleen één broodje met één kroket. 'Maar dat kan eigenlijk niet.' Ze moest onweerstaanbaar denken aan Jack Nicholson in *Five Easy Pieces*, die in een wegrestaurant toast wilde bestellen. Nee, dat ging alleen met kipsalade. Er volgden uitgebreide onderhandelingen, maar de serveerster weigerde toe te geven. Uiteindelijk zei Nicholson iets als: goed, met kipsalade dan; als je nou mij die toast brengt, dan kan je die kipsalade in je kut stoppen.

'Weten jullie al iets?' vroeg Tamar.

'We hebben met een vriendin van Eefje Dekker gepraat en die verhouding duurde al een paar maanden. Ze hadden elkaar op die school van haar ontmoet.'

'Dat dacht ik al.'

'Dacht je het of wist je het?' vroeg Thijs.

'Ik wist het,' bekende Tamar.

'Wilde hij van zijn vrouw af?'

'Is dit soms een verhoor of zo?'

Thijs lachte. 'Misschien. Trouwens, we hebben toch een deal. Jij vertelt wat jij weet en ik doe het omgekeerde.'

Tamar knikte. Zij zou niet publiceren als het nog niet kon, en Thijs zou haar naam niet noemen; dat was de afspraak.

'Wilde hij van zijn vrouw af?'

'Ik weet het niet. Hij zat er volgens mij ontzettend mee. Het was een enerzijds-anderzijds-kwestie geworden. Hij vond het verschrikkelijk om Yoka te kwetsen, hij wilde haar geen pijn doen, maar tegelijk was-ie hopeloos verliefd op die Eefje. Het bekende conflict. Maar hebben jullie al meer, een ander spoor of zo?'

Voordat Thijs kon antwoorden stond de serveerster naast hun tafel. 'Eén broodje met één kroket,' zei ze nadrukkelijk, 'en voor mijnheer een Supersandwich.'

Ze aten zwijgend totdat Thijs zijn sandwich neerlegde. 'Je weet natuurlijk dat hij een paar maanden geleden een heel kritisch stuk heeft geschreven over een islamitische school. Daar zouden kinderen worden geïndoctrineerd, ze zouden leren dat vrouwen minderwaardig zijn en meer van dat soort dingen. Er was iets met geld dat achterovergedrukt was...'

'Ja,' vulde Tamar aan, 'en een voorzitter van het schoolbestuur die met zijn halve familie op de loonlijst stond.'

'Nou ja, dan weet je waarschijnlijk dat er wat ingezonden brieven van moslimorganisaties naar de krant zijn gestuurd, maar misschien ook dat hij een paar hatemails heeft gekregen.'

'Heeft-ie nooit iets over verteld.'

'Ze zaten nog op z'n computer en ze logen er niet om. Zo van "We krijgen je nog wel, ongelovige hond" en "Niemand mag ongestraft Allah en de profeet beledigen. Je bent het niet waard om te leven." Dat soort dingen. We zijn nu aan het uitzoeken wie de afzenders waren, of ze hem gevolgd hebben, of ze hem hierop hebben aangesproken of wat dan ook.'

'Resultaat?'

'Tot nu toe nul komma nul.'

De serveerster kwam langs. 'Alles naar wens?'

Ze knikten.

'En dan is er iets met twee jongens van die school van haar,' zei Thijs, 'maar dat is allemaal tamelijk onduidelijk.'

'Twee jongens?' vroeg Tamar.

'Ja, leerlingen, een Surinaamse jongen en een Nederlandse jongen. Die hadden iets tegen haar, omdat ze misschien een meisje op school hadden aangerand of verkracht. Het was onduidelijk hoe ver ze waren gegaan.'

'Vertel 's rustig, want hier begrijp ik niks van.'

'Oké. Een meisje op die school komt klagen dat ze door twee andere leerlingen gepakt is. Eefje Dekker praat met die jongens, die natuurlijk ontkennen. Toch gaat ze met dat meisje naar de politie om aangifte te doen. Volg je het nog?'

Tamar nam een slokje water. 'Ik zie er misschien een beet-je achterlijk uit, maar ik ben het niet. Ga door.'

'Goed, ze doen aangifte en die jongens worden verhoord door de politie. Komen ze op school verhaal halen bij Eefje Dekker, die jongens dus. Die eisten dat ze samen met dat meisje de aangifte zou intrekken of zo. Dat weigerde ze. Toen schijnen die jongens haar min of meer te hebben bedreigd en zijn ze een keer 's avonds bij haar thuis langs geweest. O ja, en het is mogelijk dat die jongens kopieën hadden van haar sleutels...'

De serveerster stond naast hun tafeltje. 'Heeft het ge-smaakt?'

Eefje was gaan liggen op de plaats in de gang die ze meteen 'de plek van Hans' had genoemd. Languit, zoals hij daar had gelegen; dichterbij kon ze niet komen. Haar ene arm gespreid en de andere op haar buik, bijna koesterend. Een paar uur had ze zo gelegen, tot ze het zo koud had gekregen dat het moeilijk was om overeind te komen. Ze liep door het huis en probeerde haar voeten op zo'n manier neer te zetten dat ze overal de voetstappen van Hans zou kunnen raken. Soms schuifelend en dan weer hinkelend bewoog ze zich door de vertrekken. Ze raakte de hendels van de koelkast en de keu-kenkastjes enkele keren aan, streelde de handgrepen bijna terwijl ze zijn naam prevelde. Ze nam zich voor om voorlopig geen andere lakens op het bed te doen.

Zelfs geen foto had ze van hem, geen briefje, hoe onbenul-lig ook. De politie had zijn kleren meegenomen, samen met zijn gsm en zijn horloge. Hans was verschrikkelijk, ontzet-tend, totaal weg.

Vanochtend was Tiba langs geweest. Ze hadden zich jan-kend aan elkaar vastgeklemd, minutenlang. Gelukkig had Tiba niets gezegd over de minnaar die ze kwijt was en de leegte die overbleef. Over de begrafenis had ze godzijdank ook haar mond gehouden.

Mensen van school belden, maar die wimpelde ze zo snel mogelijk af. 'Ik ben nu niet in de stemming om te praten.'

Yoka hield haar blik gevestigd op de kist. Als ze maar lang genoeg keek, als ze maar alles mobiliseerde wat ze in zich had, dan kon ze hem weer levend voor zich zien. De aula was vol, overvol. Misschien dat er zelfs mensen buiten moesten staan in het miezerweer, dat deze gebeurtenis bijna naar een ander niveau tilde, het niveau van het eeuwige, echte verdriet. Ze zat naast de moeder van Hans, die voortdurend met een zakdoekje friemelde. Aan haar andere kant zat Annet, die gisteren gekomen was en bij haar logeerde, wat vreemd was en eigenlijk niet paste: een andere persoon in huis. De woorden van Emiel bereikten haar maar half.

'...een leven in dienst van de krant, van het geschreven woord... grote interesse voor allerlei maatschappelijke verschijnselen... geloof in het onderwijs als een wezenlijke, misschien beslissende factor in de vorming van mensen...'

Ze herinnerde zich dat Hans een paar keer had geprobeerd naar een andere redactie te worden overgeheveld. Dat onderwijs, dat had hij nu wel eens gezien. Annet, die een hand op haar pols had gelegd, kneep even. Gisteravond had ze bijna beschaamd verteld over haar en Gerald – ooit ontmoet terwijl hij hier op vakantie was; twee dagen Amsterdam voor hij naar Brussel vertrok –, dat het zo goed ging, ook met hun twee kinderen, Cindy en kleine Gerald. *Junior* noemde ze hem, op z'n Engels uitgesproken. De vrede van een gelukkig gezin. Annet had haar uitgenodigd om snel langs te komen. Misschien onbedoeld zat er een ondertoon in van: je bent nu toch alleen en kunt gaan en staan waar je wilt.

'...een bindende factor op de redactie... altijd bereid andere mensen te helpen, met raad en daad terzijde te staan... een groot verlies voor de krant... denken natuurlijk allereerst aan zijn vrouw Yoka... steun en hulp in deze moeilijke tijd...'

Yoka keek om zich heen. Allemaal bedrukte, trieste gezichten. Een enkele vrouw met betraande ogen. Tamar bijvoorbeeld. Maar verdomd, die daar met dat rooie haar... Nee, het was onmogelijk. Yoka wendde haar hoofd abrupt af.

'...dat een man met zo'n warm, humaan en vredelievend hart door moordenaarshand moest sterven, stemt extra cynisch en bedroefd.'

Yoka keek weer. Het was haar. Absoluut. Ze had een hand voor haar mond alsof ze een kreet van afgrijzen binnen wilde houden. Yoka had haar ooit alleen van een afstandje gezien, terwijl ze bij Hans in de auto stapte, maar het was haar. Geen twijfel mogelijk. Die rouwadvertentie van haar was eigenlijk al te ver gegaan. 'Hans, ik zal je altijd blijven missen, E.' Niet meer tekst dan dat, maar toch al veel te veel. Als Anouk hier was, zou ze maatregelen hebben genomen.

De stem van Emiel klonk nu vervormd, bijna als iemand die voor de televisie werd geïnterviewd, maar auditief niet mocht worden herkend. Een gevoel van misselijkheid werkte zich in haar ingewanden omhoog. Ze slikte een paar keer, kneep in haar dijbeen tot het pijn deed, schudde kort maar fel met haar hoofd. Maar het bleef oorlog binnen in haar. Straks zou ze moeten overgeven, hier in deze aula, met al haar familie, vrienden en kennissen en collega's van Hans erbij. Een grote golf braaksel, die bijna de kist zou bereiken.

Ze sloot haar ogen en haalde een paar keer diep adem. Hij was er niet meer, die vrouw kon haar geen kwaad meer berokkenen.

'Het was een voorrecht Hans gekend te hebben en het was een nog groter voorrecht om met hem gewerkt te hebben. Hans, bedankt!' De laatste woorden sprak Emiel uit met een snik in zijn stem.

Tamar hield daarna een korte toespraak en Evelien zei enkele dankwoorden namens de familie, op haar eigen, enigszins stuurse toon. Het viel mee dat ze er niet iets godsdien-
stigs in wist te vlechten.

Vervolgens liepen ze door de druilerige regen naar het pas
gedolven graf. Enkele mensen staken een paraplu op. Eefje
Dekker was nergens meer te zien. Wel viel Yoka's oog op de
twee rechercheurs die zich een beetje achteraf opstelden. Nelissen en Van Eerde, de namen kende ze nu. Gister hadden ze
weer met haar gepraat, maar dat was vooral een herhaling van
hun eerste gesprek, behalve dat ze iets gevraagd hadden over
mogelijke bedreigingen uit de hoek van de radicale islam
naar aanleiding van een artikel. Of er wel eens mensen gebeld
hadden, of ze op straat wel eens iets had opgemerkt? Iets opgemerkt? Ja, mensen die hun huis observeerden of zoiets.
Wat voor mensen? Mensen met een... eh, met een Arabisch
uiterlijk. Hier was in ieder geval niemand met een Arabisch
uiterlijk te zien, alleen blanke Nederlanders binnen hun eigen, exclusieve domein van de dood van een man die vooral
geloofde in het leven.

De kist zakte naar de bodem van het graf. Als hij steeds die-
per wegzonk, zou hij ongeveer terechtkomen in Australië, in
de tuin van Annet, waarvan ze digitale foto's op de mail had
kunnen bekijken. Zomaar een doodskist in de tuin; ze zouden zich rot schrikken. Yoka wierp een kluit aarde op het
glanzende hout, anderen na haar. Plotseling was ze bevangen
door een merkwaardig soort helderheid, waarin alle kleuren
en vormen sterk afstaken tegen de achtergrond en alle geluiden scherp klonken. Steeds die groezelige bonk van aarde op
de kist. Hans hoorde het ook. Hij vroeg zich af wat er... Nee,
onzin. Haar geest moest helder blijven, rationeel en rustig.
Met andere mensen wandelde ze naar de ruimte naast de
aula, waar iedereen haar kon condoleren. Er stond thee en

koffie klaar, met cake uiteraard, maar ook drank en bitterballen. Om die bitterballen te organiseren had ze nog enige
moeite moeten doen. Hans zou bitterballen gewild hebben,
dat wist ze. Als een café bitterballen op het lijstje had staan
– naast leverworst, kaas en tosti's uiteraard – bestelde hij die
gegarandeerd. 'Mmm, lekker, bitterballen.' En altijd, werkelijk altijd, brandde hij zijn mond aan de eerste hap, zodat hij
een snelle slok bier moest nemen. 'Je bent te gulzig.' Die eeuwige rituelen, die vaste toneelstukjes voor twee personen, die
ze zo lang met hem had gespeeld. En nu stond ze alleen op
dat koude, lege toneel. Ze had hem er definitief afgespeeld.

Na de bijeenkomst in de aula was Eefje weggegaan, omdat ze
het niet langer kon aanzien en de pijn niet meer te harden
was. Ze dwaalde door willekeurige straten. ATTENTIE BUURT-
PREVENTIE las ze op een aantal huizen. Misschien dat het er
daarom zo onwerkelijk stil was. Een vrouw lapte de ramen,
terwijl ze op een wankel keukentrapje stond. Eén verkeerde
beweging of één duwtje en ze sloeg tegen de grond, met haar
hoofd tegen het tegelpaadje of het stenen kozijn. Er waren
duizenden manieren om dood te gaan, maar het resultaat was
altijd hetzelfde. In een bakkerswinkel kocht Eefje een crois-
sant, die zo droog bleek dat ze hem na twee happen in een gemeentelijke prullenbak liet verdwijnen.
 Een donkere jongen kwam haar tegemoet, swingend op de
klanken van een diskman die hij in zijn hand had. Hij droeg
een leren jack. Ze stond aan de grond genageld. Het was Clarence. Hij zou wraak nemen, nu definitief, omdat ze zijn
naam en die van Wesley had genoemd tegenover de politie in
verband met de moord op Hans. Ze wilde wegrennen, maar
kon haar voeten niet bewegen. Clarence kwam dichterbij.
Straks zou hij haar ook in de gaten hebben. Ze keek om zich
heen, maar er was verder niemand op straat. Toen hij zo'n

tien meter van haar af was, zag ze dat het Clarence niet was. Hoe zou het ook kunnen, zonder Wesley in zijn buurt?

Volgens Nelissen was het zeer onwaarschijnlijk dat hij en zijn vriend Wesley het hadden gedaan. Ja, een voorbijganger had iemand in een donker leren jack gezien, maar had niet eens kunnen zeggen of hij zelf donker was. Of zij, natuurlijk, had Nelissen glimlachend gezegd. 'We mogen geen enkele mogelijkheid uitsluiten. Misschien is het een vrouw geweest.' Haar tas, daar wisten Clarence en Wesley niets van. Ze hadden daar naar eigen zeggen zeker geen geld of sleutels uit gehaald. De politie had navraag gedaan bij de Sleutelkluis in de buurt van het Horizon College, maar dat had niets opgeleverd.

Eefje ging op een bankje zitten. Haar adem ging langzaam terug naar normaal. Nog geen kilometer verderop lag Hans. Ze beeldde zich de kist in, de man die erin lag, het voor eeuwig en altijd geschonden lichaam. De jongen met de diskman kwam weer aanlopen en ging naast haar op het bankje zitten. Het leek nu onvoorstelbaar dat ze hem voor Clarence had aangezien. Ze hoorde het lekgeluid uit de oordopjes: hiphop, met een felle beat, waarop de jongen zijn lichaam bewoog. De bedreiging hadden Clarence en Wesley niet ontkend, maar ze zeiden vaker zoiets. Ik pak je, wacht maar af, we krijgen je nog wel, dat soort dingen. Dat moest je allemaal niet te serieus nemen, volgens hen. Drie dagen waren ze vastgehouden, had Nelissen haar uitgelegd, maar ze hadden hun verhaal volgehouden. Daarna had de rechter-commissaris de voorlopige inverzekeringstelling niet willen verlengen. Ze gingen weer naar school. Eefje vroeg zich af of ze daar zelf ooit naar terug zou keren. Iedereen kende nu het verhaal van haar en haar vermoorde minnaar, een getrouwde man, ook de leerlingen, die zij moest adviseren, helpen en de weg naar 'het goede pad' moest wijzen.

'Shit,' zei de jongen, 'al kwart over vijf.' Hij stond op.

Ze bleef zitten en keek hem na, zag hoe hij de straat uit swingde en om de hoek verdween. Toen was er niemand meer.

Yoka had Annet naar Schiphol gebracht en dwaalde door de immense hallen bij het vliegveld. De boekhandel had geen enkele van haar Anouk-verhalen in voorraad. Heel veel Dan Brown, in piramides, en aardige stapels John Grisham, Patricia Cornwell en Karin Slaughter. Bij de Burger King zette een wanstaltig dikke man zijn tanden in een Whopper. Terwijl zijn kaken maalden, tastten zijn dikke vingers naar stukjes frites, die hij in zijn al overvolle mond stopte. Ze moest blijven kijken. 'Kan je het goed zien?' vroeg de man. 'Heb je soms honger?' Terwijl hij dat zei, kreeg ze uitstekend zicht op de voedselbrij in zijn mond.

Met de trein ging ze terug naar het Centraal Station. Even overwoog ze om de volgroutine weer eens te oefenen, maar ze liep doelloos het Damrak op, daarna het Rokin. Bijna vanzelf kwam ze in De Schutter terecht. Pas nu dacht ze aan die naam, die krankzinnig toepasselijke naam. Ongelooflijk dat ze zich daarvan niet eerder bewust was geweest. Even bleef ze vertwijfeld stilstaan, maar toen ging ze toch naar binnen. Omar was achter de bar aan het werk.

'Tijdje niet gezien,' zei hij. 'Alles goed?'

'Nee,' zei ze.

Hij bleef even staan terwijl hij haar afwachtend aankeek.

'Nee,' herhaalde ze, 'alles is niet goed. Eigenlijk is er niks goed.'

'Hoezo?'

'Mijn man is... Hans is overleden.'

Ze begon te huilen. Toen ze opkeek, zag ze een angstige blik in de ogen van Omar.

De bel ging. Een paar dagen geleden had Eefje een intercom laten aanbrengen. Uiteraard waren de sloten van de straat- en haar huisdeur vernieuwd. Nu overwoog ze om voor alle zekerheid een videocamera te laten installeren. Maar misschien zou dan de paranoia te veel ruimte krijgen.

'Wie is daar?' vroeg ze.

'Tamar... Tamar Ankerhof, een collega van Hans. Ik wou graag even met je praten. Kan dat?'

'Waarom?'

'Vanwege Hans... hij was een collega van me, maar vooral een goeie vriend.'

'Maar ik zie niet wat ik...'

'Alsjeblieft,' onderbrak ze. 'Ik wil uitzoeken wat er gebeurd is, wie dit op zijn geweten heeft.'

'Maar dat weet ik net zomin als jij,' zei Eefje.

'Kan je misschien opendoen? Ik sta hier heel ongelukkig op straat. Er komen allerlei mensen langs, die me aankijken alsof ik... nou ja, alsof ik de *Wachttoren* kom verkopen of zo.'

Eefje drukte op de knop waardoor de straatdeur opensprong. Ze ging op de overloop staan. Er kwam een kleine vrouw naar boven met kort, donker haar. 'Een rattenkopje' noemden ze dat vroeger, maar dat was niet onaardig bedoeld. Ze wist niet wat tegenwoordig de term was.

Ze gaven elkaar een hand. De vrouw had opmerkelijk kleine, smalle handen, als van een kind.

'Je hebt gesproken op de begrafenis,' zei Eefje, 'een mooie toespraak.'

'Jij was daar ook?'

'Ja, ik moest wel, maar bij de eigenlijke... hoe heet dat ook alweer? Teraardebestelling, geloof ik, toen was ik weg. Ik kon er niet meer tegen.'

Ze praatten door over de begrafenis, de mensen die er waren en de mooie, maar toch enigszins plichtmatig klinkende toespraak van Emiel. Daarna zwegen ze een tijdje. Eefje vroeg zich af of ze iets te drinken moest aanbieden.

'Ik werk dus ook op de krant,' zei Tamar. 'Daarvan kende ik Hans, al een jaar of vijftien.'

Eefje knikte. Natuurlijk, Hans had een leven geleefd waarvan ze niet of nauwelijks op de hoogte was. Mensen, relaties, collega's, werkplekken, verhalen, gebeurtenissen, cafés, restaurants, autoritten. Dat was nu allemaal voorgoed afgesloten voor haar. Het was samen met hem die kist in gegaan en onder de grond gestopt.

'Ik doe voor de krant van alles wat met criminaliteit te maken heeft,' ging Tamar door. 'Allerlei juridische kwesties, politieonderzoek, rechtbankzittingen, dat soort dingen.'

'Interessant,' zei Eefje, min of meer op de automatische piloot.

'Ik wil proberen uit te vinden wat er met Hans gebeurd is, waarom hij is neergeschoten, wie het heeft gedaan.'

'Maar de politie is toch...'

'Ja, de politie,' onderbrak Tamar. 'Dat zijn brave mensen, die hun best doen, maar soms weet een journalist meer boven water te krijgen.'

15

'Politie pakt verdachte van "wespengraaien"

BREDA – De politie in Breda denkt met de aanhouding maandag van een 36-jarige Bredanaar de "wespengraaier" te hebben gepakt. De politie kreeg in anderhalve maand tijd 46 meldingen van vrouwen die door een man waren aangesproken dat er een wesp op hun rug zat. Hij zou die er wel afhalen. Als een vrouw dat goed vond, probeerde de man haar onzedelijk te betasten.'

Dit bericht was al van enkele maanden geleden. Yoka las het verschillende keren over, in de vergeefse hoop dat het een idee zou opleveren voor een scène in haar verhaal. Niemand betastte haar meer, laat staan onzedelijk.

Zo kwam ze niet verder. Het was nu drie weken terug dat Hans was begraven, maar ze had nog geen zin geschreven.

Maaike was ondertussen met ziekteverlof. Overspannen, overwerkt, depressie, burn-out, *nervous breakdown*, termen genoeg, maar zij was haar aanspreekpunt op de uitgeverij kwijt. Ja, Jurriaan was haar vervanger. Die had een keer gebeld en met zijn dunne twijfelstem gestameld dat hij graag met haar over haar nieuwe project wilde praten. 'Nieuwe project,' had hij gezegd, terwijl het gewoon om een boek ging, een verhaal. Ze wist dat hij vooral in meerlagige, hooggestemde, filosofisch georiënteerde romans en verhalen was geïnteresseerd, gesteld in zinnen vol bijzondere woorden ('laborerend aan de nefaste impressie van een efemere extase' of zoiets) en exuberante metaforen ('onverschrokken liet ze haar fonemen de toonladder afdalen om tot stilstand te komen in het grazige groen dat het domein van de tenor is'; of je het wilde geloven of niet, maar dat had ze onlangs in een juichende recensie gelezen als voorbeeld van een prachtige stijl; ze had het uitgeknipt en op de wand achter haar monitor geprikt). Jurriaan beschouwde haar werk ongetwijfeld op zijn best als gemaksliteratuur, maar misschien eerder als pure, onversneden pulp. Als ze de komende tijd voldoende moed had verzameld, zou ze hem dat eens voor moeten houden, die nichterige literatuurfreak.

Ze keek in haar inbox. Alleen een mail van Annet, die opnieuw de vermoeiende vraag stelde wanneer ze naar Australië zou komen. 'Het is al zomer hier! Echt veel beter dan zo'n gure Nederlandse winter.'

'Ik ben er voorlopig nog niet aan toe,' mailde ze terug. 'Ik heb hier van alles te regelen en te organiseren. Bovendien moet mijn boek eerst af en dat schiet voor geen meter op.' Daarna typte ze het stukje over de wespengraaier over en plakte dat aan haar eigen mail. 'Komt deze speciale mannensoort ook *down under* voor, of is het een Nederlandse specialiteit? Groeten en liefs, Yoka de Boka.' Eindelijk weer haar oude koosnaampje van vroeger thuis gebruikt. Hans noemde haar aanvankelijk Yokie, totdat de associatie met de yoghurtdrank te hinderlijk werd. Daarna noemde hij haar gewoon bij haar volledige naam; een enkele keer gebruikte hij 'Yo'. Hans... soms werd ze 's ochtends wakker, tastte naast zich en voelde zijn dood.

Ze dronk een glas water in de keuken, inspecteerde de koelkast, ging weer achter haar pc zitten en las de laatste zinnen door die ze over Anouk had geschreven. 'Ik ben haar vader,' zei Houtenbosch. 'Ik heb er recht op om dat te weten. Als je het niet vertelt, betaal ik natuurlijk niet. Zo simpel is dat. Misschien lieg je me voor en heb je haar helemaal niet gevonden.'

Er werd gebeld. Ze deed de balkondeuren open en keek naar beneden. Tamar stond op de stoep, zich kennelijk niet bewust van het feit dat iemand van boven op haar neerkeek.

Tamar belde opnieuw.

Yoka liep naar de deur en nam de hoorn voor de intercom van de haak. 'Wie is daar?'

'Tamar.'

'Wat kom je doen?'

Tamar leek even van haar stuk gebracht. 'Eh... zomaar, ik kwam even kijken hoe het met je gaat. Kan ik boven komen?'

'Natuurlijk.' Ze drukte op de knop waardoor de straatdeur opensprong.

Na een paar seconden hoorde ze een beschaafde klop. Waarom zou ze eigenlijk opendoen? Tamar kwam Hans niet terugbrengen, op z'n best een forse dosis schrijnende herinneringen. Ze liep naar de deur en draaide het slot open.

Tamar zoende haar licht op beide wangen. 'Je hebt je ochtendjas nog aan?'

'Je wil zeker wel koffie,' stelde Yoka voor nadat ze de gordijnen had opengetrokken.

'Graag, als het niet te veel moeite is.'

'Natuurlijk niet. Cappuccino?'

'Heerlijk.'

Ze ging naar de keuken. Het oude espressoapparaat had ze vorige week op straat naast de vuilniszak gezet, en ze had een nieuw gekocht. Anders zou Hans dat hebben gedaan, maar ze was hem voor.

Zwijgend dronken ze van hun koffie.

Tamar schraapte haar keel. 'Ik weet eigenlijk niet goed wat ik moet zeggen.'

'Ik ook niet.'

Enkele minuten keken ze voor zich uit. Yoka wist dat Tamar alles zag en alles begreep. De kranten die overal lagen, de boeken, de kleren. Het feit dat ze in haar ochtendjas liep (en dan wist Tamar niet eens dat ze zich zo al enkele dagen door het huis bewoog) en dat om halfdrie 's middags de gordijnen nog dichtgeschoven waren en dichtgeschoven zouden blijven. Wat had ze verdomme met dat stomme daglicht te maken?

'Gaat het wel?' vroeg Tamar ten slotte.

Ze haalde haar schouders op. 'Ach... ik weet niet. Wil je eigenlijk wat drinken? Bier, een glaasje wijn, iets sterkers misschien? Er staat nog Calvados.'

'Nee, dank je, daar is het veel te vroeg voor.'

Yoka hoorde zichzelf lachen, een beetje te schel. 'Kom op, daar is het toch nooit te vroeg voor. Dat beeld dat mensen van journalisten hebben, dat alcoholische image, dat moet je toch een beetje in ere houden. In de geest van Hans, zal ik maar zeggen. Een glaasje rooie wijn... ja?'

'Oké dan.'

Yoka haalde de openstaande fles uit de keuken en schonk in. Ze proostten.

'De politie weet nog niets, hè?' zei Tamar. 'Ze zitten, geloof ik, vast.'

Yoka dronk van haar wijn. 'Het is onbegrijpelijk,' mompelde ze.

'Ik kan natuurlijk weinig voor je doen,' zei Tamar, 'maar ik heb wel wat connecties bij de politie en ik kan met een aantal mensen praten die misschien eerder tegen mij iets kwijt willen. Kans dat het iets oplevert.'

Yoka dronk in een paar teugen haar glas leeg. 'Jou ook bijschenken?'

'Nee, dank je,' zei Tamar. 'Dat we niet weten wie het gedaan heeft, dat is toch verschrikkelijk.'

'Ja... verschrikkelijk.' Yoka's hoofd werd warm en rood. Het zwol op. Straks zou haar huid scheuren, zodat alles naar buiten kwam. Dan wist Tamar het meteen.

'Vooral voor jou en natuurlijk voor Hans zelf... voor zijn nagedachtenis zeg maar... daarom wil ik proberen uit te vinden wie hem... wie hem vermoord heeft. Welke schoft dit op zijn geweten heeft. Dat wil jij toch ook graag weten? Dat je pas echt verder kunt met je eigen leven als de moordenaar gepakt is.'

Yoka haalde haar schouders op. 'Hans krijg ik er niet door terug.'

Het was of Tamar haar niet had gehoord. Ze begon te vertellen over alle mensen die ze inmiddels had gesproken, die twee rechercheurs, andere relaties bij de politie, buren van Eefje Dekker, Eefje Dekker zelf uiteraard. 'Heb jij eigenlijk contact met haar gehad?'

'Nee, geen zin. Nergens voor nodig. Schiet ik helemaal niks mee op. Als zij er niet was geweest, dan...'

'Ik begrijp wat je bedoelt.'

'Je begrijpt het helemaal niet,' zei Yoka. 'Niemand kan het begrijpen.'

'Nee, daar heb je misschien gelijk in.'

Ze dronken van hun wijn. Tamar, die ze al jaren kende, die

al jaren Hans' beste collega was, die altijd haar manuscripten las – soms nog voor ze naar Maaike gingen – vooral om de juridische kronkels of miskleunen over het werk van de politie eruit te halen. Soms had ze een interessant idee voor een extra verwikkeling of een nieuwe wending in de plot, op basis van al het politiewerk en alle rechtszaken die ze kende. Misschien dat ze haar ook bij haar nieuwe Anouk-verhaal zou kunnen helpen. Tamar die op onderzoek uitging. Er was geen enkele manier waarop ze dat zou kunnen verhinderen.

'Stel dat je Rob compleet onverwachts kwijtraakte,' zei Yoka. 'Dat-ie overhoop werd geschoten.'

'Ik moet er niet aan denken.'

'Probeer het te begrijpen. Probeer te bedenken dat Rob daar in zo'n kist ligt te rotten, met de kogelgaten in zijn lichaam en dat je zelf...' Op tijd hield ze zich in. De tranen stroomden over haar wangen, terwijl ze zelf het gevoel had dat ze niet huilde. Tranen, stomme tranen.

Tamar zei een tijd lang niets.

Yoka schonk beide glazen vol. 'Ik heb zin om dronken te worden.'

'Nu al?'

'Nu pas.'

'Hoe is het verder?' vroeg Tamar. 'Met je werk? Met je nieuwe boek?'

Eefje wist het, ze voelde het. Haar lichaam was anders dan anders, maar ze wilde er niet te veel aandacht aan schenken, zeker nu niet, tijdens haar eerste dag op school. Gisteravond was ze voor het eerst sinds tijden weer naar een repetitie van de Zoete Sirenen geweest. Ze hadden zich nu op het Latijns-Amerikaanse repertoire gestort. Iedereen zong enthousiast mee met 'Oye como va' en andere klassiekers, maar Eefje had het gevoel dat er iets tussen haar en de rest van de vrouwen stond, hoe aardig ze ook deden tegen haar, vooral Tiba.

Vanochtend in de docentenkamer was ze het middelpunt, maar een verre van stralend middelpunt. Gelukkig zei niemand iets over de geheime minnaar die thuis een vrouw had. 'Onbegrijpelijk dat zoiets gebeurt... zomaar neergeschoten... traumatische gebeurtenis... hoop dat je er weer een beetje overheen komt... politie weet zeker ook niets... verschrikkelijke ervaring... doodsbang... wanhopig.' Alle goedbedoelde woorden zoemden na in haar hoofd.

Ze las een stuk over een spannend nieuw project waarin leerlingen een eigen bedrijfje waren begonnen dat handelde in cosmetica-artikelen. Alles moesten ze zelf regelen: inkoop, opslag, verkoop, distributie, facturen. Een meisje uit 2B was al enkele weken weggebleven. De telefoon werd niet opgenomen, op brieven kwam geen reactie. Als ze tijd had, zou ze er vanmiddag langsgaan; daarna kon altijd nog de leerplichtambtenaar in actie komen. Er was een forse vechtpartij geweest tussen een groepje Marokkaanse en een groepje Surinaamse leerlingen. Gestoken was er niet, maar er waren wel twee messen in beslag genomen. Het leek het beste om een bijeenkomst te organiseren met beide groepen.

Er werd op haar deur geklopt.

Elk moment kon iedereen zich melden. Je wist nooit wie er achter de deur stond; daar had Hans ook niet het flauwste benul van gehad. Schuchter zei ze: 'Ja.'

Peter kwam binnen. Hij ging tegenover haar bureau zitten en gaf een korte samenvatting van de hoogte- en dieptepunten van de laatste weken.

'Ik heb het een en ander gezien.' Ze wees op haar bureau.

'Maar gaat het weer een beetje?'

'Het zal wel moeten.'

'Hoe bedoel je?' vroeg Peter.

'Ik kan moeilijk in mijn eigen huis blijven zitten, bang wezen en rouwen.'

'We wisten niet dat je een verhouding had met die man, met die journalist. Was het al toen-ie hier rondliep, is het toen... eh, is het toen gaan klikken tussen jullie?'

'Ja, maar jullie hoefden dat ook helemaal niet te weten, dat ik iets met hem had. Privé, weet je wel.'

'Natuurlijk.'

'Ik heb hem nooit dingen over school verteld als hij bij me was, dingen die zeg maar geheim waren of vertrouwelijk.' Ze voelde dat Peter meer wilde vragen, dat hij eigenlijk alles wilde weten, maar niet verder durfde te gaan.

Hij kwam van zijn stoel. 'Als er dingen zijn, dan kom je maar langs.'

'Wat voor dingen?'

'Als je het even niet meer ziet zitten of zo. Dan kan ik het altijd van je overnemen.'

'Bedankt... ik zal eraan denken.'

Een paar minuten later liep ze de gang op om koffie te halen. Een meter of tien bij haar kamer vandaan stonden Clarence en Wesley tegen de muur geleund. Ze keken haar onderzoekend aan. Even overwoog ze om terug te keren in de veilige beslotenheid van haar eigen bureaucratisch territorium, maar ze liep door, bijna met een rechte tred, elke voet voor de volgende, de angst in haar keel en het zweet in haar handpalmen.

'Hallo,' zei ze, met een beetje een piepstem.

De jongens zeiden niets terug. Dat maakte het alleen maar erger. Om de mond van Wesley speelde een nauwelijks waarneembaar lachje, maar misschien verbeeldde ze zich dat wel. Toen Eefje terugkwam met haar koffie, stonden de jongens er nog altijd. Vlak bij hen wilde ze haar pas inhouden en iets vragen of zeggen, maar dat lukte niet.

Terwijl ze achter haar bureau plaatsnam, stootte ze haar bekertje om. De koffie verspreidde zich zo snel dat allerlei papieren besmeurd raakten, en het begon ook al over de rand van haar bureau te stromen. Als verlamd bleef ze zitten en keek naar het plasje dat zich op de grond vormde.

Shana had naar haar vader gebeld. Met gezonde tegenzin, dat wel, maar ik had haar weten te overtuigen dat ze er niet onderuit kon.

Ik moest naar hem toe om mijn honorarium te scoren. Hij wilde liever cash betalen. Daar had ik niets op tegen. De belasting hoefde per slot van rekening, en dat kon je hier letterlijk opvatten, niet alles te weten.

'Goed, ze zit dus ergens in Groningen of zo,' zei hij.

'Friesland, in Leeuwarden.'

'Waarom daar, waarom niet hier? Wat zijn dat voor geheime spelletjes?'

Ik zuchtte. Dit was het moeilijkste deel. Ik tastte in mijn binnenzak naar het aangenaam aanvoelende pakje vijftig eurobiljetten. Net of ik bang was dat Houtenbosch mij het geld alsnog zou kunnen ontfutselen wanneer hij achter de waarheid kwam. Hoewel ik hem die waarheid natuurlijk niet volledig onder zijn alcoholisch getinte neus hoefde te wrijven.

Hij nam een slok uit de abnormaal grote bel cognac die naast zijn koffie stond. 'Nou, komt er nog wat van? Of zit je me een beetje te besodemieteren?'

'Ze was verliefd,' zei ik.

'Verliefd?' Hij klonk alsof hij dat volmaakt onbegrijpelijk vond voor een meisje van zestien jaar.

'Ja, volgens mij wel. Ze woonde met die jongen samen.'

'Waar?' Het woord was als een korte vuurstoot.

'Dat doet niet ter zake, dacht ik.'

'Dat maak ik wel uit.' Houtenbosch was een man die alles wel even uit zou maken, in diverse betekenissen. Hij pakte een Caballero zonder filter en stak hem aan.

'Daarover staat geen woord in ons contract. Ik moest Shana te-rugvinden, dat was alles.'

'Waar woont die jongen?'

'Dat kan ik niet zeggen.' Houtenbosch zou zeker naar hem toe-gaan, misschien met een ploegje sportschooljongens. En als hij er-achter kwam dat het een Marokkaanse jongen was en waartoe hij zijn dochter had gedwongen, dan was de ramp compleet. Overcompleet zelfs. Eerst moest ik Shana zo ver zien te krijgen dat ze aangifte zou doen, zodat Kadir kon worden opgepakt.

'Je kán het wel,' zei Houtenbosch, 'maar je wíl het niet. Duizend euro extra. Kan je vast goed gebruiken.'

Ik schudde mijn hoofd.

'Tweeduizend.'

Ik stond op. 'Als u nog eens een opdracht heeft, dan houd ik me aanbevolen. Ik werk heel discreet. Dat kunt u nu bevestigen.'

Hij kwam ook overeind, vermoedelijk om me tegen te houden, maar ik was sneller. Veel sneller.

'Ik weet het,' zei Tamar. 'Het klinkt misschien een beetje tut-tig en bemoederend, maar het is goed als je weer eens buiten komt. Volgens mij is hier de kamer al weken niet meer ge-lucht. Benauwd gewoon, stoffig. En eerlijk is eerlijk: het stinkt een beetje, zoals in een bejaardentehuis.'

'Naar de dood, zal je bedoelen,' zei Yoka.

'Nee, dat bedoel ik niet.' Je moest bij Yoka verdomd goed op je woorden passen. 'Maar de hele tijd alleen thuis, met de gordijnen dicht, dat lijkt me niet zo gezond.'

'Laat me nou maar. Het gaat goed zo. Goed genoeg in ieder geval.'

'Je moet je eigen leven weer oppakken,' zei Tamar. 'Straks zit je in een soort spiraal naar beneden. Zie je nog wel 's an-dere mensen?'

'Nee, mevrouw de heilsoldaat.'

Tamar zocht naar woorden. Ik bedoel het goed, ik probeer je te helpen, dat zou Hans ook gewild hebben... Allemaal mooie woorden vanuit een invoelend, therapeutisch hart, waar Yoka overduidelijk geen greintje behoefte aan had. Het was beter om gewoon praktisch te zijn. En hoe kon ze weten wat Hans gewild zou hebben? Nou ja, omdat... Nee, daar moest ze het zeker niet over hebben. 'Kom op, trek wat anders aan. Dan gaan we de stad in.'

'De stad in?' vroeg Yoka, met een stem vol afkeer.

'Ja, je weet wel, gebouwen, winkels, cafés, straten, auto's, trams, mensen, vooral veel mensen. Daar hield je toch altijd van? Daarom wou je toch in Amsterdam wonen?'

Yoka knikte.

'Nou dan. We kunnen bijvoorbeeld iets gaan drinken en dan ergens wat eten.'

Een kwartier later lieten ze zich met een taxi naar het centrum rijden. Ze deden een rondje Bijenkorf, liepen over het Rokin, probeerden een stukje Kalverstraat en keken bij H&M naar de hippe, jonge meiden die de kleren pasten die niet meer voor henzelf waren bedoeld. Daarna naar het Spui om iets te gaan drinken bij Luxembourg.

Een jongeman hield hen staande. 'Yoka? Alweer een tijdje niet gezien.' Hij legde zijn handen op haar schouders en zoende haar drie keer, niet erg intiem, maar ook niet verschrikkelijk oppervlakkig. Daarna keek hij een beetje vragend in Tamars richting.

'Dat is Tamar,' stelde Yoka haar voor, 'een vriendin.'

Hij schudde haar de hand. 'Omar, een vriend van Yoka. Dat mag ik toch wel zo zeggen?'

Yoka knikte. 'Tuurlijk.'

'Jullie zijn onderweg?' vroeg hij.

'Iets drinken,' zei Tamar.

'Niet bij mij?' vroeg Omar. 'Is mijn café niet goed genoeg meer?'

Yoka wees naar de grote glazen kooi van het terras van Luxembourg. 'We wilden daar gaan zitten.'

'Daar kan ik niet tegen opbieden.'

Voor hij doorliep, informeerde Omar hoe het nu met Yoka ging en ze gaf een ontwijkend antwoord, dat hij kennelijk accepteerde.

Op het terras, nadat er twee glazen witte wijn voor hen waren neergezet door een wervelend mooi, blond meisje, zei Tamar: 'Aardige jongen was dat, die Omar. Waar kende je hem eigenlijk van?'

'O, ik ben wel eens in dat café van hem geweest, daar verderop in een van die zijstraatjes.' Yoka maakte een vaag gebaar, waarbij ze bijna haar wijnglas omstootte.

'Kende hij Hans ook?'

'Dat weet ik niet.'

'Dus jullie zijn nooit samen...?'

'Wat is dit?' onderbrak Yoka. 'Een verhoor of zo?'

Het was een nieuw restaurant, maar de tafels waren gemaakt van al eerder gebruikt hout, waarvan de verf niet overal even goed was verwijderd. Dat hoorde waarschijnlijk bij het image van de zaak. Aan de wanden hingen grote foto's, aan de ene kant van het oude Amsterdam en aan de andere kant van de nieuwe stad. Mannen met hoeden op de fiets in vrijwel autoloze straten versus jongens met baseballpetjes voor de McDonald's.

De serveerster legde de kaart op tafel en vroeg of ze iets wilden drinken. Straks, bij het voorgerecht.

Ze bracht een vissige amuse. 'Heeft u al een keus kunnen maken?'

Yoka schudde haar hoofd. Die Surinaamse jongen op die foto in de hoek, met zijn supersize-trainingspak, zijn lange haar in vlechtjes met kralen aan het eind, dat zou die Clarence kunnen zijn, over wie Tamar eerder had verteld. Als ze even wachtte, dan stapte hij uit de lijst, met zijn eigen Walter in de aanslag. In de ruime zakken van zijn trainingspak hield hij die nu verborgen.

'Weet je het al?' vroeg Tamar. 'Ik denk dat ik als voorgerecht de pompoensoep neem en als hoofdgerecht...'

'Ik hoef eigenlijk niks,' zei Yoka. 'Ik heb helemaal geen zin om te eten. Ik wil gewoon naar huis.'

'Maar...'

Yoka was al opgestaan.

Rob keek vluchtig op uit zijn boek, mompelde iets en las toen door.

In de keuken stond een platte doos met een halve pizza erin, die Tamar in de oven schoof. Ze schonk een glas water in en ging aan de keukentafel zitten. Alles was verklaarbaar, natuurlijk, maar het bleef vreemd. Er wrong iets, er zat iets scheef, maar ze kon de vinger er niet op leggen.

Ze at de pizzarest, die vooral droog was en smaakte naar tijm en zout, veel zout.

'Niet echt een culinair hoogtepunt, hè?' zei Rob toen ze op de bank ging zitten.

'Wat bedoel je?' Ze dacht aan het restaurant waar ze met Yoka was geweest en hun enigszins beschamende aftocht. Yoka was niet meer aanspreekbaar, dus had ze zelf maar iets gezegd over haar vriendin die zich plotseling niet goed voelde. De amuses wilde ze graag betalen.

'Die pizza.'

Dunky nestelde zich op haar schoot. Deze poes hadden ze in huis genomen om de rouwperiode vanwege de dood van hun oude kater Karel definitief af te sluiten. Rob had de naam bedacht, omdat het beest van die mooie hoge sprongen maakte. 'Net als een basketballer,' had Rob gezegd. Hij keek nu op uit zijn boek, alsof hij iets moest verwerken.

'Wat ben je aan het lezen?' vroeg ze.

'De nieuwe Paul Auster. Ik ben nu bij een stuk waarin een man zichzelf heeft opgesloten in een onderaardse kamer. De deur is in het slot gevallen en hij heeft geen sleutel. Dus nogal symbolisch, lijkt me. Dat is weer een verhaal in een verhaal, want die man...'

Tamar luisterde niet echt meer. Yoka leek zichzelf ook te hebben ingesloten. De gordijnen dicht, ver van de wereld.

16

'Tien jaar cel voor moord met hamer op fietstoerist

ROTTERDAM – De rechtbank in Rotterdam heeft de man die vorig jaar een 73-jarige fietstoerist uit Oostenrijk met een hamer doodsloeg, veroordeeld tot tien jaar gevangenisstraf. De 35-jarige Roemeen vermoordde de Oostenrijker omdat hij dacht dat zijn reisgenoot rijk was. De buit bedroeg 75 euro en een fotocamera.'

Toeval bestond niet: 73 jaar en 75 euro.

Gisteren was ze ontboden op het politiebureau. 'U heeft nieuws, u weet wie het gedaan heeft?' had ze gesuggereerd. Twee nee schuddende hoofden tegenover haar. Koffie in bekertjes met plastic roerstokjes op een grauwe tafel. Nelissen en Van Eerde hadden haar hardnekkig alle vragen gesteld, die zij al minstens twee keer had beantwoord. Kennelijk hoopten ze dat deze andere omgeving haar tot andere reacties zou brengen, maar ze bleef haar eerdere antwoorden reproduceren. Ze lieten haar een tijdje alleen in het kamertje, keerden weer terug en zeiden opnieuw dat het opvallend was dat ze nooit iets had gemerkt van het vreemdgaan van haar man. 'U, als schrijfster van misdaadboeken, u moet toch juist op allerlei aanwijzingen letten.' 'Niet in mijn persoonlijk leven,' had ze geantwoord. 'Ik vertrouwde Hans gewoon.' Toen ze weer buiten op het trottoir van de Marnixstraat stond, voelde ze even de aandrang om op haar schreden terug te keren en een volledige bekentenis af te leggen, bij wijze van boetedoening. Maar nee, er was er maar één die zou moeten boeten, Eefje Dekker.

Yoka zapte langs een aantal zenders. Nieuws over de wadden, weerbericht, *Teletubbies*, een Amerikaanse serie waarin een vrouw met onnatuurlijk opgeblazen lippen een brandend gesprek had met een onbetrouwbaar ogende man ('But if you really loved me, you wouldn't say such awful things'), een kinderprogramma met een pratende tractor, beursberichten, een bierreclame, Amsterdams nieuws, een Duitse klucht en een Engelse komische serie, een documentaire over een spoorlijn in Mongolië. Overal ging het leven door en deden mensen of er niets aan de hand was.

Ze nam het geprinte deel van haar roman van de tafel en begon te lezen, maar bij elk woord werd ze door twijfel bevangen. Overal had iets anders kunnen staan, bij elke alinea had het verhaal een andere wending kunnen nemen, net zoals het verhaal waar ze zelf in zat, dat met Hans en Eefje. Ze had het gewoon tegen Hans moeten zeggen: ik weet het en ik accepteer het niet; kies maar, een van ons tweeën! Het was een kleine, bijna minuscule gedachte, die alsmaar groter werd en ten slotte haar hele hoofd vulde: ze had het niet gedaan uit angst dat die ander de voorkeur zou krijgen als het er werkelijk op aan kwam.

De vraag was wat ze verder met Anouk moest, of Anouk nog toekomst had. Gister had Jurriaan gebeld om een afspraak te maken. Ze had hem de eerste acht hoofdstukken gemaild. Voor morgen hadden ze een afspraak op de uitgeverij.

Ze haalde haar kleine verzameling met teksten van prints op T-shirts te voorschijn, en voegde er twee nieuwe aan toe, die ze laatst ergens had gezien. IF YOU THINK I'M A BITCH, YOU SHOULD KNOW MY MOTHER en NOBODY KNOWS I'M LESBIAN.

Muziek, er moest muziek zijn. Ze deed haar ogen dicht en trok een lp uit de kast. Toussaint McCall had de hoofdprijs gewonnen. Ze zette het titelnummer op en zong mee. 'Each new day finds me so blue, nothing takes the place of you. And I read your letters, one by one, and I still love you when it's all said and done.'

'Hij is hier op school geweest,' zei Tamar.

'Dat klopt.' Het bestuurslid van de Islamitische Schoolstichting knikte vriendelijk.

'En u was niet zo tevreden over het artikel dat hij heeft geschreven.'

'Veel leugens, verkeerde dingen... het klopte niet. Allemaal tegen de school, allemaal negatief.' De man sprak redelijk goed Nederlands, behalve dat 'school' klonk als 'sjchool'.

'Hij is daarna bedreigd.'

'Daar kunnen wij niks aan doen. Zoiets doen wij niet. Islam is vrede voor ons.'

'Er zijn aardig wat mensen die daar anders over denken.'

'Kunnen wij niks aan doen. Is niet onze sjchuld.'

Na veel telefoontjes in een van-het-kastje-naar-de-muur-situatie was het Tamar eindelijk gelukt om deze man te spreken te krijgen, maar ze kwam geen centimeter verder. Nee, hij kon geen andere namen en telefoonnummers geven. Hij wist niets. Het enige wat telde was de school, en met slechte publiciteit hadden ze leren leven. 'Jammer genoeg nog veel discriminatie in Nederland.' Tamar moest denken aan dat Marokkaanse jochie laatst voor de rechtbank waar ze naartoe was gegaan voor haar wekelijkse stukje. Hij werd zo'n beetje gepakt met zijn vingers in de kassa en toch durfde hij te zeggen dat hij onschuldig was en dat alles een gevolg was van discriminatie. 'Ze moeten ons altijd hebben.'

'Goed, mijnheer... eh...'

Nog steeds met de vriendelijke, begripvolle glimlach, die niet van zijn gezicht leek te branden, stond hij op. 'Bousaiza.'

'Ja, mijnheer Bousaiza, ik geloof dat we zo niet verder komen.'

'Verder is ook niks, niet op onze school. Heel erg dat uw collega is vermoord, echt heel erg. Zoiets mag nooit gebeuren.'

Ze ging terug naar de krant, waar ze al haar digitale aantekeningen opnieuw doornam. Elke lijn leek dood te lopen. De islamitische school, Clarence en Wesley. Van Thijs Hermans had ze begrepen dat het sporenonderzoek door de technische recherche niets had opgeleverd. De politie had met tientallen mensen gepraat; buren, collega's, familie, vrienden, maar niemand had hun dat beslissende duwtje kunnen geven. Er was geschoten met een Walther PPK, veel gebruikt in kringen van kleine en grote criminelen. Als je de juiste vragen stelde in een café aan het Rembrandtplein kon je daar – zonder dat er moeilijk werd gedaan – makkelijk zo'n wapen aanschaffen. Alles was mogelijk, van iemand die wraak wilde nemen op die Eefje Dekker of op Hans tot een betrapte inbreker die in paniek had geschoten. Ja, en in de wraakcategorie hadden ze ook zijn echtgenote, Yoka, gezet. Tamar zag de naam nu weer in het rijtje 'mogelijke verdachten' op haar computerscherm. Ze had Thijs hartelijk uitgelachen.

Haar chef kwam langs en wierp een blik op de monitor. 'Nog altijd met Hans bezig?'

'Ik kan het niet loslaten. Het spookt de hele tijd maar door mijn kop. Dat iemand dat heeft geflikt en nog steeds vrij rondloopt, dat is...'

Wijnand pakte een stoel. 'Hoeveel... eh, dat noemen jullie in jouw sector, geloof ik, halsmisdaden worden er opgelost? De helft?'

'Zoiets, ja.'

'Nou, dan zit deze misschien in de verkeerde helft.'

Ze dronk van haar koud geworden koffie. 'Moeilijk om te accepteren. Voor iedereen, voor de krant, voor mij, maar vooral voor Yoka. Die is er helemaal kapot van, weet je, die ligt totaal in de vernieling.' Nee, natuurlijk zei ze niet waarom ze het vooral niet kon accepteren. Dat zou ze altijd voor zich houden, juist hier, op de krant.

'Ik heb haar een paar dagen geleden nog gebeld,' zei Wijnand, 'en ze was niet erg communicatief. Veel verder dan "ja" of "nee" en "'t gaat wel" kwam ze niet.'

'Precies. Het is net of ze zich heeft opgesloten in haar verdriet. Alles is zwart en donker voor haar. Ze komt haar huis nauwelijks meer uit. Je moet ontzettend je best doen om tot haar door te dringen.'

'Absoluut. Ik heb zeker vier of vijf keer iets ingesproken op de voicemail, maar ze belde nooit terug. Uiteindelijk nam ze een keer op. Toen hebben we geloof ik hooguit drie minuten met elkaar gepraat.'

'Als de dader eenmaal gepakt is, kan ze misschien weer verder met haar leven,' veronderstelde Tamar. 'Dan is er weer een soort van opening.'

'Een soort van... *a sort of...* komt rechtstreeks uit het Engels.'

'Tsjeses, daar hebben we het nou niet over.' Wijnand zou dit voorbeeld mogelijk gebruiken voor zijn wekelijkse taalstukje op de achterpagina onder het pseudoniem Taalman.

'Maar iets anders. Eigenlijk zou ik er een groot verhaal over willen schrijven, voor de zaterdagkrant misschien.'

'Waarover?'

'Over Hans, natuurlijk. *True crime*, een stuk over een niet opgeloste moord. Iedereen die ermee te maken had, wat het betekent voor allerlei mensen, wat de politie heeft gedaan... In feite een verhaal met een open eind.'

Wijnand schudde zijn hoofd. 'Goed idee, maar niet uitvoerbaar. Dan zou je ook alles moeten schrijven over die minnares, over het feit dat hij zijn vrouw bedroog, terwijl we dat eerder juist zo mooi hadden toegedekt...'

Tamar wist nog hoe ze het had geformuleerd: '...die de nacht doorbracht bij een kennis.'

'Dan kunnen we Yoka zeker niet aandoen,' zei Wijnand.

Bij de receptie zat alweer een ander meisje van een jaar of achttien, die haar met een vriendelijk ongeïnteresseerde oogopslag aankeek.

'Ik kom voor Jurriaan.'

'En uw naam is?'

'Yoka Kamphuys.'

'U kunt daar even plaatsnemen.' Ze wees naar een grote bank, waar Yoka bijna in weg leek te zakken. Straks zou alleen haar hoofd nog tussen de opbollende kussens uitsteken.

Ze wachtte vijf minuten, ze wachtte tien minuten, en meldde zich toen weer bij de balie.

Met zichtbare tegenzin belde de receptioniste opnieuw. 'Hij is nog in bespreking.'

Yoka speelde even met de gedachte om weg te gaan, maar ze liet zich terug in de kussens vallen.

Eindelijk verscheen Jurriaan. Met een brede glimlach kwam hij haar tegemoet. 'Wat goed dat je er weer bent, echt super. Wil je wat drinken? Koffie, thee, water?'

Ze bedankte. Hij liep met een vreemd trippelpasje de brede trappen van het grachtenhuis op. Yoka had nooit begrepen waarom een uitgeverij in zo'n chic kantoorpand gevestigd moest zijn. Boekhandels en uiteindelijk lezers waren de klanten, en die kwamen hier nooit, dus die hoefden niet onder de indruk te raken. De royalty's voor de schrijvers zouden met een paar procent omhoog kunnen als de uitgeverij genoegen nam met een alledaags kantoor in bijvoorbeeld de Kinkerbuurt.

Jurriaan haalde voorzichtig midden uit een stapel met manuscripten haar acht hoofdstukken te voorschijn. De stapel bewoog vervaarlijk. 'Oei, bijna een ramp gebeurd.'

'Hoe is het nu met Maaike?' vroeg ze.

Hij leek enigszins van zijn stuk gebracht. 'Ja, ach... ik weet niet.'

'Jullie hebben geen contact meer met haar?'

'Dat loopt via de bedrijfsarts.'

'Dus jullie zijn van haar af.'

Jurriaan verschoof de stapel een stukje. 'Zo moet je het niet zien. Maaike was een prima redacteur.' Aan het eind van vrijwel elke zin schoot zijn stem een stukje omhoog. Yoka wist dat ze haar best moest doen om hem niet onbewust te imiteren. 'Maar voor de fusie waren er bedrijfseconomische overwegingen. Het is gewoon de markt. Net zoals Clinton al zei: *"It's the economy, stupid."'*

Yoka had even de neiging om de gang in te lopen, het gebouw uit, de straat op, verder en verder weg, maar ze bleef toch zitten. '*Stupid*, ja. Maar eh... wat vind je van die acht hoofdstukken?'

Jurriaan bladerde er even doorheen. 'Interessant. Leuk idee. De stijl is af en toe een beetje vlak, weinig formuleringen die blijven hangen, maar...'

'Het gaat in eerste instantie om het verhaal, en misschien ook wel in laatste instantie.'

'Dat is goed... spannend.' Het leek of hij het woord maar met moeite uit zijn mond kon krijgen. 'Een interessante setting, met die school en zo, die multiculti-achtergrond, en goed dat je die niet zo rooskleurig voorstelt, want dat is tegenwoordig ook niet meer bon ton. Toch?'

'En het verhaal?'

'Helemaal goed, lijkt me, tot nu toe. Ik ben natuurlijk geen specialist...' Hij keek verontschuldigend.

'Maar verder, hoe moet ik verder? Heb jij een idee?'

'Tja...'

'Anouk heeft Shana gevonden en dat pikt Kadir natuurlijk niet. Ik denk aan een confrontatie tussen die twee.'

'Ja, zou kunnen.' Jurriaan staarde dromerig in de verte. 'Misschien dat je iets tussen die Gino, die vriend van Anouk en Kadir kunt doen. Ik probeer maar wat, hoor, ik associeer een beetje door. Of je maakt Houtenbosch sympathieker en Anouk krijgt een verhouding met hem, ja, en dan komt zijn dochter weer terug en die heeft dan Anouk als een soort halve stiefmoeder. Gino neemt het niet. Die komt verhaal halen en dan wordt Shana verliefd op Gino. Dat is voor Anouk weer moeilijk, want eigenlijk...'

Yoka stond op, griste zonder iets te zeggen het manuscript van het bureau en liep de gang op.

Jurriaan kwam haar achterna. 'Maar...' Het leek of hij naar adem hapte. 'Maar ik probeer alleen om...'

'Gefeliciteerd,' zei Hoogland, terwijl Eefje zich weer aankleedde.

Ik wist het, ik wist het, zong het door haar heen. Zo was ze Hans niet helemaal kwijt.

'U bent waarschijnlijk voldoende op de hoogte van wat u moet doen en laten. Niet roken, bij voorkeur weinig tot niets drinken, en uiteraard geen drugs, maar ik dacht niet dat u daar een neiging toe had.'

Dokter Hoogland. Ze kende hem nu al zeker een jaar of twaalf, maar hij bleef even formeel, zelfs op zo'n moment, na zo'n onderzoek.

'Niet dat het mij op enigerlei wijze aangaat,' ging hij door, 'maar voorzover ik het begrepen heb, bent u alleen. Dat klopt?'

'Ja,' zei ze, 'de vader... de man die de vader zou moeten zijn, is overleden. Vermoord... ruim vier weken geleden.'

Op een bank in een parkje bekeek Yoka de acht hoofdstukken. Een paar keer was er een uitroepteken of een vraagteken in de kantlijn gezet of een krabbellijntje onder een zin die misschien literair niet deugde. Twee meter verderop stond een gemeentelijke prullenbak, die voor de verandering een keer niet overstroomde van blikjes, patatbakjes, plastic flesjes en lege frisdrankpakjes. Ze kon haar manuscript er zo in laten verdwijnen. Niemand zou ernaar talen. Weg verhaal, weg boek. De hypotheek met levensverzekering had alleen op naam van Hans gestaan, omdat hij al een appartementje in de Pijp had toen ze het samen kochten. Ze had nu een huis en een klein inkomen, voorlopig genoeg.

Maar dan zou ze afscheid moeten nemen van haar privé-detective, haar beste vriendin. Dat kan je toch niet maken, zei Anouk. Je kunt mij toch niet zomaar om zeep helpen? Waarom niet? Anouk startte haar Gilera. De motor zoemde. Omdat er dan niks meer is. Besef je dat wel? Misschien is dat juist wat ik wil, dat er niks meer is.

De alcoholisten zaten een bankje verderop. Drie mannen met verwaaide haren en rode, opgeblazen koppen, die aan een stuk door sigaretten rookten en halve liters bier dronken, en een vrouw van onbestemde leeftijd. Soms zaten ze stil voor zich uit te kijken, maar een minuut later leken ze in een druk debat verwikkeld. De vrouw haalde uit een plastic tas vier nieuwe flessen. Een van de mannen had een hond bij zich. Het beest lag eerst nederig aan zijn voeten, maar sprong toen op en wilde kennelijk wegrennen.

'Hier!' riep de man met schorre stem. 'Hier, godverdomme!'

De hond kwam sluipend terug. Voor hij ging liggen, gaf de man hem nog een schop. De hond kroop piepend onder de bank.

Yoka bleef met de acht hoofdstukken op haar schoot zitten. Ze las af en toe een stukje en glimlachte soms om een formulering. Kadir zou wraak willen nemen, daar was ze van overtuigd. Ze had hem geraakt in wat belangrijk voor hem was, zijn broodwinning, maar ook in zijn trots.

Plotseling stond er een man in het gras. Hij droeg enkele jassen over elkaar, en zijn haar was zo aan elkaar geklit, dat het in twee grote flappen over zijn oren viel. 'Ik daag de regering uit,' riep hij met een stem die veel netter was dan je op grond van zijn uiterlijk zou verwachten, 'om aan deze wantoestand een einde te maken. Er vallen te veel slachtoffers. Dat kunnen we niet langer tolereren!'

Vanaf het bankje met de drinkers werd 'Proost!' geroepen. De drie mannen en de vrouw hieven hun fles.

'U bent democratisch gekozen,' ging de man in het grasperkje door, 'dus u dient uw verantwoordelijkheid te nemen. Het virus van het kwaad heeft zich in de maatschappij genesteld en zijn sluipende werking ondermijnt het bestaan in ons goede vaderland.'

Een van de alcoholisten stond op. 'Ons goeie vaderland? M'n reet, zal je bedoelen. Waarom zoek je geen andere kerk? Sodemieter op met je gezeik.'

17

'Man bekent wurgen van vriendin

ASSEN – De 38-jarige Karel O. heeft bekend zijn 24-jarige
vriendin Maya Spijkerhout op 12 april om het leven te hebben
gebracht. Het lichaam van de vrouw werd vorige maand gevonden in een rioolput. Aanvankelijk had de man tegenstrij-
dige verklaringen afgelegd. Volgens het Openbaar Ministerie
heeft hij nu toegegeven dat hij zijn vriendin in hun woning
heeft gewurgd. Hij had vanwege privé-schulden geld van haar
rekening gehaald en wilde verhinderen dat ze daarachter zou
komen, aldus zijn verklaring. Een dag later gaf hij haar als
vermist op.'

Privé-schulden. Als het erop aankwam, was het leven één
grote privé-schuld. Uit de keuken haalde Yoka een kop koffie.
Misschien dat het nu tijd was voor een ingrijpende renovatie,

haar eigen alles-moet-anders-show. Er was meer dan een halfjaar voorbijgegaan, maar zonder dat ze zelf ingreep, zou er
niets veranderen, bleef ze vruchteloos ronddolen. In Anouk
zat nu al maanden geen enkele beweging meer. Het verhaal
lag letterlijk doodstil en verroerde zich niet. Kadir wachtte af,
Houtenbosch liet niets meer van zich horen, Shana woonde
verlamd en verdoofd in Leeuwarden in dat opvanghuis. Soms
zat Yoka uren achter haar pc zonder een woord te typen. Ze
las en herlas. In opzet was het een perfect verhaal, ja, in opzet.
Dat was het bericht over Karel O. en Maya Spijkerhout ook,
maar nu de rest. Ze had met Trudy Laaksterveld gepraat. Ja,
die zou het boek graag uit willen geven. 'Het gaat er niet om
dat ik je wil wegkapen bij een concurrent of zo, maar misschien is het wel 's goed voor je om naar een andere uitgeverij te gaan. Ik wil je graag persoonlijk begeleiden, maar neem
de tijd. Als je iets wil laten lezen, dan ben ik er altijd voor je.'

Paulien en Jos waren inmiddels verhuisd. Ze was zelfs op
hun *housewarming party* geweest, en sommige mensen ver-
welkomden haar alsof ze was opgestaan uit het dodenrijk.
Wat leuk dat je er weer bent! Goh, wat heb ik jou lang niet gezien! En dan die gefluisterde, half intieme gesprekken: dat ze
het nooit achter Hans hadden gezocht, dat hij altijd zo'n trouwe echtgenoot leek, maar dat het natuurlijk evengoed verschrikkelijk was, vooral het hele idee dat hij daar gevonden
was ('Naakt toch?' had Herma gevraagd met een sensatiebe-
luste twinkeling in haar ogen). Mensen huiverden en genoten
van die huiver. De condoleances werden wegens enorm succes geprolongeerd. Madelon was er met haar baby, een blo-
zend kind dat verwoed aan een grote borst sabbelde, terwijl
zijn moeder met Yoka praatte over het andere leven dat ze nu
leidde. Dingen die vroeger belangrijk leken, telden niet meer,
nu ze Roos had. 'Eduard, die denkt er net zo over.' En toen begon ze te hakkelen en te blozen.

Yoka schoof een paar stoelen aan de kant. Die zouden weg kunnen. Het stond hier veel te vol. Ze bekeek de foto's en reproducties aan de muur. Die moesten er allemaal af; de muren zou ze opnieuw witten. De halve ochtend bleef ze bezig. De deur naar de werkkamer van Hans was nu al maanden dicht gebleven, terwijl ze er een paar dagen na zijn dood urenlang had doorgebracht. Daarna: verboden toegang voor onbevoegden, en ze had zichzelf onbevoegd verklaard. Destijds had de politie er naar aanwijzingen gezocht en ze hadden wat papieren meegenomen, die waren teruggebracht door die kleine rechercheur met het Limburgse accent. Het had niets opgeleverd. Bijna had ze iets gezegd als: dat had ik jullie meteen wel kunnen vertellen.

Het was nu allemaal voorbij, achter de rug, verleden tijd. Ze zou haar eigen verbod moeten opheffen en de kamer van Hans weer betreden. Om zich te wapenen, bekeek ze eerst een aantal fotoboeken. Op vrijwel geen enkele foto waren ze beiden te zien, omdat ze vreemden niet wilden vragen een foto te nemen. Nadat de scène op de televisie te zien was geweest, had ze het beeld gehad van Rowan Atkinson als Mr. Bean, die een willekeurige voorbijganger vroeg een foto van hem te nemen. De man maakte zich met het toestel razendsnel uit de voeten.

Yoka schakelde terug naar hun eerste vakanties. Dat huisje in de Provence, van eiland naar eiland in Griekenland, het *palazzino* of *palazzetto* in Toscane, Noorse fjorden. Het bestond alleen nog tweedimensionaal, gestold op deze sterk amateuristische, vaak overbelichte en soms licht bewogen foto's. En natuurlijk in haar hoofd. Niet meer in dat van Hans. Daarin was alles in één klap, nee, in twee knallen weggevaagd, terwijl de glasscherven rinkelden.

Alsof ze in overtreding was en elk moment kon worden betrapt, ging ze de kamer van Hans binnen, waar het stoffig rook, helemaal niet naar Hans. Enkele minuten bleef ze midden in de kamer staan, terwijl ze zich oriënteerde. Eerst de boekenkast, die hij zelf ooit getimmerd had. Haar ogen tastten de boeken af, die slechts voor een deel alfabetisch waren geordend. Ze ging achter zijn bureau zitten en zette de computer aan. Het leek of het apparaat, na ruim zes maanden niet gebruikt te zijn, moeite had om weer op gang te komen. Ze klikte op het icoontje van de e-mail. Er zaten honderden berichten in zijn inbox. Ze scande de lijst afzenders. Nee, geen Eefje Dekker. Wel een mail van het Horizon College, maar die betrof een nieuw onderwijsexperiment met taalgericht vakonderwijs. Het werd tijd om dit adres af te sluiten, maar ze wist niet hoe dat moest en had geen zin om zich erin te verdiepen.

Tamar bladerde door het *Recherche Magazine*. Daarna las ze in de *Corps Courant* van het Korps Landelijke Politiediensten over veranderingen in de organisatie van de waterpolitie en over klachtenafhandeling binnen de KLPD. In het *Algemeen Politieblad* stond een interessant artikel over kindersekstoerisme. De justitierollen van volgende week in Amsterdam gaven een inmiddels vertrouwd beeld. Een paar cocaïnedeals, een moord, verkrachting en aanranding, diefstal en heling van auto's, inbraken, c.q. pogingen daartoe, in een aantal scholen, straatovervallen met geweld, vrouw bedreigd en gedwongen tot prostitutie, een ontmanteld XTC-laboratorium, heling van kentekenplaten, geld gepind met gestolen passen, winkeldiefstal. Misdaad, overal en altijd.

Ze maakte een belrondje om meer informatie te krijgen over problemen met Antillianen in Den Helder. Op het stationsplein was iemand vermoord, en wraak hing in de lucht. Een vete tussen twee groepen werd kennelijk met wapens uitgevochten. Er zou zelfs sprake zijn van een dodenlijst. Natuurlijk zou ze naar Den Helder kunnen gaan, maar daar had ze vlak na de moord al rondgelopen. Haar ervaring was dat het soms beter werkte om mensen telefonisch te benaderen. Dat was afstandelijker en minder bedreigend dan persoonlijk contact. Terwijl ze enkele vergeefse telefoontjes pleegde, kreeg ze dat gebied rond het station weer voor ogen in al zijn deprimerende jaren-zestigtriestheid. Om daar neergestoken te worden! Daar wilde je dood nog niet gevonden worden, zou Wijnand zeggen. Eindelijk kreeg ze iemand van de politie aan de lijn, die wel wat kwijt wilde over extra surveillances. Daarna was een vertegenwoordiger van een welzijnsstichting bereid om iets te zeggen over de benarde sociale omstandigheden, de geringe ontplooiingsmogelijkheden voor de Antilliaanse jeugd en de discriminatie op de woningmarkt, wat een belangrijke oorzaak was van de excessen. Tamar zei dat mensen uit andere groepen in een vergelijkbare situatie elkaar toch ook niet afmaakten, maar die opmerking werd niet op prijs gesteld. Net toen ze een gemeentelijke voorlichter wilde bellen, ging haar telefoon. Thijs meldde een moord in Buitenveldert, heet van de naald. Een man had zomaar in het openbaar zijn ex-vriendin en haar nieuwe vriend neergeknald, terwijl ze net een winkel uit kwamen. Daarna had hij zichzelf een fatale kogel door het hoofd geschoten. De nieuwe vriend was dood, de ex-vriendin zwaargewond naar het ziekenhuis vervoerd.

Tamar leunde met haar hoofd in haar handen op haar bureau. Soms werd ze overvallen door de gedachte een andere sector te kiezen. Man, andere man, vriendin, dat was hier weer de dodelijke driehoek geweest. Zelf had ze het nooit zo ver laten komen. Natuurlijk niet; ze waren redelijk en verstandig geweest, maar misschien was de passie ook niet zo hoog opgelopen. Hoewel, het had haar ontzettend veel moeite gekost om er een eind aan te maken.

Ik reed over de Nassaukade. Het was druk, maar het verkeer stroomde beschaafd door. Plotseling zag ik hem. Hij bleef naast me rijden in zijn oude Opel, waaruit de dreunende beat van een hiphopnummer denderde. Het woord 'hiphop' klinkt vrolijk, maar dit was overduidelijk *gangsta*-achtig. Kadir zat naast de bestuurder en keek alleen maar naar me. Een donkere jongen met een donkere blik, bedoeld om donkere gedachten over te brengen. Donker voor mij dan, om niet te zeggen: duister. Shana was nu twee dagen de stad uit. Kadir had langer gewacht dan ik voor mogelijk had gehouden.

Ik gaf gas en probeerde van hem weg te rijden. Hij zou worden geblokkeerd door de trager rijdende auto's voor hem en ik kon zijn Opel mooi achter me laten. Maar voor het zover was, had hij me al gesneden. Tegen de stoeprand ging ik onderuit. Mijn Gilera lag jankend op zijn zij, het achterwiel draaide machteloze rondjes en er werd een spijker van pijn in mijn elleboog gedreven. De stalker gestalkt, flitste het door me heen.

De Opel was ook gestopt. Kadir kwam eruit en liep op een drafje naar me toe. Heel knap, alsof hij een hulpvaardige automobilist was.

Hij trok me overeind. 'U heeft zich toch geen pijn gedaan?'

'Je sneed me, klootzak.'

'Nou zeg.' Hardhandig pakte hij me bij mijn gekwetste elleboog waaruit de pijn net leek weg te trekken, zodat ik een schreeuw niet kon onderdrukken. Hij dwong me tussen de geparkeerde auto's. 'Vuile slet, zo praat je niet tegen me,' siste hij. 'Begrijp je dat? Nu niet, en nooit niet.' Zijn blik was nog zwarter geworden.

'Laat je me los of moet ik roepen dat je me verkracht?'

Kadir snoof minachtend. 'Als je er zelf honderd euro voor betaalde, dan zou ik je nog niet willen neuken, vieze stinkhoer.'

'O ja, hoeren, daar heb je veel verstand van, hè?'

We stonden tegenover elkaar en hij pakte mijn bovenarm in een ijzeren greep. Met de elleboog van mijn andere arm zou ik hem keihard op zijn kin kunnen raken, misschien tegelijk met het befaamde knietje in het kruis. Maar dan kwam zijn louche vriendje, die achter het stuur in de Opel was blijven zitten, zeker in actie.

'Zo praat je niet met mij,' zei Kadir tussen opeengeklemde tanden.

Ik zweeg. Verderop kwamen een man en een vrouw aanlopen, in druk gesprek gewikkeld. De vrouw had rood geverfd haar. Ze keken even schichtig naar mij en mijn belager en liepen toen door. Nee, ze hadden niks gezien, natuurlijk niet.

'Ik heb eigenlijk helemaal geen zin om met zo iemand als jou te praten. Daarom heb ik ook geen pooiers in mijn kennissenkring.'

'Een beetje respect, hè? Ik laat me door jou niet dissen. Waar is Shana?'

Ik haalde mijn schouders op. 'Geen idee.'

'Tfoe, dat weet je verdomd goed. Je heb haar zelf bij me weggehaald.'

'Bullshit,' zei ik.

'Denk erom!' Hij kwam nu met zijn hoofd nog dichter bij het mijne. 'Niet liegen, want ik weet alles van jou.'

'Ik weet echt niet waar ze is,' zei ik.

Hij schudde zijn hoofd. 'Zorg dan dat je het de volgende keer wel weet. Nou laat ik je nog gaan. De volgende keer maak ik je kapot, helemaal kapot, zodat er niks van je overblijft.' Sommige mensen krijgen in een bepaalde situatie dollartekens in hun ogen. In Kadirs ogen zag ik even een pistool oplichten.

Eindelijk tekst, hoewel Yoka bang was de toon van Anouk, dat heftige en dynamische, een beetje kwijt te zijn. Natuurlijk de eerste confrontatie tussen Anouk en Kadir. Geen mes, geen wapen. Nu zou ze misschien de scène in die donkere steeg moeten schrijven. Het verhaal moest zich op een andere manier ontwikkelen dan ze eerder gedacht had. Anouk kwam thuis, redelijk over haar toeren en ze wist maar één ding te doen: Gino bellen. Ik kom meteen, zou hij zeggen. Heerlijke, onbetrouwbare Gino, op wie ze nu dus wel kon rekenen, zoals ze zelf altijd op Hans had gerekend. Nee, niet aan Hans denken. Die was onachterhaalbaar ver weg, terwijl Gino al bij

Anouk op de stoep stond en de sleutels te voorschijn haalde, die hij na de vorige keer van haar had gekregen. Het waren dezelfde sleutels als die van Hans... Alles maalde door haar hoofd. Pas toen Anouk zich in de armen van Gino had gestort, kwamen de tranen. Gino troostte haar, zoals alleen hij dat kon. Hij vroeg haar waardoor ze zo van streek was geraakt, en ze vertelde over Kadir, tot en met die oplichtende pistooltjes. Gino zei dat ze maatregelen moest nemen. Hoezo maatregelen? Hans was het met hem eens, maar...

Yoka had met haar ogen dicht op de nieuwe bank gelegen, en kwam nu zo snel overeind dat het haar even duizelde. Ze greep zich vast aan de tafel. Hans liep de kamer binnen, naderde haar, zoals hij de laatste tijd vaker deed. Kijk dan toch, zei hij. Weet je wel wat je gedaan hebt? Ze liep dwars door hem heen. Hoe pijnlijk ook, maar het was de enige manier om hem kwijt te raken.

De telefoon ging. Gelukkig, een telefonische enquête. Ze ging er eens lekker voor zitten om elke vraag met veel fantasie te beantwoorden. Kennelijk was het een soort totaalenquête voor een groot aantal bedrijven of instellingen. Of ze mayonaise in huis had? Minstens drie soorten. Hoe vaak ze buiten de deur at? Zeker twee keer per week. Groene energie? Natuurlijk. Voldoende informatie daarover? Ruim voldoende. Huisdieren? Eerlijk is eerlijk, altijd een beetje dierengek geweest, dus drie poezen en twee honden plus een oude cavia, overgenomen van een nichtje dat op het arme dier was uitgekeken en hem in de duinen los wilde laten, zodat hij altijd lekker buiten kon spelen. Ten slotte de persoonlijke gegevens. Vierendertig jaar, loog ze. Afgeronde studie filosofie. Vrij gevestigd als filosofisch adviseur van bedrijven die meer inhoudelijke diepte aan hun werk wilden geven. Getrouwd? 'Nee,' zei ze, 'weduwe.' Het was voor het eerst dat ze het woord gebruikte en ze had zich niet eerder zo erg, zo volledig weduwe gevoeld. 'O,' klonk het licht geschrokken van de andere kant. Vierendertigjarige filosofe reeds nu haar man verloren. 'Ja,' vervolgde Yoka, 'hij is vermoord, ruim een halfjaar geleden.' Van de andere kant klonk een suizende stilte.

Gehaast deed ze een jas aan en liep naar buiten. Straten en pleinen die ze bijna niet herkende, alsof ze vele maanden weg geweest was uit de stad. De zon scheen en overal liepen mensen in zomerkleding; die winterjas had ze beter niet aan kunnen trekken. Jongetjes waren op de stoep aan het voetballen. Twee hadden er een Ajax-shirt aan, beiden met de naam Van der Vaart achterop en een grote 10. Haar jas liet ze achter op een bankje. Die zou ze later wel op kunnen halen.

Toen ze moe werd, ging ze een café binnen. Aan een tafeltje rechts van haar zaten een jongen en een meisje verschrikkelijk in elkaar op te gaan. Half en half ving Yoka enkele lieve, geile dingen op die de jongen zei. Hij dempte zijn stem amper. Iedereen mocht horen wat hij met haar wilde en waar hij opgewonden van raakte en hoe hij zou proberen haar opwinding naar grote hoogte te stuwen. Het meisje giechelde en haar wangen begonnen te blozen. Ze stootte haar vriend aan en knikte in de richting van Yoka, die meteen haar hoofd afwendde. Ze hoorde de jongen iets zeggen wat ze liever niet wilde horen.

Bij de bar rekende ze af. Hier ook al een donkere jongen achter de tap. Omar, die had wel iets in haar gezien. Maar zij niet voldoende in hem.

Ze wilde terug naar huis, maar had het idee steeds verder weg van haar eigen straat te geraken. Het werd langzamerhand een andere stad. Eindelijk lukte het haar om een taxi staande te houden. Een zwijgzame man met een mat bruin gekleurde huid en glanzend gitzwart haar bracht haar naar huis. Er klonk zachte zwijmelmuziek in de auto. Indiaas, dacht ze. Ze zou de chauffeur even boven kunnen vragen, straks. Misschien wilde hij iets drinken. Het was vijf uur, bijna borreltijd. Maar het zou kunnen dat hij van zijn geloof geen alcohol mocht gebruiken. Thee, ze kon thee zetten.

Bij het afrekenen gaf ze zo'n forse fooi dat ze er zelf een beetje van schrok. Het was rillerig koud toen ze uit de auto stapte. Natuurlijk, ze had haar jas op dat bankje laten liggen. Pas toen ze voor de straatdeur stond, zag ze haar, en toen was het te laat om rechtsomkeert te maken.

'Ik wil met je praten.'

Yoka kon geen woord uitbrengen en schudde haar hoofd.

'Ik zou graag willen dat we...'

Yoka probeerde zich uit de voeten te maken, terwijl ze dacht: dit is onzinnig; ik kan gewoon mijn eigen huis binnen gaan en de deur voor haar neus dichtslaan.

'We móeten met elkaar praten,' zei Eefje. 'Kijk naar me. Zie je het dan niet?'

Yoka keek met tegenzin. Het was niet veel meer dan een met rood haar bekroond gezicht, dat ze zag. Ogen die treurig stonden, vermoeid en gekweld. Van alles kon ze daarin leggen.

'Nee, mijn buik.'

Yoka keek opnieuw, nu meer naar beneden gericht, en zag de ruime bolling onder het strakke truitje.

'Ik ben zwanger,' zei de vrouw die haar vijand moest zijn, haar tegenstander, haar rivaal, voorheen, nu en eeuwig. 'Zwanger van Hans,' voegde ze er fluisterend aan toe, 'al bijna acht maanden.'

Yoka voelde de grond onder haar voeten wegzakken. Zwarte wolken trokken zich samen en het werd onheilspellend donker. Er klonk een snerpend geluid en daarna was het doodstil. Ze liet zich simpelweg naar voren vallen.

Eefje zocht naar sporen van Hans, maar vond niets. Nergens een foto of wat dan ook. Ze bleef in de woonkamer; andere kamers durfde ze niet binnen te gaan. Alles zag er hier tamelijk nieuw uit, alsof er nog maar kort in werd gewoond. Yoka lag op haar rug bewegingloos op de bank, met open ogen. Ze drukte een theedoek, die Eefje uit de keuken had gehaald, tegen de wond op haar voorhoofd. Er zat bloed op haar kleren.

'Als je je weer een beetje beter voelt, dan ga ik,' zei Eefje.

'Hoeft niet.' Yoka kwam enigszins overeind, leunde op een elleboog en nam een slokje water. 'Eigenlijk wil ik liever iets anders drinken.'

'Wat dan?'

'Er staat witte wijn in de ijskast.' Yoka liet zich weer terugzakken. Ze haalde de doek van haar voorhoofd. 'Bloedt het nog?'

'Nee.'

'In de bestekla ligt een kurkentrekker. Wil je zelf ook wat drinken?'

'Misschien is het beter als ik ga,' zei Eefje. 'En ik mag trouwens niet drinken.' Ze legde haar hand op haar buik.

'Eén glaasje is vast wel goed. En nu je toch hier boven bent, kan je net zo goed even blijven.'

Eefje probeerde een speciale betekenis in de stem te ontdekken, maar die klonk vlak en neutraal alsof er alleen sprake was van een simpele, zakelijke relatie tussen hen tweeën. Ze dacht aan het begrip 'kutzwagers'. Voorzover ze wist bestond daarvan geen vrouwelijke pendant.

Nu keek ze pas goed. De keuken had duidelijk niet zoals de woonkamer een opknapbeurt ondergaan. Hier had Hans dus rondgelopen, gestaan, een glas water ingeschonken, de deur van de ijskast opengedaan, er een fles wijn uit gehaald (zo te zien een goedkope Zuid-Afrikaanse Chardonnay, Nuwe Wynplaas, waarschijnlijk van Albert Heijn of Dirck III), de kurkentrekker gepakt, de fles geopend, twee glazen gezocht, dit kastje... nee, pannen, het andere, ja, twee glazen met een

groen voetje. Hans. Vanmiddag was ze nog naar de begraafplaats geweest. Op haar knieën had ze voor het graf gezeten,
om verder met hem te praten over haar zwangerschap.

Ze dronken van hun wijn. Eefje met minieme slokjes.

'Dus bijna acht maanden,' zei Yoka ten slotte. 'Weet je zeker dat het van Hans is?'

'Ja, het kan alleen maar van hem zijn.'

'Je neukte niet met andere mannen, al of niet getrouwd?'

'Nee,' zei Eefje.

'Hans wel met mij. Niet zo vaak meer als vroeger, maar we
deden het nog wel.'

Eefje begreep dat dit een test was. Ze nam een slokje van de
iets te zoetige wijn, die ze met water uit de kraan had verdund.

Yoka pakte de doek die ze eerder tegen haar voorhoofd had
gedrukt en snoot haar neus erin. 'Dit soort dingen zou ik niet
moeten zeggen. Ik weet niet waarom ik het doe. Niemand
heeft er wat aan, ikzelf ook niet. Goed, overnieuw.' Ze schraapte haar keel. 'Weet je al of het een jongen of een meisje is?'

'Nee, er is een echo gemaakt, maar ik kon het zelf niet zien
en ik wou het niet vragen, want... nou ja...'

'Het moet een verrassing blijven,' concludeerde Yoka.

'Absoluut.'

'Een kind van Hans, hoe heb je dat voor elkaar gekregen?
Ik dacht dat-ie geen kinderen wilde.'

'Hij wist het niet,' zei Eefje. 'En ik dacht: ik doe het gewoon, ik zie wel hoe hij reageert.'

Yoka begon te lachen, eerst voorzichtig, half met een hand
voor haar mond, maar al snel heftig en hard, met vreemde uithalen in het hoge register.

Tamar zat op de redactie toen het bericht doorkwam van de
moord op Endstra. Ze overlegde met Wijnand. Ben was al
naar de Apollolaan voor een sfeerreportage. Rogier en Teun

Karstad van de economieredactie zouden zich op de vast-goedconnectie moeten storten met alle criminele lijntjes die daarbij hoorden. Zij zou het politiewerk voor haar rekening nemen: het onderzoek, mogelijke verdachten, verbanden met andere liquidaties in Amsterdam. Ze scande oudere artikelen en zocht in haar eigen Endstra-archiefje. Daarna belde ze met Thijs. Hij stond nu op de Apollolaan en kon nog niets zeggen, maar vanavond had hij zeker een paar minuten tijd voor haar. Ze spraken af bij Wildschut. Tamar was tevreden dat ze zich in wist te houden en geen grapje maakte over wild schieten. Er was trouwens niet wild geschoten, maar zeer gericht.

Ze was eerst naar het adres op de Apollolaan gereden. De technische recherche was bezig op het door roodwitte linten afgezette deel van de straat. Bij Wildschut ging ze aan de bar zitten, nadat ze Thijs nergens in het onoverzichtelijke café had aangetroffen.

'Wat wilt u drinken?'

Toen zag ze pas dat het die jongen was, die ze een tijdje geleden met Yoka in de stad was tegengekomen, op het Spui.

'Een rooie spa, graag.'

Hij zette het flesje en een glas voor haar neer.

'Werkte je vroeger niet in een ander café in de buurt van het Spui?'

Hij keek haar nu beter aan, een mooie jongen, dat zeker. 'Ja, maar dit is toch een soort promotie. Amsterdam-Zuid, hè?'

'Inderdaad,' zei ze, 'waar je zomaar voor de deur van je eigen kantoor kan worden neergeknald.'

'Ja, Endstra. Geen klant van ons, geloof ik.' Terwijl hij haar aankeek, kneep hij zijn ogen iets samen. 'Jij ook niet, dacht ik.' Ze was blij dat hij haar tutoyeerde; de tijd dat jongens van begin twintig haar met 'u' zouden aanspreken, liet waarschijnlijk niet meer lang op zich wachten. 'Maar ik heb je volgens mij al 's eerder gezien... Ben jij niet een vriendin van Yoka?'

'Precies.'

Hij hielp een andere klant en kwam daarna weer bij haar terug. 'Ik dacht al, ik ken je ergens van.'

Voordat Tamar iets kon vragen over Yoka voelde ze een hand op haar schouder. 'Sorry dat ik een beetje te laat ben,' zei Thijs, 'maar zoals gewoonlijk liep het weer een beetje uit. Voor mij graag een witbier zonder citroen. Jij nog wat drinken?'

18

'"Rond 11 uur was er een enorm lawaai in de lucht. Even later viel een kapot boek op onze garage," vertelde een man uit een dorp nabij Toela op tv. Een buurtbewoner trof in zijn tuin een lijk in een vliegtuigstoel aan.'

Ze probeerde af te kicken van de misdaadberichten. Bijvoorbeeld met een vliegtuigongeluk in Rusland; dat soort dingen had ze hard nodig. Als de wereld gek werd of misschien al gek was, moest dat in haar boeken terugkomen. Het decor van een verhaal moest zo echt mogelijk zijn. Misschien had het lijk in de vliegtuigstoel het boek wel zitten lezen. En welk boek was het? Altijd en eeuwig dat gebrek aan werkelijk relevante informatie.

Yoka schoof alle knipsels van zich af en pakte opnieuw het kaartje. De tekst kon ze inmiddels dromen, maar ze liet haar ogen toch weer over de woorden gaan. 'Op een stralende zomerdag is geboren Hans Evert, zoon van Eefje Dekker.' Daarna de datum, het adres en het telefoonnummer waarnaar je kon bellen als je een bezoekje wilde brengen. 'Moeder en zoon rusten 's middags van 13.00 tot 15.30 uur.'

Zoon van Eefje Dekker. En van Hans Resinga, misschien stond dat er niet op omdat het niet decent leek of te weinig van piëteit zou getuigen. Nu al langer dan een maand geleden geboren. Enkele keren was ze begonnen het nummer in te toetsen, maar daar was ze steeds voortijdig mee opgehouden. Na die middag, toen Eefje hier had gezeten, was ze gek genoeg geen vijand meer, maar vooral een vrouw met een kind, een kind van Hans, dat natuurlijk nog ter wereld moest komen. Yoka wist toen al zeker dat het een jongetje zou worden. Yoka haatte haar minstens zo hevig als vroeger, voor de dood van Hans, maar het kostte geen enkele moeite om die haat apart te zetten en er geen aandacht aan te schenken.

Ik was naar de supermarkt geweest om leeftocht in te slaan: wijn, bier, voedsel, snoep. Bij de drankafdeling stond een man met twee winterjassen over elkaar de dop van een fles sherry te schroeven. Hij zette de fles aan zijn mond. Toen hij mij zag, stak hij de fles omhoog. 'Proost! Ook een slokkie?'

Gino had op me zitten wachten. Heerlijk, een man die op je zit te wachten. Ik was pertinent contra, maar nadat ik over mijn gezellige ontmoeting met Kadir had verteld, stond hij erop dat ik een wapen zou aanschaffen. Al mijn tegenargumenten wuifde hij weg. Hij sloot me in zijn armen. 'Ik wil je nooit meer kwijtraken. Het is gewoon uit zelfbescherming. Natuurlijk ga je er niet mee schieten.' Ja, Gino, natuurlijk, Gino, je hebt gelijk, Gino. En we belandden in bed voor een uitgebreide sessie waarin ik ontdekte dat je met een lichaam heel wat meer kon dan ik ooit voor mogelijk had gehouden, en een ander met het jouwe. Ik lag in zijn armen na te genieten en voelde elke cel van mijn lichaam tintelen. Gino zei dat hij eventueel voor een pistool kon zorgen. Dat verbaasde me niet met zijn immense, maar onoverzichtelijke achterban van vrienden, kennissen, relaties. Hij kende een jongen die in een café werkte. Daar gebeurde wel eens iets, zoals hij zei. Gebeurde iets? Ja, en hij zette een plechtige stem op: dingen die het daglicht niet kunnen verdragen. Ik acteerde overtuigend een stervensbange vrouw.

Drie dagen later kwam hij met een wapen aanzetten, een omgebouwd Italiaans alarmpistool, een GT 28. Een financiële tegenprestatie was niet aan Gino besteed. 'Al zou het me mijn laatste cent kosten. Voor jouw veiligheid heb ik alles over.' Hij omhelsde me en perste me zo stevig tegen zich aan dat het metaal van het pistool pijnlijk tegen mijn borst drukte. Weer eens een andere pijn dan de lekkere pijn die ik normaal bij Gino voelde.

Zo moest het. Anouk was nu gewapend. Kadir kon maar beter uit haar buurt blijven. Ondertussen had Shana, gestimuleerd door een paar hulpverleners, aangifte gedaan tegen Kadir. Hij was opgepakt voor verhoor, maar Anouk had begrepen dat hij weer de straten van Amsterdam onveilig maakte. Houtenbosch had haar opnieuw benaderd: waar was zijn dochter? Shana had hem gebeld, maar ze verdomde het om naar hem toe te gaan of hem op het station van Leeuwarden te ontmoeten. Daar was ze nog niet aan toe, was het officiële argument. Volgens Anouk was ze gewoon gigabang voor haar vader. Als hij hoorde wat ze gedaan had, ging hij gegarandeerd door het lint. Kadir zou geluk hebben als Houtenbosch stopte bij het breken van zijn beide benen. Wat je allemaal niet met een boor kon doen of met allerlei ander gereedschap dat Tools for Rent voorradig had. Stel dat Shana zwanger was van Kadir. Ze wilde zijn kind; iedereen wilde tenslotte een kind.

Yoka belde Trudy Laaksterveld. Die bleek met vakantie te

zijn. Of een andere redacteur haar kon helpen? Nee, ze had geen zin om alles opnieuw uit te moeten leggen. Bovendien, ze had nog geen contract, terwijl Trudy een voorschot van drieduizend euro had beloofd, plus het komend voorjaar een grote advertentie in *VN's Detective & Thrillergids* en een actie in regionale bladen. 'Daar zitten je lezers, niet bij het *NRC-* of *Volkskrant*-publiek. Misschien kan ik een interview voor je regelen bij het *AD*, daar heb ik goeie connecties.' Ja, het *AD*, als die krant dan tenminste nog bestond.

Eefje banjerde zenuwachtig door haar huis, en verlegde wat spullen zodat het er niet te 'opgeruimd staat netjes' uitzag, maar ook weer niet slordig of chaotisch. Alles was onder controle. Vanochtend op de markt tapenade gekocht, nootjes, witte wijn koud gezet, bier, een fles rood open gemaakt, twee soorten spa in de ijskast, want je kon nooit weten. Hans sliep nu nog. Vannacht was weer een spooknacht geweest en dat moest hij nu kennelijk inhalen.

De bel. Misschien dat hij er wakker van zou worden.

Door de intercom vroeg ze wie er was.

'Ik ben het, Yoka. Ik ben toch niet te vroeg?'

Eefje keek op haar horloge. Tien minuten eerder dan afgesproken. 'Natuurlijk niet.' Uit het kamertje van Hans klonk langzaam aanzwellend gekrijs. Eefje kon nauwelijks wachten tot het bezoek boven was. 'Hij is net wakker, hoor je wel? Kom maar, dan gaan we meteen naar hem toe.'

Zodra ze hem uit zijn wiegje tilde, viel hij stil, op een paar korte, lieve schreeuwtjes na. Yoka keek toe, zwijgend en onder de indruk, leek het.

Eefje verschoonde zijn luier. 'Die babypoep ruikt zo zoet. Pas later, als ze ander eten krijgen, vast voedsel en zo, dan gaat het stinken.'

Ze liepen naar de kamer. Eefje vroeg of Yoka iets wilde drinken, maar die schudde haar hoofd. Ze ging op de bank zitten en nam Hans op schoot, zijn hoofdje tegen haar knieën, zijn lichaampje in de richel tussen haar benen, de voetjes tegen haar buik. Het was of hij haar met grote ogen aankeek. Wat konden kinderogen een ernstige indruk maken.

Yoka zat op een stoel tegenover haar. 'Ik heb nog iets meegenomen.'

'Waarom kom je niet hier zitten? Dan kan je hem beter zien.'

Yoka schoof naast haar en overhandigde het cadeautje. Er zat een klein babypakje in en een slab, beide van helder blauwe badstof. Zowel op het pakje als op de slab stond HANS geborduurd.

'Wat mooi,' zei Eefje, 'wat leuk!' Ze moest de neiging onderdrukken om Yoka al zoenend te bedanken.

'Toen ik het kocht, dacht ik dat het veel te klein was, echt poppenkleertjes. Maar het past wel, geloof ik.'

'Het is zelfs iets te groot volgens mij. Misschien nog een maand, hè Hansje, dat kan je dit mooi aantrekken.'

Eefje vertelde over de bevalling, in het OLVG. Hoe makkelijk het was gegaan, hoe het haar was meegevallen.

'En de pijn?'

'Ja, even heel erg, eigenlijk nergens mee te vergelijken, alsof je vanbinnen wordt opengescheurd. Maar het duurde maar kort, en door de beloning die je dan krijgt...' Ze streek met haar wijsvinger over zijn voorhoofd en neusje, '...die beloning maakt echt alles goed, dan voel je meteen niks meer, behalve natuurlijk die andere pijn, de pijn omdat...' Het was moeilijk om het te zeggen.

'Waarom?'

Het lukte Eefje niet om de emotie af te vlakken. 'Dat Hans er niet bij kon zijn,' zei ze tussen haar tranen door, 'dat-ie nooit z'n eigen kind zal zien.'

Na enkele minuten had ze zich weer onder controle. 'Ik wil wat drinken. Jij ook?'

'Ja, graag.'

Eefje gaf de baby aan Yoka. 'Hier, hou jij hem even vast... ja, gewoon op je schoot, zo ligt-ie lekker, dan haal ik iets. Witte wijn?'

Thuis pakte Yoka meteen de fotoboeken uit de kast. Hier, het eerste album van Hans, foto's, zorgzaam door zijn moeder ingeplakt. Toen ze ongeveer een halfjaar geleden op bezoek was, had ze er bijna een uur lang in zitten kijken, tot haar man het uit haar handen trok. 'Als je langer kijkt, komt-ie heus niet terug.' Huilend was ze de badkamer in gevlucht. Er was het laatste jaar in deze kamers veel gehuild. Ze had zich voorgenomen daar de komende tijd niet meer aan mee te doen. Huize Jankenstein was voorgoed gesloten.

Hans als baby, bij zijn moeder, bij zijn vader, bij hen tweeën, alleen op een commode, steeds dezelfde Hans, sprekend zijn zoon. Ongelooflijk zoveel als het jongetje op zijn vader leek. Het was Hans. Misschien kon ze een volgende keer een fototoestel meenemen en daarna de foto's naast elkaar leggen om de gelijkenis te controleren. Maar eigenlijk was dat niet meer nodig.

Eefje had de rol van gelukkige moeder perfect gespeeld. Zelf zou ze dat niet beter kunnen. De vraag was wat Eefje straks zou doen als ze weer ging werken. Zo'n klein jongetje in de crèche, dat was niks. Hans zou ook niet gewild hebben dat zijn zoon daar werd gestald in een rij bedjes en boxen tussen andere baby's. Prachtig dat zulke voorzieningen bestonden, maar niet voor zijn kind, niet voor hun kind. Het jongetje had zich bij haar op schoot meteen op z'n gemak gevoeld. Hij keek haar aan, met een amper waarneembaar, dun lachje, dat je vooral in zijn ogen kon zien. Terwijl zijn moeder hem weer overnam, had hij een paar kermende geluidjes gemaakt.

Pas toen ze wegging (ze had geen idee hoe lang ze gebleven was; een kwartier, een uur, twee uur?), merkte ze het glas in de tussendeur op. Nieuw glas. Ze keek naar de grond, naar de vloerbedekking. Niets te zien. Waarschijnlijk vernieuwd. Ook na de uitnodiging van die twee politiemensen had ze geweigerd om daar te gaan kijken. 'Misschien is het goed voor de verwerking.' Zoiets hadden ze haar geadviseerd, maar zij wist wel beter.

Op de terugweg naar huis had ze bij een Thaise traiteur een maaltijd gekocht die ze nu in de magnetron deed.

Tamar lag te draaien in bed. Ze voelde zich benauwd en zweterig. Het leek wel die Siciliaanse hotelkamer zonder airco waar ze deze zomer een paar nachten in hadden proberen te slapen. Sicilië, ook al zo'n gebied waar je beter in het voorjaar of najaar naartoe kon gaan. Hier had ze wel vaker last van als ze ongesteld was. Met een ruk draaide ze zich op haar andere zij.

''t Is er?' murmelde Rob vanuit zijn slaapcocon.

'Niks.'

Ze had het dekbed van zich af gegooid en keek naar het plafond tot ze het koud kreeg.

Bijna drie uur, en ze had nog geen oog dichtgedaan. Ze liet zich voorzichtig uit bed glijden, nam een glas melk uit de keuken en sloop naar haar werkkamer. Ze bladerde door haar aantekeningen voor een stuk over radicale moslimgroepen in Nederland en de manier waarop politie en AIVD daar inzicht in probeerden te krijgen. Voor haar gevoel broeide en gistte er iets. Af en toe was er sprake van een oprisping omdat een of andere imam iets verschrikkelijks had gezegd over homo's of vanwege een website van jonge, actieve moslims waarop de westerse decadentie werd veroordeeld en in één moeite door de jihad werd afgekondigd in dit deel van de wereld. Voorlopig waren het incidenten, maar daaronder moest iets anders zitten. Ze was laatst bij een moskee geweest en een paar jongemannen met djellaba's aan en een pluizige baardgroei hadden geweigerd haar de hand te schudden. Een echte moslim gaf onbekende vrouwen geen hand.

Hans had er ook over geschreven, over die school. Ze zou er graag met hem over willen praten. Bijna kon ze hem voor zich zien. Ze zaten in een café. Hij had een paar uitstekende suggesties, en zou het concept van haar artikel graag lezen.

Uiteraard had ze al contact gezocht met een voorlichter van de AIVD, maar die had alleen nietszeggende banaliteiten weten op te lepelen. Thijs kon haar hierbij niet helpen. Van hem had ze begrepen dat de recherche net zo in het duister tastte. Die kwam alleen in actie als het mis ging.

Thijs. De laatste keer dat ze hem had gezien, was alweer een tijd geleden, toen met die moord op Endstra, waarvan de dader ook nooit was gepakt. Daarna had ze samen met Emine en Arie-Jan de zaak met de Hells Angels gedaan en de mogelijk beraamde aanslag op Holleeder. Ooit had ze een paar woorden met Big Willem gewisseld, en daar kon ze nu mooi gebruik van maken, als een soort persoonlijke noot in haar artikel. Thijs was net met vakantie. Later had ze met hem gemaild en hij had er flink de pest in gehad, daar op Aruba, want dat soort zaken, daar hield hij van.

Ze leunde met beide ellebogen op het bureau en liet haar hoofd op haar handen rusten. Bij Wildschut had ze Thijs voor het laatst gezien. Ging het toen over Hans? Nee, natuurlijk niet, over Endstra. Die jongen schoot weer door haar hoofd, die aardige jongen achter de bar, met zijn mooie, donkere ogen, die kennis van Yoka. Ze had hem net iets willen vragen over Yoka toen Thijs binnenkwam, maar aan die vraag was ze niet meer toegekomen.

De telefoon ging. Eefje dacht dat het misschien Tiba was, die vanmiddag langs zou komen, maar al had aangekondigd dat een van haar kinderen zich niet zo lekker voelde. Als die thuis bleef van school, stelde ze haar bezoekje uit.

'Eefje Dekker.'

'Met Yoka. Ik bel toch niet ongelegen?'

'Nee, natuurlijk niet. Hans ligt lekker te slapen in zijn wiegje.'

'Het gaat goed met hem?'

'Ja, ontzettend goed. Vanochtend op het consultatiebureau geweest, en daar hadden ze het over een perfecte baby. Ik voelde me apetrots.'

'Zou ik ook wezen als ik jou was,' zei Yoka. 'Je vindt het toch niet vervelend dat ik bel?'

'Helemaal niet.'

'Ik was alleen maar... ik vond het zo'n mooie, lieve baby, dat ik... nou ja.'

'Je mag altijd bellen. Of langskomen, natuurlijk.' Eefje wist hoeveel ze had goed te maken, en ze wist tegelijk dat dat nooit volledig zou lukken.

'Een rooie spa, graag,' zei Tamar. 'Of nee, doe maar een espresso, met een glaasje water ernaast. Gewoon plat water, als het kan.'

Hij zette het bestelde voor haar neer. 'Alles goed? Met Yoka ook?'

'Het gaat weer redelijk met haar, maar het blijft natuurlijk moeilijk, zomaar in haar eentje.'

Hij knikte begripvol, terwijl hij een paar glazen in de spoelbak schoonmaakte.

Ze dronk van haar espresso. Er kwamen enkele jongens aan de bar zitten en Omar tapte met vaardige hand vier glazen bier. Een van de jongens vertelde een mop. 'Wat is het verschil

tussen een biertje en een penalty van het Nederlands elftal?'
Er werd op voorhand al gegrinnikt. 'Een biertje gaat er altijd
wel in.'

Omar haalde haar kopje weg. 'Nog iets drinken? Ik betaal.'

Ze meende een versierblik in zijn ogen te bespeuren. Yoka
en zij waren ongeveer even oud, toch een beetje hetzelfde
type, misschien viel hij daar wel op. 'Een witte wijn graag.'

Toen hij het glas voor haar neerzette, vroeg ze of hij Yoka
ook op deze manier had versierd.

'Ik? Yoka versierd?' Hij lachte. 'Nee... eerlijk gezegd dacht
ik dat ze wel wat wilde, maar toen het moest gebeuren, toen
haakte ze af.'

'Hoe bedoel je?' vroeg Tamar.

'Ze hield de boot af, terwijl ik het gevoel had dat ze... nou ja,
dat ze erop uit was, dat ze een beetje tekortkwam, in haar huwelijk, bedoel ik.'

'Tekort?' vroeg Tamar.

'Ja, ze deed nogal... o, sorry, werk.' Hij liep naar de kof-
fiemachine voor een bestelling aan een van de tafeltjes. Daarna waren de moppenvertellers aan hun tweede glas bier toe.
Tamar hoorde de wat hoge stem van een van hen, een mooie
jongen met blonde krullen, maar een naïeve oogopslag. 'Zitten er twee skeletten aan de bar. Bestelt er één twee bier en
een dweil.'

Na een minuut of vijf kwam Omar weer bij haar staan.
'Verschrikkelijk dat haar man toen is overleden.'

'Ja, ze was er helemaal kapot van en dat is ze eigenlijk nog
altijd. Het kwam zo plotseling.' Terwijl ze het zei, bedacht ze
dat er iets was, wat haar nu weer dreigde te ontsnappen; het
was iets wat hij gezegd had.

'Schrijft ze wel weer? Misschien dat dat toch een beetje
haar redding is.'

'Moeilijk, geloof ik. Als ik haar spreek, heb ik het idee dat ze helemaal is vastgelopen. Dat ze niet meer goed weet hoe ze verder moet.'

'Het lijkt me ook verdomd moeilijk dat soort verhalen te bedenken,' zei Omar. 'Het moet spannend zijn, zo'n plot... want zo heet dat toch?... die moet goed in elkaar zitten.'

Tamar nam een slokje wijn. 'Ja, en het moet ook een beetje kloppen. Hoe de politie werkt, hoe de wereld van de misdaad functioneert, allerlei maatschappelijke toestanden. Ik werk bij een krant en...'

'Interessant.' Omar leunde met beide ellebogen op de bar en keek haar aan met ogen vol beloftes. Tamar wist dat ze er nooit op in zou gaan. Omar hoefde haar niets te beloven, maar hij kon haar misschien wel het een en ander vertellen, wat invulling zou kunnen geven aan de vage intuïtie die ze had.

''t Is ook interessant werk,' zei ze, 'en soms kan ik Yoka wel met dingen helpen, met informatie en zo. En jij? Wou ze van jou ook dingen weten over de horeca, het caféleven, misstanden met het personeel, zwart werk en zo? Allemaal voor een verhaal?'

'Nee, daarover niet, maar wel met... nou ja...'

'Waarmee?' vroeg Tamar.

Omar keek enigszins verlegen en samenzweerderig, maar ook alsof hij zijn boekje te buiten ging en dat eigenlijk wel leuk vond. 'Jij bent toch echt een goeie vriendin van haar?'

'Ja, natuurlijk, al jaren.'

Omar boog zich nog iets verder naar haar toe. 'Ze wou toen weten hoe het aanvoelde, een pistool. Het was ook voor een verhaal. Heeft ze je dat nooit verteld?'

'Ze heeft 't er wel 's over gehad, geloof ik,' improviseerde Tamar.

'Ja,' ging Omar door. 'Voor haar was een wapen alleen iets van een plaatje of uit een boek en ze wilde zo'n ding echt een keer vasthouden. Ze vroeg of ik daarvoor kon zorgen, via connecties in de horeca en zo. Die heldin van haar... hoe heet ze ook alweer?'

'Anouk.'

'Ja, die Anouk, die kreeg zo'n wapen in handen en dus wilde zij ook...'

De jongens naast haar bestelden opnieuw vier bier. Omar moest glazen spoelen en daarna espresso's en cappuccino's maken en nog meer drankjes inschenken voor de borrelaars van zes uur, die nu om Tamar heen dromden. Ze bleef een klein halfuur zitten, maar Omar was te druk bezig. Ze bestelde nog een witte wijn, die hij met een knipoog voor haar neerzette.

Ik voelde me veilig, dat wel, maar tegelijk bloedlink. Niet alleen voor anderen, maar vooral voor mezelf. Bij karate had ik geleerd om me te beheersen. Daarom ging het juist in die sport. Bij elke beweging, elke trap, kon ik mezelf inhouden, maar dat lag met zo'n wapen totaal anders. Ik had een nieuwe opdracht voor een vervoerbedrijf. Pardon, een bedrijf dat gespecialiseerd was in *logistics*. Daarbij liep het een en ander faliekant fout: soms arriveerde een deel van de lading niet ter bestemder plaatse, zoals de directeur het zo beschaafd mogelijk uitdrukte. Kortom, er werd gejat. Personeel dat het een en ander achterover drukte, nooit erg veel, maar toch slecht voor de business.

Om halfnegen had ik een afspraak. Gino lag na te genieten in bed terwijl ik de deur uit liep, de sleutels voor de kettingsloten van mijn Gilera al in mijn hand, en mijn speurende blik op de omgeving gericht. Nee, geen Kadir of een van zijn matties. Die oude Opel was nergens te spotten. Kwart over acht vonden ze waarschijnlijk veel te vroeg, maar het kon voor hen ook de grandioze finale van de afgelopen nacht zijn. Nou pakken we dat stomme kutwijf nog even, die bitch.

Ik wilde net op mijn scooter gaan zitten, toen hij uit zijn auto stapte. Houtenbosch liep met grote passen op me af. Hij pakte me bij mijn schouder. Al die mannen die me zo nodig moesten vastgrijpen, wat had ik daar een rampzalige, feestelijke pesthekel aan. Laat ze met hun poten van me afblijven!

'Waar is Shana?' zei Houtenbosch. Hij hield zijn verwrongen tronie op minder dan een decimeter afstand van het mijne.

'Zou u me even los willen laten?'

'Oké, als jij me vertelt waar mijn dochter is. Ik heb het gevoel dat er spelletjes met me worden gespeeld, en dat pik ik niet. Van niemand niet en zeker niet van jou.'

Ik keek hem alleen maar aan, maar mijn blik was kennelijk minder vernietigend dan ik hoopte.

'Het heb nou lang genoeg geduurd,' ging Houtenbosch door. 'Waar is ze?'

'Als u me loslaat...'

Houtenbosch ging met zijn armen over elkaar staan. 'Je ziet er verdomd stoer uit, in dat leren jack en zo, maar je moet niet denken dat ik daarvan onder de indruk ben.'

Yoka keek uit het raam. Op straat stond een felgele vrachtwagen met de tekst V-V-GROEP VERZAMELING AFVALSTOFFEN. Nee, het waren geen afvalstoffen, maar wel de resten van zijn leven, die ze nodig een keer moest selecteren en opruimen. De computer kon ze voorlopig in de gangkast zetten. Als haar eigen pc defect raakte, kon ze die altijd nog gebruiken.

Maar afgezien van dat apparaat was het tijd voor een grote opruiming. 'Schoon Schip,' fluisterde ze, 'Operatie Schoon Schip'. Opletten dat ze niet te veel in zichzelf zou gaan praten. Een raar, eenzelvig oud vrouwtje kon ze altijd nog worden. Als de werkkamer leeg en opgeknapt was, kon ze hem ergens anders voor gebruiken. Een kinderkamer bijvoorbeeld. Ze schudde haar hoofd. Zelf zou ze nooit zwanger worden. De enige van wie ze een kind had willen krijgen, was verdwenen. Zomaar, van het ene op het andere moment.

Een kind van Hans, dat was het enige wat ze ooit had gewenst.

Ze zocht de boeken uit die ze wilde bewaren. De andere zouden worden opgehaald door een handelaar, die ze via internet had opgespoord. Op een van de planken met onderwijsboeken, tussen *Nederlands als tweede taal in het basisonderwijs* en *Psychologie in het reken/wiskundeonderwijs*, stond merkwaardig genoeg een dichtbundeltje. J. Eijkelboom, *Wat blijft komt nooit terug*. Ze bladerde er even in en las een paar regels voor ze op de titelpagina keek. 'Voor Hans, van Tamar, bij ons afscheid' en een datum, '17 april 1994'. Aanvankelijk wilde ze het niet begrijpen en kon ze het niet begrijpen. Ze las opnieuw de korte tekst, die maar niet werkelijk tot haar door wilde dringen. Afscheid? Ze waren daarna toch nog jarenlang collega's op de krant geweest, net zoals daarvoor?

Toen vond ze achterin een met de hand geschreven briefje, in vieren gevouwen. 'Lieve Hans, het was mooi, het was heerlijk, maar het kan niet meer...' Yoka hapte naar adem. Toen las ze verder. 'Nu niet en nooit niet. Ik wil Rob niet kwetsen, en ik weet dat ik van hem houd, dat ik met hem verder wil. Hij zou het nooit kunnen accepteren als hij het wist van ons tweeën. En ik weet zeker dat hetzelfde geldt voor jou en Yoka. Het klinkt als een afschuwelijk cliché, maar ik meen het echt: ik hoop dat we goeie vrienden blijven, en dat we wat er gebeurd is, zullen koesteren als een mooie, warme herinnering. Liefs, Tamar.'

19

'Meisje legde geweld van twee vrienden op film vast...'

'Man valt gewapend met kettingzaag agenten aan...'

'"Koekjesmonster" berooft toeristen in Amsterdam...'

'Geen verband vermoed bij doden na uitlaten hond...'

Het was te veel, allemaal te veel, zoals dat meisje dat een videocamera liet draaien als twee jongens iemand zomaar voor de gein in elkaar sloegen. Hiermee schoot ze niet op. Bovendien moest ze zo weg. Vanmiddag de eerste keer oppas van Hansje, zijn eigen oppas. Het had haar moeite gekost om Eefje, die iemand had willen inhuren, te overreden. Yoka had weinig te doen. Kon toch niet de hele dag schrijven. Had tijd nodig om op ideeën te komen. Dit zou een fantastische ontspanning zijn. Misschien gek om het zo te zeggen, maar zo kon ze postuum nog iets voor Hans betekenen. Maar, maar,

maar... Eefje bleef tegenwerpingen maken. Ze wilde er in ieder geval iets voor betalen, daar stond ze op. Yoka had al besloten dat geld dan maar te accepteren en het op een speciale rekening te storten, die ze dan later op de naam van Hans kon zetten. Hans Dekker, het klonk ernstig verkeerd, maar misschien was het een kwestie van wennen.

De tien weken zwangerschapsverlof na de bevalling waren achter de rug en Eefje zou voorlopig vier middagen in de week naar het Horizon College gaan en die middagen zou Yoka op Hansje passen. Yoka begreep zelf niet hoe ze nu zo makkelijk met Eefje kon omgaan, bijna alsof ze haar niets meer kwalijk nam en alle wrok was vervlogen. Maar dat was volstrekt onmogelijk.

'Dat had je niet moeten doen,' zei Eefje terwijl ze het papier van het cadeau af haalde.

Yoka glimlachte. 'Ik zag hem staan en ik vond hem zo leuk.'

'Een zeehond, geloof ik. Een zeehond als knuffel... een beetje gek, maar wel ontzettend leuk.'

Hansje lag in zijn box. Eefje legde haar voor de derde keer alles uit over luiers, voedsel, speeltjes. Yoka bleef geduldig. Als het erop aankwam, stelde ze die zorgzaamheid van Eefje voor het kind van Hans heel erg op prijs. Zelf zou ze zich net zo gedragen.

'En hier is zijn melk, die heb ik afgekolfd.' Ze liet de fles zien. 'O ja, je moet natuurlijk nog een sleutel hebben. Dit is een reserveset.'

Yoka omklemde de sleutels zo hevig dat het metaal in haar hand leek te snijden.

'Zijn buggy staat beneden, maar het zou misschien gaan regenen.'

'Als het slecht weer is, ga ik echt niet met hem naar buiten.'

Eefje tilde het jongetje uit de box en knuffelde hem hevig.

'Mmm, wat ben je toch een lekker jochie. Nou, ik ga maar 's. Het is zo moeilijk om hem alleen te laten.'

'Hij is niet alleen. Ik zal goed voor hem zorgen...'

'Natuurlijk.'

'Net alsof het mijn eigen kind is,' voegde Yoka er mompelend aan toe.

'Hè?'

'Nee, niks. Hoe laat moet je op je werk zijn? Eén uur toch? Dan zou ik maar opschieten, als ik jou was.'

Toen Eefje de deur achter zich had dichtgetrokken, nam ze Hansje op schoot. Langer dan een halfuur deed ze niets anders dan naar hem kijken. En hij keek terug, alsof hij haar uiterlijk zo grondig mogelijk wilde inspecteren en het beeld van haar in zich op wilde slaan.

'Hansje, Hansje, Hansje...' Onbelemmerd kon ze nu zijn naam uitspreken. 'Hansje, Hansje...'

Ze legde hem op het dikke vloerkleed en ging zelf naast hem liggen. Met een paar rinkelende balletjes hield ze minutenlang zijn aandacht gevangen tot hij begon te huilen. Ze besloot dat hij honger moest hebben en zette het flesje melk in het apparaatje dat het op temperatuur moest brengen. Gedachteloos proefde ze eerst even. Een vreemde, zoetige smaak. Toen pas werd ze zich er ten volle van bewust dat het vocht uit de borsten van Eefje afkomstig was.

Het kostte Eefje de grootst mogelijke moeite om niet naar huis op te bellen en te vragen hoe het ging. Achter elkaar kwamen er mensen bij haar langs om een praatje te maken over haar en over de baby en waar hij nu was. 'Ik heb thuis een oppas,' zei ze dan, zonder te zeggen wie dat was. Yoka had geen echte familierelatie met Hansje, maar met een beetje goede wil zou je haar zijn stiefmoeder kunnen noemen. Haar hand reikte al naar de telefoon, maar ze wist zich te bedwingen. Als

Yoka zich gecontroleerd voelde, zou het fout kunnen gaan.

Een leerling vertelde over problemen thuis, maar Eefje merkte dat ze er vrijwel niets van opving. Bij het woord 'thuis' zag ze Hansje voor zich op de vloer van de box.

'...want die nieuwe vriend van m'n moeder...'

Yoka pakte hem op en wilde hem naar zijn kamertje brengen om een schone luier om te doen. Op de grond lag een van zijn knuffelberen.

'...en dan doet-ie altijd zo lullig tegen me, dan mag ik niks meer omdat hij juist...'

Ze zag die beer niet en struikelde. Natuurlijk probeerde ze Hansje te beschermen, maar ze viel voorover.

'...alles moet ik doen, boodschappen, koken en dan blijven zij gewoon in bed liggen... liggen ze gewoon te wippen terwijl ik...'

Hansje kwam met zijn hoofd, met dat ongelooflijk zachte schedeltje van hem, tegen de scherpe punt van het lage tafeltje.

'...en nou gaan ze drie weken naar Curaçao en door die stage kan ik niet...'

Of Yoka zette hem in zijn badje. De telefoon ging en ze liep ernaartoe, terwijl hij onder het wateroppervlak gleed.

Tamar nam nog even alle berichten over de zieke ministerpresident door. Al een paar weken in het ziekenhuis. De kans dat zijn voet moest worden geamputeerd, scheen nog altijd redelijk groot te zijn. Zalm had gezegd dat het hem niet meer dan een uur per dag kostte om de taken van de premier waar te nemen. Daar zou die premier blij mee zijn. In Europa werd hij ook al amper gemist.

Na het noodzakelijke uitstel (waarom meteen van start gaan als het net zo goed later kan?) begon ze aan haar wekelijkse rechtbankstukje. Dit keer was ze bij een zaak tegen een draaideurcrimineel geweest, en de man zag er werkelijk uit alsof hij aan één stuk door via een draaideur naar binnen en naar buiten ging, met verwaaide, dunne haren, een slap pluizig baardje en schichtig heen en weer schietende ogen. Hij droeg een vale, vuil geworden spijkerbroek en daarboven een gebleekt, voorheen rood houthakkershemd. Zijn jeugd, natuurlijk had daarin de kiem van het kwaad gelegen. Een groot gezin, vader aan de drank, vader met losse handjes, vader met een vriendin, scheiding, problemen op school, naar een andere school, eerste stickie, al snel meer, winkeldiefstalletjes, en nog voor zijn achttiende aan de heroïne. Gepakt, gedetineerd, behandeld, maar na een paar weken zat hij weer in de oude routine. Genoeg materiaal voor een stukje.

Draaideur, dat was de titel. Had Wildschut eigenlijk een draaideur? Wildschut... ze dacht weer aan het pistool dat die Omar, die charmante barkeeper, had genoemd. Yoka met een pistool, wel een krankzinnig toeval. En wat had hij ook alweer nog meer gezegd? Terwijl ze er eerder niet op had kunnen komen, hoorde ze het hem nu bijna zeggen, letterlijk: 'Verschrikkelijk dat haar man toen is overleden.' Let wel, overleden, niet vermoord. Omar sprak perfect Nederlands, dus dat verschil moest hij kennen. Van iemand die overhoop geschoten was, zei je niet dat hij was overleden. Had Yoka dat tegen hem gezegd, en waarom? De mogelijkheid bestond ook dat hij het zich niet goed herinnerde.

Toen ze haar stukje af had in eerste versie, reed ze naar Wildschut, maar Omar was er niet. Ze vroeg naar hem bij het meisje dat nu achter de bar stond. Nee, hij werkte hier niet meer. Waar wel, dat wist ze niet. 'Lekker ding, hè, die Omar?' suggereerde ze. Tamar wilde beginnen om te zeggen dat het haar alleen om een zakelijke kwestie ging, maar ze hield zich in. Trouwens, was het inderdaad zo zakelijk? Uiteindelijk ging het om Hans. Waarom leek het zo belangrijk voor haar om te weten wie zijn dood op zijn geweten had? Een lekker ding. Laatst had ze een meisje over een jongen horen zeggen dat hij 'een lekker hapje' was.

Ze bestelde een cappuccino en een ciabatta met mozzarella, tomaat en pesto.

En ze dacht aan Hans, aan de drankjes in een café, het eten in een restaurant – altijd die angst om betrapt te worden –, aan de keren dat ze overdag voor een paar uur een hotel hadden genomen, waardoor ze zich zelfs overspeliger voelde dan anders, bijna vunziger en viezer, maar tegelijk meer opgewonden, simpelweg geiler. 's Middags vrijen in zo'n hotelkamer, dat was de overtreffende trap van vreemdgaan. De blik van Rob die ze probeerde te weerstaan als ze thuiskwam. Niks aan de hand, het werk liep een beetje uit. 'Dat gebeurt nogal vaak, de laatste tijd,' zei hij nors, terwijl hij nauwelijks opkeek uit zijn boek, wat haar uitstekend uitkwam, omdat ze altijd dacht dat het aan haar te zien was. Ja, een paar zieken, en allerlei toestanden. Overal meende ze tekens in te ontdekken, voortdurend was ze op haar hoede. Toen ze nog maar kort samenwoonden, hadden ze het er wel eens over gehad. Een ander? Nee, dat kon niet, daar waren ze het 100 procent over eens. Ze hoorde het Rob nog zeggen. 'Als je met een ander neukt, ga ik meteen weg.' En zij had bijna plechtig hetzelfde verklaard, terwijl ze dodelijk verliefd in elkaars armen lagen. Dit was een afspraak die ze niet hoefden vast te leggen, maar die in hun hoofd stond gegrift, en die ze onlangs nog hadden bevestigd.

Een jaar geleden. Vanochtend was Yoka naar het graf gegaan, waar ook een verse bos bloemen bij stond. Eefje? Enkele seconden flakkerde de haat weer op, maar het was voldoende om de bos rozen uit de vaas te halen en te vervangen door die van haar. Bij de ingang zou ze het boeket van Eefje in een vuilnisbak laten verdwijnen.

De kamer was nu helemaal leeg en Yoka keek naar het resultaat van haar inspanningen. De muren had ze gebroken wit gesausd, de deuren in twee kleuren lichtbeige (de deurposten iets donkerder) en het raam in een kleur tussen oker en beige in. Er zou licht tapijt op de grond komen. De gordijnen moesten kleurig zijn. Misschien met grappige stripfiguren erop.

Ze ging naar de Maminette, een winkel met honderden babyspullen, en zocht het ledikantje uit dat ze zou willen kopen, met een kleurig dekbedje. Het zou goed zijn om een commode te hebben. Ze bleef staan bij de potjes, in verschillende vormen en in alle mogelijke kleuren. Het duurde een flinke tijd voor Hansje daarop zou moeten zitten, maar zo kon hij er alvast aan wennen.

Er kwam een verkoopster naar haar toe. 'Kan ik u ergens mee van dienst zijn?'

'Nee, ik kijk zomaar even rond.'

En al die buggy's! Die Urban Rider was mooi. Maar ook duur, meer dan 600 euro. Anders de Trans4mer. Een draagzak? Tegenwoordig zag je veel mensen met hun kind voor op hun buik lopen, maar dat wilde ze liever niet. Nu ze de auto had weggedaan, was een autostoeltje niet meer nodig. Het was natuurlijk mogelijk een badzitje te kopen voor in haar eigen bad, maar een babybadje op een standaard was veel handiger. En dan uiteraard een kinderstoel, zo'n moderne van blank hout, in hoogte verstelbaar.

Ze liep verder door naar een speelgoedwinkel die zich al op Sinterklaas leek voor te bereiden. Autootjes, dat kwam later wel. Badeendjes had hij voldoende, alhoewel ze er altijd een paar kon kopen voor bij haar thuis. Die bijtringen met een kleurig figuurtje eraan waren leuk. Ze bleef even met een *activity centre* in haar handen staan. Alles zat achter hard plastic, maar ze wist dat je aan allerlei knoppen en handeltjes moest duwen en trekken, zodat er verschillende geluiden klonken. Deze van Nijntje, dat zou zijn eerste puzzel kunnen worden. Hij bestond uit slechts vier grote, zachte, met plastic beklede blokken die samen de beeltenis van het konijn vormden. Van één Nijntje-boek waren internationaal misschien honderd keer zo veel exemplaren verkocht als van al haar Anouk-verhalen bij elkaar. Duplo, dat was voor later, en voor nog weer later de lego. Daarmee mocht hij natuurlijk gewoon bij haar in de woonkamer spelen. Ze lagen alletwee op de grond en construeerden de mooiste gebouwen, steentje voor steentje. Misschien zou hij Playmobil leuker vinden. Prentenboeken, verhaaltjes... zelf kon ze een kinderboek schrijven, een hele serie over een vast figuurtje, een jongetje dat allerlei avonturen beleefde. Ze stond met een ringpiramide in haar handen, maar zette hem weer terug. Voor deze keer koos ze een houten locomotiefje uit, met een machinist erin. Als je ermee reed, wipte het mannetje op en neer.

Al ruim een maand ging ze vier keer per week naar de woning van Eefje. Hansje lachte als hij haar zag. De middagen waren voorbij voordat ze het wist. Soms nam ze een boek mee voor de tijd dat hij sliep, maar achteraf merkte ze dan dat ze een beetje voor zich uit had zitten kijken, de leegte in, waarin ze altijd samen met hem thuis was. Nee, later niet, natuurlijk, dan ging hij naar school. Ze bracht hem weg, en kroop daarna thuis achter haar pc. Schrijfster, ideaal beroep voor een moeder met een kind. Het werd steeds moeilijker om weg te gaan en hem letterlijk en figuurlijk over te dragen aan Eefje. Laatst begon hij onverwachts hard te huilen toen ze haar jas aantrok.

'Alweer wat meegenomen?' zei Eefje, toen Yoka binnenkwam, het cadeautje in haar handen. 'Je verwent hem te veel.'

'Ik zag het staan en ik vond het zo leuk.'

Hansje lag in zijn box; boven hem hing het rammelrek.

Eefje maakte het pakje open. 'O, moet je 's kijken wat Yoka nu weer heeft meegenomen, een treintje, een tsjoeketsjoek.' Ze reed met het locomotiefje. 'En het mannetje gaat op en neer, zie je wel, Hans? Dat is de machinist. Die is zo blij als-ie weer gaat rijden, dat-ie helemaal op en neer gaat. Mooi, hè?'

Hansje reikte naar het locomotiefje.

'Ja, je wilt er al mee spelen. Ik zie het wel.'

Het werd allemaal routine: een flesje, een schone luier, een beetje spelen, weer een flesje, en soms ging ze naar buiten als het mooi weer was, zoals vanmiddag. Ze had wat oud brood meegenomen voor de eendjes in het Westerpark. Daarna ging ze op een bankje zitten, zich koesterend in de herfstzon. Na een tijdje kwam er een vrouw naast haar, een jonge vrouw, ook met een baby in een buggy. Ze keek naar Hansje, Yoka naar de baby van de vrouw. Dat hoorde zo, had Yoka al eerder gemerkt, vrouwen keken naar elkaars kinderen, monsterden die, vooral om het unieke en bijzondere van het eigen kind vast te kunnen stellen.

'Een jongetje?' vroeg de vrouw.

'Ja, en zij... een meisje?'

'Hoe oud is die van jou?'

'Ik ben niet de... eh, ruim drie maanden,' zei Yoka.

'Violet is nu vier maanden.' De vrouw klonk alsof ze het een enorme prestatie vond dat haar dochtertje een maand ouder was dan Hansje. Belachelijk. 'Het is fantastisch, hè, zo'n kleintje.'

'Ja, geweldig.'

'Ze kan al zoveel. Elke dag meer. Het is gewoon een wonder.' De vrouw keek haar stralend aan.

'Ik zie Hansje ook met de dag veranderen.'

'Ja, en dat het je eigen leven zo verandert, dat is zo opvallend. Dat een heleboel dingen die je eerst belangrijk vond, dat die je helemaal niet meer interesseren. Nou ja, dat heb ik tenminste.'

Yoka beaamde het. Ze wist niet of jonge moeders die elkaar niet kenden, altijd zo snel persoonlijk werden. Jammer dat ze niet met Hansje naar het consultatiebureau kon. Daar zou zoiets waarschijnlijk heel snel duidelijk worden.

'En Fons is helemaal gek met 'r. Als-ie thuiskomt van z'n werk, dan gaat-ie meteen naar haar toe en knuffelen en zo. Echt zo superlief.' De vrouw tilde Violet uit haar buggy en nam haar op schoot. Het meisje begon te huilen, maar werd onmiddellijk stil toen haar moeder haar een speentje in haar mond duwde. 'En die van jou?' vroeg ze.

'Wat bedoel je?'

'Ik lijk misschien een beetje nieuwsgierig, maar ik bedoel je man. Mannen lijken soms zo te veranderen als ze vader worden.'

Yoka keek naar Hansje, die vredig zijn oogjes dicht had. Ook in slaapstand was hij sprekend zijn vader. 'Ik ben niet getrouwd,' zei ze.

'O, jullie wonen samen. Je partner dus.'

'Nee, er is geen vader, tenminste...' Ze stond op.

'Sorry,' zei de vrouw. 'Ik kon toch niet weten dat je lesbisch was. Daar heb ik helemaal niks tegen, hoor. Vrijheid blijheid. Ik zeg altijd...'

Yoka stond op en duwde de buggy naar de uitgang van het park.

Terug in huis zette ze Hans in zijn badje. Het duurde vanmiddag langer voordat Eefje terug was. Twintig over vijf... vijf voor halfzes. Misschien had ze gebeld, maar Yoka was vergeten de voicemail af te luisteren nadat ze was thuisgekomen. Ze tilde Hansje uit het water, droogde hem af op de commode, deed een luier om en trok hem een schoon spartelpakje aan. Halfzes. Ze toetste het nummer van de voicemail in. 'Welkom bij voicemail van KPN. Er zijn geen nieuwe berichten. Hoofdmenu. Om uw instellingen te wijzigen...'

Stel dat er iets met Eefje gebeurd was, iets ergs. Net toen ze die gedachte had toegelaten, ging de deur open.

Eefje strompelde min of meer naar binnen. 'Verdomme aangereden door een of andere stomme kutautomobilist die rechtsaf wilde.' Er zat een verband om haar rechterhand. Haar broek was gescheurd bij haar knie. Ze liet zich op de bank vallen. 'Begon die klootzak mij uit te schelden, omdat er een paar schrammetjes op zijn auto zaten. Maar het was zijn schuld, die lul.'

Terwijl het overdag mooi weer was geweest, regende het nu. Yoka stond al minutenlang voor het raam en keek naar de regendruppels die in de plassen prikten. De plassen hebben kippenvel, dacht ze. Misschien zou ze dat beeld een keer in een boek kunnen gebruiken. Of zou ze het dan, zonder het te weten, van iemand overnemen? Af en toe kwam er een fietser langs, soms met een paraplu boven het hoofd. Er reed een enkele auto door de straat. Verder was het rustig.

Ze had geschreven. Eindelijk die scène waarin Anouk het wapen moest gebruiken. Ze had het idee dat het anders was geworden dan ze oorspronkelijk had gedacht. Soms maakten personages onverwachte manoeuvres, die haar zelf verrasten. In het verhaal spanden ze tegen elkaar samen, maar soms trokken ze met elkaar op en probeerden ze haar, de schrijfster, hun geestelijke moeder zou je kunnen zeggen, te manipuleren in een richting die ze op voorhand niet zou hebben gekozen. 'Als het goed is, schrijft het verhaal zichzelf,' had ze een keer tijdens een lezing gezegd, 'alleen moet ik het wél opschrijven.' Ach, die belachelijke mystiek rond het schrijven. Gisteren had ze Trudy nog gebeld, of eigenlijk: proberen te bellen. Ja, ze was terug van vakantie, maar sinds een paar dagen ziek thuis. Wat ze had? Daar kon de receptioniste niets over zeggen, maar ze zou zeker de komende dagen niet op haar werk verschijnen. Yoka wilde worden doorverbonden met een andere redacteur, maar die was in bespreking. Ze stuurde een e-mail.

Vanmiddag was ze wat langer bij Eefje gebleven. Die kwam pas weer een beetje tot rust nadat ze een glas wijn hadden gedronken. Stel dat het ernstiger was geweest. Eefje in de dode hoek bij een rechtsafslaande vrachtwagen. Er kon altijd van alles gebeuren. Niemand was zijn leven ooit zeker. De vraag was waar Hansje naartoe zou gaan als zijn moeder er niet meer was. Ze had begrepen dat Eefje enig kind was, maar zo'n klein jongetje kon toch niet naar haar ouders, naar zijn opa en oma? Hij had behoefte aan een moeder. Misschien moest ze het daar binnenkort eens met Eefje over hebben.

20

'De verdachte van de moord op filmmaker Theo van Gogh (47) heeft volgens minister Donner mogelijk gehandeld "uit radicaal-islamitische overwegingen". De man was bekend bij de inlichtingendienst AIVD maar stond niet op de lijst van 150 personen die door de dienst dag en nacht worden gevolgd...'

'..."Hij kwam hier altijd voorbij op zijn fietsie." Het beeld van de vrouw vat de verslagenheid op het kruispunt in Amsterdam-Oost samen. Verdriet is er, en de klemmende vraag waar wij dit aan verdiend hebben. De mannen achter het roodwitte lint doen onwerkelijk aan.'

'Mohammed Sini van Islam en Burgerschap: "We moeten op allerlei manieren laten blijken dat ook moslims vrijheid van meningsuiting een groot goed vinden en geweld verwerpen."'

Yoka droomde voor zich uit. Theo van Gogh had ook een zoon gehad, van wie de indruk werd gewekt dat hij bij zijn vader woonde. Ze las nergens iets over de moeder en waar de jongen nu naartoe zou gaan. Nadat de gedachte het hele weekend in haar hoofd was blijven rondspoken, had ze het er maandag met Eefje over gehad, zo losjes en toevallig mogelijk. Ik moet er toch niet aan denken dat je echt iets ergs overkomt, zoals vorige week die aanrijding. Het verkeer is verschrikkelijk gevaarlijk, fietsers zijn zo kwetsbaar; dat lees je altijd. En toen, alsof het op dat moment in haar opkwam: wat zou er dan met Hansje gebeuren, waar zou die dan naartoe moeten? Het gaat mij niet aan, natuurlijk, maar is er daarvoor wel iets geregeld?

Het kamertje was helemaal ingericht. Er lag vaste vloerbedekking, er hingen gordijnen voor de ramen, er stond een spijlenledikantje met een Nijntje-dekbed. Aan de muren hingen een paar posters, van Mickey Mouse, Paulus de Boskabouter (kon ze later mooi boekjes van voorlezen) en van een trein. Misschien werd hij later een treinenliefhebber. De ouders van Hans bewaarden nog altijd zijn oude modelspoorbaan. Nu het kind, dan was de kamer compleet. Alleen stond Eefje nog in de weg. Zij was een donkere schaduw die overal overheen viel, een schaduw die Yoka zelf zou moeten verdrijven.

Morgenavond moest Eefje naar een bijeenkomst op haar school, iets over drugsgebruik, preventie, behandeling en dat soort dingen. Ze had het Yoka verteld, maar die lette vooral op Hansje. Yoka paste die middag op en zou blijven eten.

Ze had de bestanden van haar nieuwe boek geprint. Zelf wilde ze het niet meer lezen, kon ze het ook niet meer lezen. De vraag was hoe Anouk na het fatale incident verder moest. Alles was anders gegaan dan Anouk verwacht had, dan ze zelf verwacht had, dan lezers zouden verwachten. Anouk, Kadir en Gino, om hun drieën ging het. Gino, ja... Ze pakte het manuscript, maar legde het weer neer. Het zou goed zijn om er met iemand over te praten, zoals ze vroeger met Hans of met Maaike had gepraat wanneer ze onwrikbaar was vastgelopen. Anouk kon deze keer zelf geen uitweg meer vinden; ze mocht misschien een grote mond hebben en veel durven, maar nu was ze toch afhankelijk van haar, van Yoka zelf.

Ze probeerde Trudy te bereiken, maar die scheen nog altijd ziek thuis te zijn. Haar privé-nummer dan, het was dringend. Nee, dat mochten ze niet geven. Er stond geen Laaksterveld in het telefoonboek van Amsterdam. Yoka meende zich te herinneren dat ze ergens buiten Amsterdam woonde, in een of ander dorp, Castricum of zo.

Tamar.

Dat briefje dat ze gevonden had in die dichtbundel. Ze zou Tamar de rest van haar leven moeten negeren. Of misschien de zachte, zoete smaak van de wraak proeven en alles aan Rob vertellen. Kon ze zien hoe die op het verraad van zijn vrouw reageerde. Kon Tamar aan den lijve ervaren hoe je je voelde in dit soort situaties.

Maar Tamar had haar vaak geholpen, had haar zelfs een idee voor een verhaal bezorgd (dat was 'Overkill' geworden), mogelijk uit puur schuldgevoel. Maar waarom zou ze daar zelf niet van profiteren? Misschien kon ze iets suggereren over haar en Hans. Kijken hoe ze reageerde, hoe ze zich eruit werkte met al haar leugentjes en mooie praatjes.

Tamar belde zich suf. Nee, Thijs kon ook niet meer vertellen dan officieel was bekendgemaakt. Ze keek op het net, las een paar artikelen uit andere kranten en zocht in haar archief. Op de halfelfvergadering was afgesproken dat zij morgen een stuk over Marokkaanse jongens zou hebben. De vraag was hoe Mohammed B. zo was geworden en vooral hoeveel Mohammed B.'s er nog meer waren. Een handvol, tientallen, honderden? Ze had mensen van buurthuizen, van Jeugdzorg, van het bestuur van een moskeevereniging en van scholen aan de lijn gehad. Even overwoog ze om die vrouw van het Horizon College te bellen, die vrouw die eigenlijk verantwoordelijk was voor de dood van Hans... Nee, onzin. Hans... ze had Rob verteld over Omar. 'Omar en Tamar, een mooi duo,' had hij eerst gezegd, 'sorry, flauw grapje.' Of Tamar zeker wist dat Yoka een pistool had gekregen via die barman. Nee, dat niet. Ze had waarschijnlijk zo'n wapen een keer in haar handen gehad, omdat ze wilde weten hoe het aanvoelde, maar of ze er zelf een had gehad, nee, dat was niet duidelijk. 'En was het een echt pistool geweest, waarmee je kon schieten? Dodelijk dus?' Nee, dat wist ze evenmin. 'Jij zit je dingen in je hoofd te halen,' had Rob haar voorgehouden, 'allerlei rare hypotheses over die moord op Hans, maar volgens mij was het gewoon een betrapte inbreker die in paniek raakte... zoiets.' Ze had niets meer gezegd over die uitspraak van Omar dat Hans *overleden* was. Ze zou nog eens naar Wildschut toe moeten om een adres of telefoonnummer van Omar te vragen. Het had haar niet losgelaten. Misschien dat ze het er een keer met Thijs over moest hebben. Maar voordat ze daaraan toe was gekomen, had Mohammed B. op de Linnaeusstraat zijn dodelijke opwachting gemaakt, waardoor alles naar de achtergrond verdween.

Ze belde met een paar scholen, maar die waren niet erg mededeelzaam. Ja, het was een tamelijk explosieve situatie. Veel onderlinge haat en nijd. Op het Regenboog Lyceum had een Marokkaanse jongen een Nederlandse klasgenoot in elkaar geslagen, die hem 'geitenneuker' had genoemd. Toen andere leerlingen zich ermee wilden bemoeien, was het een massale kloppartij geworden.

Haar nulzes ging over. Ze keek op het display en dacht in

eerste instantie dat het Hans was die van huis belde. Natuurlijk niet, Yoka.

'Tamar.'

'Met Yoka. Hoe is het met je?'

'Goed, heel goed... een beetje druk. Erg druk kan ik wel zeggen. Die moord natuurlijk en alles wat daarna is losgekomen.'

'Dus je hebt geen tijd om...' Yoka maakte haar zin niet af.

Even was er een rare, ongemakkelijke stilte.

'Wat bedoel je?' vroeg Tamar.

'Nee, laat maar.'

Tamar zuchtte. 'Zeg het nou. Waarvoor zou ik geen tijd hebben?' Ze zag iets voor zich van een gezamenlijk bezoek aan het graf van Hans of de bewerking van een aantal van zijn artikelen tot een boek; daar had Yoka het wel eens eerder over gehad. Een van die vele plannen die nooit gerealiseerd waren. Misschien was dat de essentie van het leven van Hans, en daarmee van zijn dood: niet-gerealiseerde plannen.

Voor de tweede keer die dag nam Eefje afscheid van de baby. Yoka droeg hem op haar arm. Ze ondersteunde zijn hoofdje, dat anders heen en weer zou zwenken op die niet al te sterke nekspieren.

'Hij moet wel zo naar zijn bedje toe.'

'Natuurlijk. Het is tenslotte al halfacht geweest.'

Yoka zag haar staan, voor het diepe trapgat. Twee lange trappen achter elkaar met een korte overloop ertussen. Zoals iemand naar beneden zou buitelen, ongeremd, en machteloos slachtoffer van de zwaartekracht, buitelden de gedachten door haar hoofd.

'Ik denk dat ik om een uur of halfelf terug ben. Wat kijk je raar. Is er iets?'

'Nee, niks. Het maakt niet uit hoe laat je weer thuis bent. Ik heb alle tijd van de wereld.' Eén kleine duw was voldoende. Zo'n val overleefde niemand.

Eefje knuffelde haar zoon en moest daarvoor Yoka ook vasthouden, waardoor het leek of ze die in haar omhelzing betrok.

Toen Eefje weg was, maakte Yoka koffie, die ze opdronk terwijl Hansje in zijn box lag te spelen met balletjes en open blokjes waar belletjes in zaten. Ze nam hem op schoot, speelde een tijdje met hem op de grond, zelfs op het bed van Eefje dat ze daarna weer rechttrok ('Hier hebben je papa en mama jou gemaakt. Ja, echt waar.'). In de woonkamer ging ze met haar rug op de grond liggen en hield hem op haar buik, zijn hoofd tussen haar borsten. Hij viel bijna meteen in slaap. Tegen halftien bracht ze hem naar zijn bedje. Ze gaf hem een flesje nadat ze, zoals de laatste tijd haar gewoonte was geworden, zelf eerst een paar slokjes uit de speen nam. Gister had ze voor de spiegel gekeken naar haar eigen borsten, had gevoeld aan de tepels. Daar had dat kostbare vocht nu ook uit kunnen komen als Hans...

Ze liep door het huis, inspecteerde de boeken, nam de laden van een bureautje door, keek in een kast met allerlei papieren, maar nergens was een spoor van Hans te ontdekken. In fotoalbums stond geen enkele foto van hem. Wel van een andere man, ook met Eefje, die toen nog geen rood haar had. Het was een soort Hans. Ze viel kennelijk op een bepaald type mannen. Yoka zou haar iets willen vragen over die man, maar dan zou duidelijk worden dat ze de fotoalbums had bekeken.

Ze zette de televisie aan. Op drie zenders ging het over de moord en de nasleep daarvan. Aan Hans was destijds heel wat minder aandacht besteed. Ze keek op een van de commerciële zenders naar een Amerikaanse film, waarvan ze de intrige niet meer goed kon volgen omdat ze midden in het verhaal viel. Er was iets met een man, die een andere moest vermoorden, maar dat niet wilde. De vrouw bood hem geld. En er was een derde man, die er uiteindelijk met dat geld vandoor wilde gaan. Ze herkende Nicolas Cage, die nog somberder en brommeriger sprak dan ze zich van andere films herinnerde.

'Het is betrekkelijk simpel,' zei de kandidaat-notaris. Het was een vrouw. Eefje was enigszins verrast toen ze aan haar werd voorgesteld en schaamde zich bijna voor haar vooroordeel. Ze had haar iets uitgelegd over haar positie als alleenstaande moeder en waarom er geen vader was.

'We maken dan een zogenaamd voogdijtestament op,' ging de vrouw door, 'waarin wordt vastgelegd wie de eerste voogd van uw kind wordt, mocht er onverhoopt iets met u gebeuren.'

'Dus dan kunnen andere mensen daar niet meer tussen komen?' Eefje dacht aan haar ouders, die mogelijk hun kans zouden grijpen. Een paar keer hadden ze al geklaagd dat ze Hansje zo weinig zagen. Stel dat zij zelf een broer of zus had gehad, dan zou die uiteraard voogd kunnen worden. Maar zeker niet Evelien, die norse, eng christelijke zus van Hans.

'Nee, dan ligt het vast.'

'Ook de kinderbescherming niet, of zo'n soort instantie?' vroeg Eefje.

'Dat is onmogelijk. Een dergelijk testament, dat is als het ware een 100 procent-garantie dat uw wil wordt uitgevoerd.'

'Kan dat snel, zo'n testament?' vroeg Eefje.

De vrouw keek haar over haar supersmalle leesbrilletje onderzoekend aan. 'Er is toch niet iets? U bent toch niet ernstig ziek of zo? U bent toch niet van plan om op korte termijn... nou ja...' Ze maakte een vaag wuivend gebaar.

Eefje vertelde over de aanrijding.

'Ik begrijp het. Het is natuurlijk belangrijk dat de toekomstige voogd erin bewilligt. Heeft u dat al geregeld?'

De dagen zonder Hansje waren voor Yoka nutteloze, lege, verspilde dagen. Tamar had geen tijd gehad om naar haar verhaal te kijken met alle ellende die na de moord kwam: brandstichtingen, dreigbrieven, demonstraties, en toen die toestand in het Laakkwartier met de opgepakte moslimterroristen. Eefje had het een en ander verteld over de onrust op het Horizon College. Over niet al te lange tijd zou ze weer hele dagen naar die school moeten, en het was niet uitgesloten dat ze op een gegeven moment zou kiezen voor een crèche. 'Ook voor zijn sociale ontwikkeling,' had Eefje laatst gezegd, toen ze rond halfzes een glas wijn dronken, 'dat hij met andere kinderen kan spelen en zo.' Hoezo ook voor zijn sociale ontwikkeling? Alsof Yoka daar niet voor kon zorgen. Ze zou met hem naar de speeltuin gaan, naar poppenkastvoorstellingen, van alles en nog wat. Zo'n jongetje stalde je toch niet in een crèche of een peuterspeelzaal? Maar ze had Eefje niet tegengesproken, alleen maar begripvol geknikt. Dit zou in ieder geval ooit voorbijgaan.

Vannacht had ze van de trap gedroomd, die in haar droom zelfs langer was dan in de werkelijkheid het geval was. Je kon het horen en je kon het zien, dat naar beneden bonkende lichaam. Maar toen lag ze zelf beneden, gebroken, gekneusd. Iemand probeerde de deur open te duwen, maar ze lag ertegenaan. Ze hoorde een stem door de brievenbus. Ik ben het, Hans. Waarom doe je niet open? Daarna zaten ze samen in de auto. Ze had gevraagd waar ze naartoe gingen, maar Hans reageerde niet. Ze reden langs de Amstel, passeerden een stoet kinderen, die door leerkrachten of ouders in het gareel werden gehouden, en stopten voor de begraafplaats. Ze vroeg wat de bedoeling was. Dat weet je verdomd goed, zei Hans.

Eefje stond hen op te wachten. Ze stortte zich in de armen van Hans, zonder zich om Yoka te bekommeren. De hekken van de begraafplaats gingen open en alle kinderen stroomden naar binnen. Hans en Eefje waren nergens meer te zien. Tussen de menigte zag Yoka een vrouw met rood haar. Maar toen ze naar haar toe wilde lopen, bevond ze zich plotseling tussen allemaal open graven. Een man in een bruin werkpak zei dat ze mee moest helpen graven.

Om de tijd stuk te slaan, ging Yoka naar de supermarkt. Op straat, vlak voor de winkel, keek een jonge vrouw enigszins verweesd voor zich uit, in de richting van een verkeerspaal. De man naast haar zei: 'Weet je zeker dat-ie op slot stond?'

Yoka laadde haar karretje vol alsof ze voor de hele week boodschappen moest doen. Vlak bij de kassa's was een hoek ingericht met een tv-toestel waarop permanent tekenfilmpjes werden vertoond. Een ongeveer twee- of driejarig jongetje (die leeftijden, dat kon ze nog niet goed zien, maar dat zou op den duur beter worden) zat met de duim in zijn mond te kijken naar Winnie de Poeh. Dat meisje, Zoey, had destijds een rugzakje gehad met zijn beeltenis erop. Misschien had ze zich niets van Hans moeten aantrekken en Zoey bij zich moeten houden. Het meisje leek heel tevreden, zij verlangde niets anders.

Ze boog zich over het jongetje. 'Is het leuk?'

Hij knikte nauwelijks waarneembaar.

Ze ging op een van de blokken zitten, naast het jongetje. 'Kijk, nou wordt het gevaarlijk. Misschien valt-ie wel.'

Het jongetje keek ingespannen naar het scherm. Ze legde voorzichtig een arm over zijn smalle schoudertjes. Nog maar een paar jaar en ze zat zo met Hansje te kijken. Dieren, kinderen vonden dieren altijd fantastisch. Daarom gingen tekenfilms natuurlijk bijna altijd over dieren. Ze zou zelf een dier moeten bedenken als belangrijkste karakter voor haar eigen kinderboeken. Prentenboeken zouden het worden. Ze zou met Hansje naar Artis gaan. De roofdieren, de slangen en krokodillen, het mooie, nieuwe aquarium, en natuurlijk de apen. Ze hadden pinda's bij zich voor dieren die je mocht voeren.

Yoka hoorde iemand iets zeggen, maar ze stond met Hansje voor de apenrots. Ze had hem op de rand gezet en hield hem stevig vast, haar armen om hem heen, zodat hij niet naar voren in het water kon vallen. Twee kleine resusaapjes. De een zat de ander achterna. Ze sprongen overal overheen. De kleinste van de twee viel bijna in het water. Hansje moest er verschrikkelijk om lachen.

Iemand schudde aan haar schouder. 'Wat is dit?'

Yoka wendde haar hoofd in de richting van de stem.

Een vrouw keek haar indringend aan. 'Dit is mijn zoontje. Waar bent u mee bezig?'

'We zitten samen naar Winnie de Poeh te kijken.'

De vrouw trok het jongetje aan een arm omhoog. 'Kom, Djago, we gaan naar huis.'

Hij begon onmiddellijk wanhopig te huilen. De tranen sprongen uit zijn ogen.

'Je hebt nu lang genoeg gekeken,' zei de vrouw. 'We moeten naar huis.'

Djago voerde het huilen een stukje op.

'Laat hem toch even kijken,' zei Yoka.

De vrouw wierp haar een vernietigende blik toe, terwijl ze het tegenspartelende jongetje meesleurde, en tegelijk haar boodschappenkar in de richting van de kassa's probeerde te duwen.

Yoka bleef een tijdje kijken naar de avonturen van Janneman, Winnie de Poeh en Teigetje. Hansje zat naast haar, dat wist ze zeker. Natuurlijk mocht hij niet te veel snoepen, maar een enkele keer streek ze met haar hand over haar hart. Nu sabbelde hij tevreden aan een lolly.

271

Halfeen. Eefje kon horen hoe de straatdeur werd dichtgeslagen. Yoka was zoals altijd stipt op tijd. Een enkele keer flitste
nog de gedachte door haar hoofd dat het misschien een beetje vreemd was, een beetje erg vreemd: de vrouw van Hans als
oppas van hun zoontje. Laatst had Tiba het nog tegen haar gezegd. 'Vind je het zelf niet gek? Ze was toch een soort concurrent van je, een rivaal in de liefde, en nu...'

Er was te weinig tijd om het met Yoka te hebben over wat
de notaris had gezegd. Ze knuffelde Hans nog een keertje,
rook intens aan zijn nekje, gaf hem dikke zoenen en ging
daarna de trap af. Yoka stond met Hansje in haar armen toe te
kijken. Eefje draaide zich even om.

Yoka bewoog de hand van Hansje heen en weer. 'Dag
mama,' zei ze, met een hoog stemmetje, en daarna met haar
eigen stem: 'Doe je voorzichtig?'

Op school nam ze eerst haar e-mails en de gewone post
door. Om halftwee stond er een afspraak gepland met de moeder van Wendy, een leerlinge uit 3c. Het meisje was al een
paar weken niet op school verschenen. Telefoontjes en brieven werden niet beantwoord.

Iets over halftwee kwam een ongeveer veertigjarige, opvallend magere vrouw met een wat angstige, verzenuwde blik
haar kamer binnen. De kapperskrullen waren bijna uit haar
haar gezakt.

Eefje bood koffie en thee aan, maar de vrouw wilde niets
hebben. 'Doet u geen moeite.'

'Het is geen moeite.'

'Nee, dank u wel.' De vrouw bleef iets vooruitgeschoven op
haar stoel zitten. Ze had bruingerookte vingers.

Eefje vroeg haar wat er aan de hand was met Wendy. De
vrouw vertelde dat Wendy al een paar weken niet meer thuis
was geweest. 'Ook niet bij haar vader... we zijn gescheiden.'
Een verontschuldigende glimlach, bijna een deemoedig ge-

bogen hoofd. Eefje vroeg zich af of het gedrag van de vrouw veroorzaakt werd doordat zij zichzelf misschien arrogant opstelde. Ze wilde eigenlijk vragen waarom de vrouw niet eerder op berichten van de school had gereageerd, maar dat zou misschien te beschuldigend klinken.

'En vriendinnen?' vroeg Eefje.

'Nee, die weten niks. Daar is ze ook niet geweest.'

'Een vriendje?' probeerde Eefje.

De vrouw haalde haar schouders op. 'Heb ze nooit wat over verteld. U weet hoe die meiden zijn. Altijd een beetje stiekem en zo.'

'Hoort bij de leeftijd. Als het geheim is, vinden ze het veel leuker.'

Ze praatten verder over Wendy. Of ze bij een sportclub of een ander soort vereniging was, of ze veel mensen uit de buurt kende, welke informatie haar vader misschien zou kunnen geven. Eefje beloofde op school rond te vragen en met haar mentor te gaan praten, maar die bleek Wendy's moeder nu juist naar haar te hebben doorverwezen.

Toen de vrouw wegging, zei Eefje: 'Maakt u zich maar niet al te veel zorgen. Wendy komt binnenkort vast wel weer boven water.' Toen ze dat zei, bedacht ze hoe misplaatst die uitdrukking was. Een paar dagen geleden had er een stuk in de krant gestaan over een meisje van dezelfde leeftijd. Haar lijk had in een kanaal gedreven. Ze was verkracht en daarna kennelijk in het water gedumpt. Zoiets gebeurde soms met meisjes van zestien.

De vrouw gaf haar een knokige hand. 'Ik ben zo bang dat er wat gebeurd is. Je hoort van die rare dingen tegenwoordig. En Wendy is het enigste wat ik nog heb.'

Eefje bekeek een paar aanmeldingsformulieren voor de Interne Zorgbreedte Commissie en probeerde verder te werken aan het stuk dat ze had beloofd over het nieuwe antipestbeleid. Na een tijdje merkte ze dat ze naar buiten zat te staren. Er kwam een moeder met een kind in een buggy langs. Zo zou ze op dit moment ook over straat willen lopen. Yoka deed dat nu misschien. Halfvier, het zou heel goed kunnen. Yoka, die een deel van haar rol had overgenomen. En dat was goed, zo moest het ook. Tegelijk kroop het begin van een andere gedachte naar boven. Maar die wist ze snel te onderdrukken.

Om twintig over vijf was ze thuis.

'Blijf nog even,' zei ze tegen Yoka, die aanstalten maakte om haar jas aan te trekken.

Daarna vertelde ze haar over het voogdijtestament, en de verklaring die ze zou moeten tekenen om tegelijk vast te leggen dat Yoka inderdaad voogd van Hans zou worden, mocht er iets ergs met haarzelf gebeuren. 'Wat we natuurlijk niet hopen.'

'Nee, natuurlijk niet,' zei Yoka.

21

Yoka bladerde door haar schriftjes. Een nog altijd uitdijende verzameling van intense ruzies, uit de hand gelopen vecht- partijen, fataal geëscaleerde conflicten en uiteindelijk moord en doodslag. Vanochtend had er een bericht in de krant ge- staan over een man die zijn broer had neergestoken na een ruzie. Ze had het niet uitgeknipt. Ze zou nooit meer iets uit- knippen; deze mappen en schriftjes konden weg. Verbranden leek het beste. Ergens in de open ruimte, in het Amsterdam- se Bos bijvoorbeeld, een vuurtje maken. Ze zou Anouk om zeep moeten helpen, omleggen, naar de andere wereld hel- pen. Simpel gezegd: vermoorden. In hetzelfde graf als Gino, haar geliefde, onder één steen. Vorige week had ze Trudy ein- delijk aan de lijn gekregen, maar die had zo veel achterstallig onderhoud, zoals ze het zelf noemde, dat ze pas over ongeveer twee weken een afspraak kon maken. 'Dan hoeft het misschien niet meer,' had Yoka gezegd. 'Natuurlijk wel. Ik pak mijn agenda. Dan gaan we meteen lekker lunchen.' Trudy had een datum voorgesteld. Yoka had gezegd dat het oké was, maar ze had niets in haar agenda genoteerd.

Een heel weekend alleen. Gisteren was Paulien langs geweest met een huilverhaal. Ze had ontdekt dat Jos een vriendin had en ze kwam waarschijnlijk bij haar omdat ze als ervaringsdeskundige werd beschouwd. 'Dan flikker je hem er toch uit,' had Yoka voorgesteld. Paulien was in tranen. 'Maar dat wil ik niet. Ik wil hem niet kwijtraken, vooral niet voor de kinderen.' 'Nou, dan zeg je dat-ie eieren voor zijn geld moet kiezen. Óf die slet, óf hij blijft bij jou.' Paulien jankte dat ze bang was dat hij voor die ander zou kiezen. 'Weet je wat je moet doen?' had Yoka gezegd, met een half ironische stem. 'Je moet die vrouw gewoon uit de weg ruimen. Heel simpel.' Door haar tranen heen had Paulien zelfs een beetje gelachen. 'Jij ook altijd met die misdaad van je.'

Ze las in de krant over een zwarte piet die een automobilist knock-out had geslagen, nadat die met zijn auto gevaarlijk dicht langs de Sinterklaasoptocht was gereden. Waarschijnlijk had de man ergens moeten stoppen en was de knecht van de goedheiligman verhaal komen halen.

Alles was nu geregeld, alles was getekend. 'Dat is een hele opluchting,' had Eefje gezegd. Als ze haar ogen sloot, zag Yoka het ravijn van de diepe trap voor zich. Ze hoorde een machteloze gil. Hansje hoefde het niet mee te maken. Die was onschuldig, die lag binnen in zijn box.

Ze zette de televisie aan om naar *Sesamstraat* te kijken.

Tamar zat met het manuscript voor haar op tafel. De laatste weken had ze zich uit de naad gewerkt. Passende uitdrukking, bedacht ze. Normaal zei je dat soort dingen zonder dat de letterlijke betekenis meespeelde. Maar nu dus wel. Al die tientallen mensen met wie ze had gepraat, die telefoontjes, die e-mails, de besprekingen, de rapporten die ze had gelezen, de stukken die ze had geschreven over Mohammed B. en zijn medestanders, de activiteiten van de politie en de AIVD. En ondertussen haar wekelijkse rubriek en alle andere zaken die voorbij kwamen en op haar terrein lagen. Uit de naad. Alsof haar lichaam uit elkaar aan het vallen was. Er moest iets of iemand komen om haar weer tot een geheel te maken. Om de boel bij elkaar te houden, zou Cohen zeggen. Laatst had ze Thijs nog opgebeld, maar die had het gesprek snel afgebroken. Als het wat rustiger werd, moest ze weer eens iets met hem gaan drinken. Konden ze het misschien ook hebben over Hans, Eefje, Yoka, Omar. Het liet haar niet los, maar ze wist te weinig, het was te onduidelijk; het hing te veel aan elkaar van suggesties en vage aanwijzingen. Ze zei er nog niets over tegen Thijs, en kwam daar trouwens ook niet aan toe. 'Misschien kunnen we wat afspreken in het nieuwe jaar,' had hij gezegd, 'dat begint gegarandeerd rustig, zelfs in Amsterdam.' Toen riep hij, kennelijk naar een ander: 'Ja, ik kom eraan.'

Aan de tafel zittend las ze een paar hoofdstukken, maar het bleef moeilijk om zich te concentreren. Toch moest ze het lezen, dat was het minste wat ze aan Yoka verschuldigd was.

Rob zat met een boek op de bank en zij leek in zijn wereld nu niet te bestaan. Diep zuchtend schoof ze de papieren van zich af.

'Wat is er?' vroeg Rob.

'O, niks. Ik heb beloofd dat manuscript van Yoka te lezen, maar ik heb er eigenlijk niet zo veel zin in. Ik ben ook gewoon te moe.' Ze vertelde over haar associatie bij 'uit de naad'.

Hij legde zijn boek weg, stond op en kwam achter haar staan. 'Dan weet ik wel iets wat jij nodig hebt.'

'Wat dan?'

Hij vouwde zijn handen om haar borsten. 'Als we nou 's naar bed zouden gaan. Lekker vrijen, wat vind je daarvan?'

'Ouderwets neuken,' zei ze. 'Geen nummer*tje*, maar een nummer.' Gewoon zomaar, 's avonds om halfnegen. Er was geen betere man dan Rob, in ieder geval niet voor haar.

'Ja, met alles erop en eraan.' Rob lachte even. 'Dan zal ik bij jou de boel weer een beetje bij elkaar proberen te neuken.'

Yoka hield Hansje op haar arm, terwijl ze Eefje uitzwaaide. Ze had weer een heerlijke middag met hem. Het was jammer dat het middagslaapje vaak zo lang duurde, maar dat scheen hij nodig te hebben. Ze bedacht verhaaltjes over een eendje dat op zoek ging naar brood en zo allerlei avonturen beleefde. Het einde van elke scène was dat het eendje geen brood had gevonden en dat hij nog altijd honger had. Uiteindelijk kwam er een jongetje met korstjes brood. En hoe heette dat jongetje? Precies, Hans. Natuurlijk begreep hij er nog niets van, maar ze had de indruk dat zijn kleine hersentjes al deze indrukken toch opsloegen om ze later te kunnen verwerken in een beeld van zijn vroege jeugd en haar plaats daarin. Een plaats die nu nog in het centrum lag, maar die over enige tijd naar de marge zou worden geduwd, als ze zelf niet het heft in handen nam.

Eefje kwam weer veel te vroeg thuis.

Onderweg kocht Yoka in een Indonesische eetwinkel twee loempia's. Ze had al maanden niet meer zelf achter de pannen gestaan. Later met Hans zou ze het anders doen. Elke dag koken, gezond eten, veel groente en fruit.

Langer dan normaal was Tamar in bed blijven liggen. Rob, al gedoucht en aangekleed, had haar zelfs ontbijt op bed gebracht. Ze had hem weer naar zich toe getrokken. Lachend en zonder overtuiging tegenstribbelend had hij haar zijn kleren uit laten trekken.

Nu stond ze zelf onder de douche. Alle seks spoelde ze van zich af, maar dat was alleen vanbuiten. Het bleef in haar lichaam, Rob bleef in haar lichaam. Ze hield haar handen op haar borsten, voelde de stijf geworden tepels tegen de binnenzijde van haar handen. Heel, ze was weer heel.

Met een mok koffie liep ze naar de kamer. Deze keer maar eens niet naar de halfelf. Vanmiddag om twee uur had ze pas haar eerste afspraak. Heerlijk, sinds lange tijd weer een vrije ochtend. Ze ging zitten, en Dunky sprong meteen op haar schoot, draaide een aantal rondjes en had toen de goede positie gevonden, zodat ze al spinnend kon gaan liggen. Tamars blik viel op het manuscript. Als ze het nu niet las, kwam ze er nooit meer aan toe.

Bijna twee uur later legde ze het weg. Nee, dit kon niet waar zijn, maar tegelijk was het bijna onontkoombaar. Yoka had het tenslotte zelf opgeschreven, het waren haar eigen woorden. Anouk, Kadir en Gino, en de fatale gebeurtenis. Gedachteloos aaide ze de zachte vacht van Dunky. Misschien was het ook alleen maar fantasie en las zij er zelf meer in dan er stond. Ze kreeg het bijna benauwd als ze aan de consequenties dacht. Maar het kon niet waar zijn, het mocht niet waar zijn. Ze trok haar jas aan en liep de straat op.

Het was lekker weer, warm voor de tijd van het jaar. Ze wilde rennen, weg, de open vrijheid in, zodat ze alles kwijt zou raken, al die beelden die haar bestormden. In het Sarphatipark ging ze op een bankje zitten. Anouk, die met het wapen in haar hand de trap op liep, in de veronderstelling dat Kadir haar stond op te wachten.

Twee vrouwen met kinderen in een buggy zaten op een belendend bankje. Tamar ving een paar flarden op van een gesprek over hun baby's, een wereld die voor haar altijd terra incognita zou blijven. Het zoontje van Eefje en Hans zou nu een maand of vier, vijf zijn. Ze had begrepen dat Yoka zijn vaste oppas was op tijden dat Eefje werkte. Eigenlijk leek dat een beetje ziek, bijna pervers, Yoka met het kind van Hans en Eefje, voor wie ze bijna als een soort tweede moeder optrad, bij afwezigheid van een vader. Misschien dat ze wel...? Nee, dat kon niet; nu sloeg haar fantasie echt op hol. Haar eigen journalistieke misdaadwerkelijkheid was vaak al bizar genoeg en ze moest dat niet erger maken.

Een van de vrouwen gaf haar kind de borst. Ze bleven druk met elkaar praten. Dit was hun wereld: een vriendin, een kind, een man die waarschijnlijk naar zijn werk was. Tamar begreep het, maar zelf hadden Rob en zij nooit kinderen gewild. Ze waren er simpelweg niet geschikt voor, koesterden hun vrijheid, net zoals Hans, dat wist ze zeker. Het had haar dan ook verbaasd dat hij die Eefje zwanger had gemaakt. Misschien had ze zelf Hans minder goed gekend dan ze pretendeerde. Misschien was er een geheime Hans, die zich nooit volledig had blootgegeven, ook niet aan haar.

Hans... Hans en Yoka, Gino en Anouk, het verhaal. Alle stukjes verbond ze met elkaar, ook wat Omar had gezegd, hoe onzeker ze daar ook over was. Natuurlijk zaten er nog lege plekken in de puzzel, maar het globale beeld doemde onweerstaanbaar op.

Over het pad kwam een man aanlopen met doelgerichte, vastberaden stappen. Hij droeg een rood vrijetijdsjack, waar de panden van zijn keurige colbertje zeker tien centimeter onderuit piepten. Tamar verzon een baan, een vrouw, kinderen, een huis bij deze man. Hoe anders was Rob. Ze vertegenwoordigden twee verschillende werelden, die elkaar zelfs niet zouden raken.

Wat ze bedacht had, zou ze misschien toch aan Thijs moeten voorleggen. Maar tegelijk leek dat een vorm van verraad.

Was ze zo lafhartig dat ze zelf de confrontatie met Yoka niet aandurfde? Tevergeefs zocht ze in haar jaszakken naar haar gsm. Zeker thuis laten liggen.

Een van de vrouwen tilde haar baby op en duwde haar neus in zijn kruis. 'Gepoept!' zei ze lachend. 'En niet zo'n beetje ook.'

Paulien had gebeld. Met een door tranen verstikte stem vroeg ze Yoka of ze even langs mocht komen.

Ze zaten naast elkaar op de bank.

'Het ontglipte me zomaar,' zei Paulien, terwijl ze een hand half voor haar mond hield, alsof ze de woorden alsnog tegen kon houden.

'Wat?'

'Dat-ie moest kiezen. Voor haar of voor mij en de kinderen. En zonder iets te zeggen liep hij toen de deur uit. Niks, helemaal niks. Hij was zomaar verdwenen.' Paulien barstte weer in tranen uit.

Yoka haalde een glas water. Ze zou de kamer voor Hans aan Paulien willen showen, maar dat kon natuurlijk niet. Niemand had nog gezien hoe mooi het was geworden, hoe perfect die kamer bij hem zou passen. En hij bij die kamer.

'Hij komt wel weer terug,' zei Yoka, en ze merkte zelf hoe toonloos haar stem klonk. 'Echt wel,' voegde ze er daarom aan toe. Ze vroeg wat de kinderen ervan vonden.

'Yannick en Lara weten nog nergens van. Gisteravond, toen is-ie zo de deur uit gelopen. Een buurmeisje past nu op. Ik moest het huis uit, ik hield het gewoon niet meer.'

'En is-ie vandaag wel naar zijn werk geweest?' Yoka wist dat Jos iets bij de gemeente deed, iets met welzijn en jeugdbeleid, maar ze had nooit goed kunnen achterhalen wat het precies was. Hij had het in ieder geval altijd druk met beleidsnota's, evaluaties en het aansturen van buurtgerichte initiatieven.

Nee, daar had hij zich ziek gemeld. Ze zouden het vreemd vinden dat zijn vrouw gebeld had. Werd hij nog woedender op haar. Paulien stortte zich weer in een huilbui.

De telefoon ging. Het was Tamar.

'Ik heb je manuscript gelezen en... eh, misschien dat we er even over kunnen praten.'

'Nu?'

'Nee, liever niet over de telefoon,' zei Tamar. 'Dat lijkt me niet zo geschikt.'

'Maar ik heb nu bezoek.'

'Ik ben zo weg. Ik had al lang thuis moeten wezen.' Paulien was al gaan staan.

'Je hoeft helemaal niet weg,' zei Yoka.

'Hè, wat is er?' vroeg Tamar.

'Nee, ik had het tegen iemand anders, tegen Paulien. Wacht even...' Ze legde de hoorn neer en volgde Paulien naar de gang. Die was bezig haar jas aan te trekken.

'Het gaat wel weer een beetje. Ik had het gewoon nodig om mijn hart even uit te storten.'

Yoka omhelsde haar. 'Natuurlijk, dat begrijp ik. Je bent hier altijd welkom.'

'Dat weet ik.' Paulien streek met haar hand over Yoka's rug alsof zíj om steun verlegen was.

'Als er wat is, als je iemand nodig hebt, dan bel je maar,' zei Yoka. Deze rol van degene die troost geeft, die paste haar ook. Ze zou er misschien meer op moeten oefenen.

Terug in de kamer duurde het even voor ze zich weer realiseerde dat ze een telefoongesprek had afgebroken. Ze pakte de hoorn op. 'Sorry, daar ben ik weer. Dat was Paulien. Je hebt haar wel eens bij ons ontmoet, dacht ik...' Yoka herinnerde zich een niet helemaal gelukt etentje voor allerlei vrienden, een kleine twee jaar geleden.

'Ja, misschien wel.'

'Die zit een beetje in een crisissituatie thuis en ze kwam hier om wat uit te huilen.'

'Zullen we dan maar iets voor een andere keer...?' begon Tamar.

'Nee, nee, ze is net weg. Moest naar huis, voor de kinderen.'

'Oké, dan kom ik straks even bij je langs. Binnen een halfuur ben ik er.'

Tamar bleef een minuut of tien in de auto zitten. Ze had vrijwel voor het huis een parkeerplaats gevonden. Dit huis, dat ze redelijk goed kende. Toen Yoka een keer een dag weg was, hadden ze hier afgesproken. *Un rendez-vous chez vous.* Maar het lukte niet, het kon niet. Het was verraad in optima forma. Om het uit te stellen hadden ze gepraat, veel gepraat, eerst op de bank, toen aan de keukentafel. In de slaapkamer waren ze al bezig hun kleren uit te trekken, toen hun blikken elkaar raakten. Beiden wisten ze dat het onmogelijk was, en ze waren blijven praten. Misschien was dat zelfs intiemer dan vrijen.

Ze liep na wat ze tegen Yoka zou zeggen. Misschien moest ze beginnen met wat Omar had verteld, het wapen, het woord 'overleden'. Op deze manier kwam die jongen in een slecht daglicht te staan, omdat hij misschien had moeten zwijgen over al dat soort vertrouwelijke dingen. Maar waarom eigenlijk? Dit was een vorm van overmacht en hij kon niet terugvallen op zoiets als een beroepsgeheim. Nee, dat gold niet voor barkeepers, zeker niet als het om vrouwelijke klanten ging die hen in de kou lieten staan. *Prick teasers*, zo heetten die toch? Omar kon ze ook achter de hand houden. Eerst het manuscript.

Vanavond zou ze Thijs altijd nog kunnen bellen, maar eerst moest Yoka een kans krijgen om er zelf mee te komen.

'Tot nu toe vind ik het best spannend,' zei Tamar. 'Ook heel eigentijds en zo, met dat taalgebruik van die kids.'

'Dank je, leuk om te horen. Maar hoe moet het verder? Ik heb je al gezegd dat ik ben vastgelopen. Ik heb allerlei ideeën, maar het komt allemaal terecht in... nou ja, in een doodlopende straat.' Hoe cynisch dat ze voor dit verhaal de hulp van Tamar nodig had. 'Wil je trouwens wat drinken?'

'Nee, dank je, ik ga zo weer weg. Ik moet nog naar de krant.'

'Ik had bijvoorbeeld bedacht dat Shana terug zou gaan naar haar vader, maar dat ze zwanger is. Van Kadir, natuurlijk. Die Houtenbosch... die vader dus, die gaat dan helemaal over de rooie. Dus er moet iets tussen Houtenbosch en Kadir gebeuren, maar hoe kan ik Anouk daarnaast zetten?'

Tamar knikte. 'Ja, zoiets zou heel goed kunnen.'

Op dit soort vlakke opmerkingen zat Yoka niet echt te wachten. 'Heb je misschien nog andere ideeën?'

'Een kind, hè? Net zoals die Eefje een kind van Hans heeft gekregen.'

'Ja, maar dat heeft niks met mijn verhaal te maken.'

'Er zijn andere dingen.' Tamar keek weg van Yoka. 'Andere dingen waar we misschien over zouden moeten praten.'

De bekentenis. Nu zou het komen. Tamar, die voor haar door het stof ging. Toch moest ze doen alsof ze dat nu niet begreep. 'Maar het moet wel in dit verhaal passen.'

'Nee,' zei Tamar, 'het is precies omgekeerd. Dit verhaal past in iets anders.'

'Hè? Hoe bedoel je?'

'Wist je eigenlijk dat Hans een verhouding had?'

Yoka reageerde niet. Tamar herhaalde haar vraag.

'Ik had een vermoeden. Hij was 's avonds vaak weg, meer dan vroeger. We vreeën bijna niet meer. Zoiets voelt een vrouw. Jij zou het toch ook voelen als Rob iemand anders had?'

'En dat pistool...'

'Waar heb je het over?' Yoka ging staan. 'Wat is dit voor onzin?'

'Schenk toch maar een borrel voor me in,' zei Tamar.

Yoka keek op haar neer. 'Misschien dat je beter weg kunt gaan, als je me toch niet kunt helpen met dat verhaal, maar wel met allerlei dingen komt over Hans, terwijl ik net probeer om mijn eigen leven weer op orde te krijgen.'

'Ik ga ook zo... nog een paar minuten.' Het leek of Tamar diep adem haalde. 'Dat pistool, dat had je zelf?'

Even was Yoka sprakeloos. Pistool. Als Tamar daar iets van wist, dan moest ze het van Omar hebben, die onbetrouwbare klootzak. Even flitste de scène voorbij toen ze hem tegenkwam terwijl ze met Tamar over het Spui liep. Tamar had zogenaamd uit vriendschap achter haar rug om met allerlei mensen gepraat. Hem had ze waarschijnlijk ook opgezocht en hij had zijn mond voorbij gepraat, om zich spannend voor te doen, in een poging om haar te versieren. Misschien had ze zelf met hem naar bed moeten gaan, want daar was hij duidelijk op uit. Dit was vermoedelijk zijn wraak. Maar hoe had ze met hem naar bed kunnen gaan, als ze alleen maar Hans wilde? Dat had hij toch kunnen begrijpen, dat had hij moeten begrijpen! Ze ging weer zitten.

Tamar herhaalde haar vraag.

'Ik heb hier helemaal geen zin in, ik wil hier niet met jou over praten.'

'Waarom niet?'

Yoka haalde haar schouders op.

'Volgens die Omar heeft hij voor een pistool gezorgd. Waarvoor had je dat nodig?'

Het had geen zin om dit te ontkennen. Tamar geloofde Omar, dat was duidelijk. 'Voor Anouk. Ik moest weten hoe het voelde, zo'n ding. Jij hebt net zo goed materiaal nodig voor je stukken in de krant. Ik ook.'

'En wat heb je er verder mee gedaan?'

'Weggegooid, in een gracht. Ik weet niet meer waar. Nadat ik dat ding een keer had geprobeerd, ergens in de Kennemerduinen. Op een boom geschoten. Dat is volgens mij geen misdaad, of wou je dat aan de politie doorvertellen?'

Tamar reageerde niet op haar vraag. 'Was dat voor of na de moord op Hans?'

'Ervoor. Weet je nu genoeg? Dan kunnen we een einde maken aan dit gesprek. Ik heb nog veel te doen.'

Tamar wendde haar hoofd af. 'Er is meer,' zei ze.

'Hoezo meer?'

Ze pakte het manuscript uit haar tas. 'Hierin... in het laatste hoofdstuk dat je hebt geschreven, als Anouk naar huis gaat, na dat telefoontje van Kadir... Anouk en Gino, dat is toch precies zoals jij en Hans?'

Yoka griste het manuscript uit haar handen.

'Je hebt het allemaal zelf opgeschreven,' zei Tamar. 'Jij werd Anouk en Anouk werd jou, zo is het toch?'

Yoka wist het niet meer precies, kon zichzelf nauwelijks meer herinneren wat ze had getypt, alsof een ander in haar verhaal had zitten knoeien. 'Ik vroeg je om me te helpen en niet om me allemaal belachelijke dingen voor de voeten te gooien. Alsof ik het verdomme al niet moeilijk genoeg heb gehad.'

Tamar stond op. 'Je begrijpt natuurlijk dat ik dit aan de politie moet vertellen.'

Yoka kwam nu ook omhoog. Ze stonden tegenover elkaar. 'Heb je zo'n hekel aan me? Haat je me zo erg?' Ze begreep niet hoe Hans ooit iets in haar had kunnen zien.

'Ik heb helemaal geen hekel aan je. Eerder medelijden met je.'

'Je haat me, omdat je Hans niet hebt kunnen krijgen, omdat Hans liever bij mij bleef.'

Tamar schudde haar hoofd. 'Ik begrijp niet waar je het over hebt.'

'Wacht,' zei Yoka. Ze liep naar de kast en haalde daar het dichtbundeltje uit. 'Herken je dit? Ja?' Ze pakte de opgevouwen brief tussen de pagina's vandaan. 'Zal ik het voorlezen?'

'Nee, dat is niet nodig.' Er trok een vreemde floers over Tamars blik.

'Nee, want je kent het al. Hij heeft me bedrogen, maar jij hebt mij veel meer bedrogen. Dubbel en dwars, weet je dat? Jullie waren goeie collega's, jullie gingen vriendschappelijk met elkaar om... ik hoor het je nog zeggen, je deed ook altijd vriendelijk en aardig tegen mij... en ondertussen ging je met hem naar bed. Ik wil wedden dat Rob daar niks van weet.'

Tamar reikte met haar hand, alsof ze het boekje en de brief in ontvangst wilde nemen.

'Deze dingen houd ik wel hier,' zei Yoka, 'in mijn persoonlijk archief.'

Tamar zweeg, terwijl ze Yoka peinzend aankeek. 'Dan ga ik maar 's,' zei ze ten slotte.

'Ja, dat zou ik maar doen als ik jou was. En je komt er hier nooit meer in. Ik wil je hier niet meer zin.'

'Ga je zelf naar de politie?' vroeg Tamar. 'Als je jezelf aangeeft, scheelt dat later in de strafmaat.'

'O ja, daar weet jij natuurlijk alles van, beste collega.' De laatste twee woorden benadrukte ze.

'Als je niet zelf gaat, moet ik het doen.'

'Rob weet niks, hè, van Hans en jou.'

Tamar antwoordde niet.

'Als je naar de politie gaat,' zei Yoka, 'dan liggen dit boekje en deze brief morgen bij Rob. Ik ben benieuwd hoe hij daarop reageert.'

Tamar liep naar de deur. Yoka moest haar tegenhouden. Ze zocht naar een voorwerp waarmee ze zou kunnen gooien, waarmee ze Tamar zou kunnen raken op dat hatelijke hoofd met dat kortgeknipte haar. 'Wat ga je doen?!' schreeuwde ze.

Voordat ze de deur uit liep, draaide Tamar zich om. 'Wat dacht je?'

22

Eefje trok haar jas aan. Hansje lag binnen in de box.

'Hij is een beetje verkouden, dus misschien kan je beter niet met hem naar buiten gaan,' zei ze tegen Yoka, die met haar mee was gelopen.

'We blijven lekker binnen,' zei Yoka. 'Het is koud en nat op straat.'

Eefje stond boven aan de trap. Ze draaide zich om. Yoka stond vlak achter haar. 'Je vindt het toch niet vervelend, zo'n hele dag met hem hier in huis?'

'Natuurlijk niet.'

Yoka keek anders dan normaal. Ze hield haar handen iets naar voren, alsof ze haar wilde omhelzen. Merkwaardig hoe dicht ze naar elkaar toe waren gegroeid. Dat een klein jongetje, die zich nergens van bewust was, dat kon bewerkstelligen!

Als je maar een beetje spiritueel was ingesteld, kon je je inbeelden dat het de geest van Hans was. Eefje wilde de trap af lopen, maar ze bedacht zich. 'Ik moet hem nog even knuffelen.' Ze ging naar binnen, tilde Hans uit de box en drukte hem stevig tegen zich aan. Toen ze weer naar de gang liep, maakte Yoka aanstalten om mee te gaan.

'Blijf maar lekker hier,' zei Eefje.

Yoka had voor Otis gekozen. Otis, die ook al zo jong dood was gegaan, zesentwintig was hij maar geworden, vijftien jaar jonger dan Hans. Ook gestorven bij een ongeluk, in 1967. Een vliegtuigongeluk in het geval van Otis. Pas na zijn dood had hij een nummer-1-hit gehad met 'Dock of the Bay'. Hans zou nooit een nummer-1-hit hebben, zelfs geen boek met zijn verzamelde en bewerkte artikelen. Hij was bijgezet in het krantenarchief. Bij zijn graf geen horden huilende fans. Twee huilende fans, misschien een derde als je Tamar meetelde, die verdomde Tamar.

Ze was hier gisteravond geweest. Ze zou niet naar de politie gaan, daar was Yoka van overtuigd. Rob was te belangrijk voor haar, en Rob mocht het niet weten, Rob mocht het nooit weten. Ze kon zelf trouwens niet opgepakt worden, want Hansje had haar nodig, straks zelfs elke dag, vierentwintig uur. Eefje had zich vanmiddag onverwachts omgedraaid. Jammer. Maar er kwam zeker een volgende keer.

Yoka twijfelde, omdat ze maar één nummer mocht draaien. 'Try a Little Tenderness'? Nee, toch maar 'I've Been Loving You Too Long'.

Ze sloot haar ogen en bewoog licht heen en weer op het slepende ritme. Ze wist het. Ja, Hans, ik geef het toe, supersentimenteel. Te erg. Maar waarom niet, waarom niet die diepste, die hevigste emotie? '...And you want to be free. My love is growing stronger as you became a habit to me. Oooh,

I'm loving you a little too long, I don't wanna stop now.' Als je het opschreef, waren het platte, bijna lege woorden, maar zoals Otis het zong, kreeg het een andere lading. Otis begreep haar. Otis wist waarom ze al die dingen gedaan had, en hij begreep wat ze nog meer ging doen. Hij was het ermee eens.

Toen het nummer was afgelopen, pakte ze eindelijk het manuscript. Sinds gisteravond had ze het voor zich uit geschoven. Ze wilde het niet lezen, ze kon het niet lezen. Het waren haar eigen woorden, maar tegelijk kwamen ze van een vreemde, van iemand buiten haar. Sommige fragmenten herkende ze nauwelijks. Toch bladerde ze door tot aan de scène op de laatste bladzijde, die Tamar met een gele pen had gemarkeerd.

De stem van Kadir klonk zelfs over de telefoon dwingend. 'Ik ben nou in jouw huis. Jij komt hier. Dan gaan we praten. Denk erom, ik laat me niet naaien, zeker niet door jou.'

Ik probeerde te bluffen. 'Waarom zou ik?'

'Omdat ik dat zeg.'

Ik wilde een grote bek terug geven, maar hij had de hoorn al neergelegd. Nu zou ik me niet moeten laten kennen. Voorzichtiger dan anders stuurde ik mijn Gilera in de richting van de Staatsliedenbuurt.

Aan de buitenkant van het huis leek alles oké. Kadir moest met een professionele inbrekersset mijn huis binnen zijn gekomen. Ik stapte af en voelde in mijn binnenzak. Ja, op de GT 28 kon ik vertrouwen als het uit de klauwen liep. Ik opende de straatdeur en liep met kalme passen de trap op. Het was stil, achteraf gezien onheilspellend stil. Voor mijn huisdeur haalde ik het omgebouwde alarmpistool te voorschijn. Die Kadir was gigantisch onbetrouwbaar; het was beter om op alles voorbereid te zijn. Een verstandige meid, enzovoorts. En verstandig was ik. Tenminste, daar ging ik van uit.

Ik opende de deur. Meteen werd er een felle lamp op me gericht, die me vrijwel helemaal verblindde.

'Droppen, dat pistool,' hoorde ik Kadir roepen.

Ik schoot in de richting van het geluid.

'Shit!' riep Kadir.

Ik moest hem goed geraakt hebben, *in the blind* nog wel. Mijn ogen begonnen langzaam te wennen aan het licht. Kadir stond een meter of vijf van me af. Tussen ons in lag een lichaam. In een wanstaltige doodskramp leek het.

'Je heb hem zomaar neergeknald,' zei Kadir, 'stomme bitch!' Hij liep langs me heen naar buiten, maar bleef op de overloop staan. 'Die lul kwam binnen, met een eigen sleutel...' Kadir keek me met bliksemende ogen aan. 'Je heb er een puinhoop van gemaakt, weet je dat wel? Ik hield hem gewoon voor me. En dan ga jij meteen schieten, achterlijke mongool!'

Hij rende de trap af. Ik boog me over het lichaam dat voor me lag, draaide het hoofd opzij. Ja, Gino. Ik had Gino verdomme zelf neergeschoten. En nu?

Ik kon geen pols meer voelen.

Volgens Yoka had ze dit helemaal niet zelf geschreven. Het was allemaal onzin. Haar Anouk zou nooit zo stom doen. Tamar had het waarschijnlijk zelf bedacht om haar te kunnen beschuldigen. Wie weet had ze zoiets een keer voor de rechtbank gehoord. Yoka ging naar haar computer en haalde het bestand op het scherm. De tekst was onverbiddelijk: woordelijk hetzelfde als wat ze net had gelezen. Maar als ze dit hoofdstuk zou deleten en het manuscript straks op straat in een willekeurige papierbak gooide, dan zou niemand erachter kunnen komen.

Ze liep door haar huis, de keuken, de slaapkamer, haar werkkamer, het mooie, intieme kamertje van Hans. Toen zag ze zichzelf weer achter de computer zitten om een e-mail naar Tamar te sturen, naar haar adres op de krant, met als attachment de hoofdstukken van het boek. Misschien had Tamar dat bericht nog niet weggegooid. Of ze had het bestand van het boek opgeslagen. Dan had het geen zin om haar eigen bestand weg te gooien. Tamar kon zelfs een kopie van het manuscript hebben gemaakt, misschien alleen maar van die laatste bladzijde. Ja, dat had ze zeker gedaan. Ook uit pure rancune natuurlijk, dat ze Hans niet echt voor zichzelf had kunnen krijgen, dat hij voor haar had gekozen en zou blijven kiezen.

Ze zat weer met het manuscript voor zich. Buiten was het donker geworden, maar ze had nog steeds geen licht aangedaan. Ze had geen honger en ze had geen dorst. Opnieuw liep ze met Hans in de Voerstreek, aten ze konijn bij Moeder de Gans in Teuven, op het terras op de binnenplaats. Binnenkort zouden ze dat weer eens moeten doen, gewoon met z'n tweeën een paar dagen weg. Wandelen, praten, eten, drinken, vrijen.

De bel ging. Ze keek op haar horloge. Het was al halfnegen.

'Wie is daar?' vroeg ze door de intercom.

'Nelissen, van de recherche. Ik zou graag even met u praten.'

'Daar heb ik nu geen tijd voor.'

'Het is heel belangrijk, mevrouw Kamphuys,' zei Nelissen. 'Doet u alstublieft open.'

Ze liep weg van de intercom, maar de bel ging opnieuw. Ze twijfelde wat ze moest doen, maar ging toch weer naar de deur. 'Ik heb gezegd dat ik geen tijd heb. Komt u maar een andere keer.'

'Het is belangrijk dat we een paar dingen aan u voorleggen.' De stem van de politieman klonk bijna mechanisch.

'Waarover gaat het?' vroeg ze.

'Over uw echtgenoot... de moord op uw echtgenoot. Er zijn nieuwe gegevens, en nu willen we...'

'U heeft met Tamar Ankerhof gepraat?'

'Daar willen we het juist graag met u over hebben, want...'

'Nee,' onderbrak ze. Dit was het dus. Ze ging weer naar de kamer van Hansje, nam de inrichting in zich op, de kleuren, de figuren op het dekbed en op de posters, het uitgestalde speelgoed. Hij zou haar missen, maar ze kon niet anders. Ze keek voor het laatst om zich heen, ging naar haar bureau, pakte een stuk papier en schreef daarop: 'Alles is voor mijn stiefzoon Hans Dekker', met haar handtekening. Daarna belde ze het nummer van Tamar en Rob, maar er werd niet opgenomen. Op de voicemail vertelde ze in enkele woorden het verhaal over Tamar en Hans. Ze deed het bundeltje van Eijkelboom in een envelop, adresseerde het aan Rob, plakte er een postzegel op en legde het op de rand van de tafel, zo zichtbaar dat niemand het zou kunnen negeren.

Er werd opnieuw gebeld, langer deze keer.

'Wat gaat u nu doen?' vroeg Tamar aan Nelissen.

'Tja.' Hij keek nog eens omhoog en krabde op zijn hoofd. 'Er brandt geen licht. Ze zit daar waarschijnlijk in het donker.'

'Volgens mij is ze helemaal de weg kwijt.'

'Zou ze zich iets aan kunnen doen?'

''k Weet niet,' zei Tamar.

Nelissen belde aan bij de benedenburen.

Iemand meldde zich over de intercom. 'Wie is daar?'

Nelissen vertelde dat hij op twee hoog moest zijn, bij mevrouw Kamphuys. Hij had aangebeld, ze was waarschijnlijk thuis, maar deed niet open. 'We zijn van de politie en we willen graag even kijken. Misschien is er iets aan de hand.'

Yoka liep over de trap naar de zolderverdieping. Van beneden hoorde ze geluiden. Stappen op de trap, stemmen. Aan de voorkant was een kamer waar een student woonde, die ze een doodenkele keer op de trap tegenkwam. Een verlegen jongen, die haar vriendelijk, maar enigszins schuw groette. Een jongen die een beetje bang voor het leven leek. Dat was zij niet, dat was zij nooit geweest.

Op de overloop stond een man die hen over zijn leesbril heen aankeek, de krant nog in zijn hand. Haar krant, zag Tamar.

Nelissen liet zijn legitimatie zien. 'We zijn bang dat er boven iets mis is.'

'U wilt bij haar naar binnen?' vroeg de man.

'Als het kan wel, ja.'

'Ruim een jaar geleden haar man dood, en nu zou zij toch niet...?' Hij keek van Tamar naar Nelissen en weer terug.

'We maken ons zorgen,' zei Tamar.

'Voor noodgevallen heeft zij een sleutel van mij en ik van haar,' zei de man. 'Ik zal hem even pakken. Dit is waarschijnlijk toch wel een noodgeval.'

Als het erop aankwam, was ze nérgens bang voor, ook niet voor wat ze nu moest doen. Aan de achterkant had ze zelf een soort berghok met een raam. Via dat raam kon je in de dakgoot klimmen. Het was stoffig en vuil in het berghok. Er kwam een hoest op die ze probeerde te onderdrukken. Toen ze pas hier kwamen wonen, hadden ze elke kamer ingewijd door er een keer te vrijen. Zelfs in de wc hadden ze geneukt. Yoka wist het nog precies: zij voorovergebogen, terwijl ze met haar handen de pijp naar de stortbak vasthield. Hier ook, toen ze het kamertje hadden geïnspecteerd, naar buiten hadden gekeken door het raam, Hans over haar heen gebogen, zijn adem in haar nek. Hij begon haar te zoenen. Ze sloot even haar ogen om hem weer boven op zich te voelen, de planken onder haar billen. Hans bleek later een forse splinter in zijn rechterknie te hebben.

Het raam was waarschijnlijk in jaren niet open geweest. Ze probeerde de hendel, maar die leek muurvast te zitten.

Tamar en Nelissen liepen gehaast van kamer naar kamer, maar Yoka was nergens te bekennen. Ze deden zelfs een paar kasten open, keken tussen de kleren, en onder het bed. Dat kinderkamertje, dat was krankzinnig. Volledig ingericht, terwijl er geen kind was. Tamar bleef even staan terwijl ze om zich heen keek. Toen drong het in al zijn macabere aspecten tot haar door: er was wel een kind, alleen niet hier, maar bij Eefje. En hij heette Hans, ook dat nog. Yoka had het kamertje voor hem al ingericht en als zijn oppas was ze bezig hem aan haar te laten wennen.

Op een hoek van de tafel in de kamer lag een envelop, geadresseerd aan Rob. Die kon ze meteen meenemen om aan hem te geven; dat maakte nu toch niets meer uit. Tot ongeveer drie uur de afgelopen nacht had ze met hem zitten praten. Hij begreep het allemaal wel, maar in feite kon hij het niet accepteren. Nu tenminste nog niet. Het verraad, het idee van het bedrog, dat was het ergste. Niet eens dat ze met Hans naar bed was geweest, een verhouding had gehad, hoewel... Maar toch vooral het feit dat ze het altijd verborgen had gehouden, dat het een intiem geheim was, waarvan ze hem had buitengesloten. En als ze het nu nog uit zichzelf had verteld, dan lag het misschien anders. Terwijl ze urenlang over Hans en de moord op Hans hadden gepraat, kwam ze nu pas met haar bekentenis, omdat Yoka alles dreigde te openbaren. Ja, Tamar erkende het, dat was laf, achterbaks en verre van edelmoedig. Rob had op het logeerbedje geslapen in de rommelkamer. Vanochtend was hij al weg toen ze opstond. Natuurlijk had ze hem wel gehoord, omdat ze alweer een paar uur wakker was, maar ze had zich niet vertoond. Er lag een briefje op tafel. 'Tot later.' Maar wanneer was later?

Ze zou naar Hans gaan, dat wilde hij ook. Dat was volkomen duidelijk. En niemand die haar kon tegenhouden.

Yoka wrikte met alle kracht die ze in zich had aan de hendel, die een klein stukje bewoog.

Het was alleen jammer dat ze nooit meer te weten zou komen hoe het met Anouk, Shana en Kadir zou aflopen. Misschien was Shana inderdaad wel zwanger van Kadir. Ze woonde bij haar vader, maar wilde met het kind terug naar Kadir.

'Waar zou ze kunnen zijn?' vroeg Nelissen.

'Volgens mij hadden ze nog een kamertje op zolder. Tenminste...' Ja, dat had Hans haar ooit verteld, de eerste keer dat ze hier in dit huis kwam.

'Kom.' Nelissen trok haar mee naar de gang.

Zo snel mogelijk liepen ze de trap op. Tamar voelde een koude band rond haar hart, terwijl haar hoofd gloeide.

Yoka hoorde voetstappen naar boven komen.

'Yoka!' Dat was de stem van Tamar uit het trappenhuis.

Eindelijk, eindelijk, de hendel gaf mee. Ze duwde zo hard mogelijk tegen het raam, dat wel vastgeplakt leek aan de sponning. Piepend en krakend ging het raam open.

Ze keek achter zich, nog niemand te zien. Hans riep haar. Hij had haar nodig en zij hem.

'Yoka! Niet doen!'

Verantwoording

Bij het schrijven van dit boek heb ik gebruikgemaakt van verschillende artikelen en korte stukjes uit kranten, met name uit *NRC Handelsblad* en *de Volkskrant*, en van:

- Victoria Griffin, *De minnares. Geschiedenis, mythe en waarheid over 'de andere vrouw'*, De Bezige Bij, 2001;
- Astrid Joosten, *Verboden liefdes. Openhartige verhalen van minnaressen*, Prometheus, 2002;
- Marjo van Soest, *Over de regels van het spel*, Nijgh & Van Ditmar, 1991.

Verder wil ik de volgende mensen graag bedanken voor hun adviezen en informatie: Bert Muns, Bianka de Poorter, Frans Scheen, Weert Schenk, Margreet Vermeulen en Bert Vuijsje. Uiteraard ben ik alleen zelf verantwoordelijk voor de inhoud van dit boek.

René Appel

Voor meer informatie over René Appel en zijn boeken: www.reneappel.nl